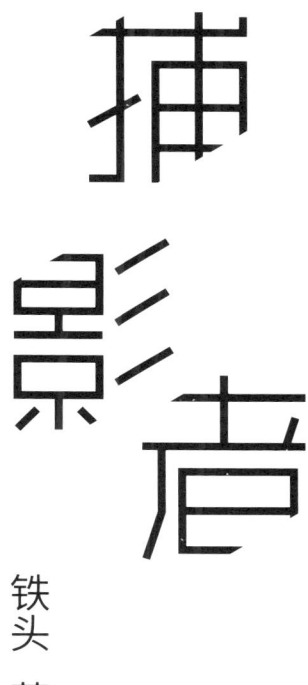

铁头 著

上海文艺出版社

目录

少女坠落 001

无耻追求 015

劳动湖公园 031

她的生日 047

纠缠 061

古寺广场 077

四季香火锅城 091

钥匙与红色手机 105

角斗 121

雨中答案 137

暴力铁管 151

黑塔村怪婴之谜 161

《铜城晚报》173

手机里的视频 187

绑架案 199

主谋 209

翻越雪山 223

童年往事 239

我的生日 251

老金饭店与聊天记录 265

子弹 279

狩猎 293

猛犸 305

夜游神 321

无梦之夜 335

后记 351

少 女 坠 落

回到还称不上遥远的十五年前,失眠尚未对我进行癫狂的鞭笞,即便在我糟糕透顶的童年时光,我也没有痛苦到彻底无眠的地步。所以,少年时的我算是个睡眠不错的男生,经常瞌睡连连,甚至有时骑着脚踏车,都会困得频繁做那种一闪而逝的微型梦。这种状态的改变,始于我读高二那年的春天。具体说来,是那个楚满约我去学校打篮球的周日午后。

那天晌午,楚满兴冲冲地给我打来电话,说已经跟小武约定妥当,午后大家一起去学校打篮球。我刚在家里吃过午饭,困倦慵懒,很不想去,再说,我没有运动细胞,对篮球并无多少兴致,便找借口说,学校禁止学生在放假期间进入校园。

楚满满不在乎地说，我们当然是从后围墙翻进去啦，神不知鬼不觉，而且今天值班的保安跟我关系不错，就算听到楼后面的篮球场有拍球声，也会装聋作哑的。我能够拒绝任何人，包括我的父母，可我从来难以拒绝楚满，只好答应。

207路公交车到站，我昏昏沉沉地跳下车后门，揉着眼睛，快步朝铜城第三高级中学的校门口走去。今天是周日无疑，本该冷清空寂的校园此刻却很热闹，校门前的那块空地上，大概是因为急迫，歪斜散乱地停着一些车辆，其中的两辆警车和一辆救护车尤为显眼。多数时间紧紧关闭的电动校门，现在诚惶诚恐地把自己大大敞开。像出了什么事。

校门敞开处，几个警察站在那儿，挥动胳膊，严厉地说着什么。校门外聚集着一些即便校门敞开也不被允许进入的人，他们抱着胳膊，神色异常地交头接耳，议论纷纷，还频频踮脚朝校门里面张望。

我想，必定是出了什么大事，赶忙走近人群，竖起耳朵打听，很快得知里面的情况。原来是有人跳楼自杀，根据保安所说，是一个高二年级的女生从主教学楼五楼的走廊窗户一跃而下，摔在教学楼后面。五楼坠落，也许不必非死，但她摔下去时，脑袋碰到了楼下水泥花坛的边沿，脖子好像是折断了，所以人当即一命呜呼。

竟然有这事？自杀的女生是谁呢？我吃了一惊。正要详细打听，听见有人在不远处急切地喊我的名字，循声看去，校园围墙的东南角处，小武在朝我招手。他的身体挺拔健壮，穿着湖人队的紫色队服,明媚春光的照耀下,他抱着篮球扬手召唤我的形象,就像一个巨大的杨树被狂风摇撼。

我跑过去,见那条校园围墙与旁边小区围墙所夹出的三米宽的胡同里,小武的身后,楚满靠着围墙瘫坐在地上,手里紧握着手机,皱着被汗水打湿的脸看我。

"有人跳楼了,你们知道吗?"我抬手腕擦额头的汗问他们俩。

小武和楚满互相看了看,同时看向我,几乎异口同声:"你不知道是谁吗?"

"是谁?"看他们神色,立即猜到死者很可能是我认识的人。

"我们班的苗馨啊。"小武说。

我惊得呆住,愣愣地看着他们俩:"真的假的?"

"真的,他亲眼看见的。"小武冲楚满努下嘴。

"你看见了什么?你亲眼看见苗馨跳楼?"我走近楚满。

楚满抬起一张颜色难看的面孔:"不是,我看见了苗馨的尸体。"

我扭头看看小武,觉得难以置信。

楚满解释说:"我比你们俩先来的,到这儿后,我从后围墙翻进去,眼睛也没往前面看,一边做着各种运球的动作一边往前走,还傻乎乎地哼着歌呢。都走出去三十多米了,才突然看见苗馨,她趴在花坛那边,满脑袋是血,身边的地上也有很多血。我到死也忘不了那画面,真的,特恐怖,水泥地上的血被太阳一照,是黑色的,像酱油一样。我吓得扭头就开跑,一不小心撞在车棚的铁栏杆上,还差点儿摔个大跟头呢。"

"你确定是苗馨吗?"

"确定啊。"

"你不是没走过去仔细看吗?"

"是啊,可我一看就是她。她穿着那件肩膀上带眼睛图案的衣服。"

小武在旁边说:"咱们学校里,好像只有她有那件衣服。"

我点点头,眼前浮现出苗馨穿那件衣服时的形象,印象很深刻,确实没在学校里见其他女生穿过,于是有些同情地看向楚满。

楚满以前追过苗馨,虽然因为被苗馨拒绝,后来说过些苗馨的坏话,但毕竟喜欢过,现在看见苗馨惨死面前,我想他心情肯定会受到影响的吧。

"咱们看看去呀?"小武提议。

楚满表情极为痛苦地看着我和小武,显然他不想再去看,但他还是站起身,跟着我和小武朝学校的后围墙那边走去。

我们贴着围墙往胡同深处走,拐到学校后面。蹲在墙根,能隔着围墙听见校园里有很多人。人的本身就是有声音的,即使缄口不语,也能被人听见,其实里面并不嘈杂。

我和小武踩着墙壁上的豁口,慢慢把头升高,视线越过墙头,首先看见的是几个勘察现场的警察。然后是花坛,花坛的水泥边沿是破旧的苍白颜色,把黑红色的血迹衬托得鲜明狰狞,像一块巨大的黑痣,确实很恐怖。视线顺着血迹下移,是一具尸体,尸体被遮盖着。

我跳下围墙,心慌得很:"苗馨那种性格的人,怎么会自杀呢?这太奇怪了。"

"就是么。"小武走到楚满那里,在他身边坐下来,回应我的话,"非常奇怪。她要真想跳楼自杀,铜城比咱们学校高的楼可多得是,为什么偏偏选择我们学校呢?我们学校的楼这么矮,要不是她头朝下跳,是很难摔死的,很可能只是把胳膊啊腿儿啊什么的给摔骨折。"

"特地选择学校,难道有什么用意吗?"我也走过来。

我们三个并肩靠着围墙坐在地上。

"我是觉得她压根就不是那种会自杀的人。"说起苗馨这个人,我想有一种动物对她来说是很有象征性的,便是毒蜂。

毒蜂是很高调的,不像蛇,是隐伏的,你闯入毒蜂的活动范围,它不会躲避,而是张扬地嗡嗡飞舞,如若发现你有冒犯之意,便横冲过来,拼死攻击你,蜇你。

比如那次,苗馨与隔壁班的一个女生闹了些不快。具体原因是她在走廊里与人打闹,互相推搡,她一个趔趄,把隔壁班女生的脚给狠狠地踩了一下。隔壁班女生当时正在走廊里用墩布拖地,穿着一双浅色的应该是新买不久的品牌运动鞋,大概本就瞧不惯苗馨平日的疯疯闹闹,加之苗馨踩了她的脚如同没踩一样嘻嘻哈哈地走了,连看也没看她一眼,她便来了气,骂了一句难听的。苗馨听见后,转回身,手指女生,问她骂谁。女生不甘示弱,说骂的就是你。于是,两个人在走廊里争吵起来。苗馨跋扈惯了,不吃亏的,见女生没把自己放在眼里,便上去薅住女生的头发。女生并不含糊,也揪住苗馨的头发。两个女生撕扯着扭打起来,都尖着嗓门骂,很快引来了政教处的老师。

政教处主任批评了她们俩,她们俩被各自的班主任带走后,又被班主任批评了一顿,尤其是我们的班主任老刘,他很厌恶苗馨,听说批评得很重。

苗馨回到教室,那节是自习课,教室里很安静。她走到座位前,一脚踹在自己的书桌上。书桌上的水杯掉在地上,啪一声,碎了,惊得所有同学都看向她。她抱着胳膊坐在座位里,歪着嘴脸,愤懑地喘息,在大家刚平静心情准备学习时,又猛把拳头砸在书桌上,再次把大家吓了一跳。

第二天晌午,隔壁班的女生到校门口买午饭时,被一个突然冲过来的校外男生用矿泉水瓶给泼了一脸臊气烘烘的尿。她惊慌失措,吓得跳脚尖叫,此时,苗馨就站在她面前,抱着胳膊,洋洋得意地看她。

没有证据,也没有人能够证明,是苗馨找人给那个女生泼的尿,但谁都知道,这一定是苗馨干的。后来有人传说,苗馨是花了五十块钱雇佣的那个男生,听闻者都深信不疑,因为她是苗馨,因为苗馨一定会这么干。

睚眦必报,不可冒犯,这是苗馨的性格之一,而另一种明显的性格便是高调。

　　我们班有个很高冷的帅哥，名字叫程野。苗馨对程野可谓是一见钟情，当时拒绝楚满的追求，正是因为这个程野。每个课间，苗馨必转悠到程野身边，大声与程野说笑，冷漠甚至可谓孤僻的程野从来不理睬她，她也不觉尴尬难堪，甚至还以辱骂其他同学的方式来哗众取宠，吸引程野的注意。她还总给程野买好吃的，当然，那些吃的从来都被程野拒绝，最后悉数进了她自己的肚腹。

　　苗馨曾豪迈地跟男生们说，所有暗恋女生的男生都是窝囊废物，爱谁就要像她这样不顾一切地猛追。为了追求程野，她曾站在讲台上恬不知耻地大声宣布，她是程野的女朋友，不许任何女生爱程野，要是被她知道，一定给那个女生好看。为了成为程野的同桌，她找了几个校外的流氓，在程野的同桌女生放学回家的路上进行恐吓与骚扰，可谓不择手段，最后终于成功成为程野的同桌。那时我想，苗馨这人可能是个女疯子。

　　就是这样性格的一个女生，怎么会自杀？

　　"她会不会是被人杀死的？"沉默了一会儿后，我忽然说。

　　楚满和小武不安地看着我。

　　丝丝绵绵的小雨刚好把整个铜城打湿，没有造成地面上污水漫溢。我穿着雨披，推自行车走进校门，正好碰见撑着伞独自往校门里走的杨媛。中学时代，好像每个女生都会有一个能在课间时陪自己去厕所的闺蜜。杨媛与苗馨便是这种关系，高二年级后，两人常常形影不离，虽然性格迥异，却始终维持着朝夕相处的友谊。

"你不冷吗？"我主动打招呼。

杨媛扭过脸，眼睛里布满血丝，面色苍白，疲惫地冲我笑了一下。她穿着一件半袖的T恤，胳膊上湿漉漉的，既有细密的鸡皮疙瘩，又有一道明显的结痂的伤疤。

"还可以。"她一如既往地轻声细气。

"记得往年的儿童节时，天气都很热了，今年还是有点儿凉呵。"

"嗯，应该很快就要热了吧。"她快速朝我身后看一眼，"今天没和楚满一起来吗？"

"没有，我们俩都是晚上一起走，早上不一起来的。"

"哦，你们俩那么好，我以为你们无时无刻不在一起呢。"

"我倒是想呢，可他太能睡懒觉，总迟到不是吗？"我笑着推车子朝楼后的车棚走。

没想到杨媛竟然撑着伞跟我往楼后走，嘴里说："感觉你和楚满性格差异挺大的，完全两种人，你们是怎么成为好朋友的？"

"我们俩认识很多年了。"我锁好车子，和她一起往教室走，"你和苗馨的性格不也这样吗？也是两种人，你们又是怎么成为好朋友的呢？"

杨媛垂着脸走路，好一会儿没有说话，等走到教学楼正门口时，她忽然偏过脸看我，很认真地对我说："我和苗馨，也不是好朋友啊！"

我费解地看着她。

"我们只是……总在一起。"

与苗馨的疯疯癫癫、嚣张跋扈不同，杨媛是内向的，沉默，谨慎，多疑，脆弱。这样的性格势必会使她常常因为一点芝麻小事而坐立不安，平日里见她，总是面孔低垂，双眉微蹙，一副心事重重的模样。

大概因为我和杨媛的性格比较接近吧，班里我只对她有过好感，曾追求过她，鼓起勇气写过一个约她周末爬山的纸条，夹在英语词汇手册里送她。她上课时发现后，立时慌了，连等下课或者等个合适的机会都等不得，当即给我写了回复的纸条，让同学传过来。

回复的纸条里写了很多字，让我微感惊讶。她用非常真挚的语气说我约她爬山，让她很感荣幸，很是激动，我能瞧得上她，她很是感谢。接下来她写了一大堆我的种种优点，诸如稳重，诸如善良，诸如正直，诸如有责任心，甚至为了表明自己不是因为安慰我而胡乱夸我，还举出一些能证明我上述种种优点的小事例，比如我曾帮一个擦玻璃的女生用水盆端水等，有些小事连我自己都未曾放在心上，几被遗忘，她却详细地写了出来。纸条的最后，她说虽然我那么好，但她不想和我如何，究竟为何不想，倒是语焉不详。

我本就在她面前自卑，没对这件事情的成功抱以太多期望,读了这样掏心掏肺的拒绝回复,并不太过伤心,甚至有点哭笑不得。我把纸条塞进书桌,自然没有必要的回复,却不想,杨媛很快又传给我一个纸条。

这次杨媛在纸条上用一种非常苦恼的语气,说她写了上个纸条后很是后悔,因为她想得多了,我的纸条只写约她爬山,并没有说喜欢她,她却把我当成了追求者,还说了那么一大堆语无伦次的话,简直太丢脸。她说我的出发点一定只是纯洁的同学友谊,她误会了,要给我道歉,要我不要嘲笑她,也不要因此记恨她,甚至因此再也不理她。她又开始写我的种种优点,用以表示她非常不希望失去我这么一个好同学,好朋友。

我无奈苦笑,把纸条塞进桌洞,万没想,第三个纸条随即又传到我的手里。

杨媛不无伤感地在纸条说,看着我的背影,看着我微笑摇头,她的心都碎了。她说我一定是在嘲笑她,在鄙视她。她再次向我表达歉意,以及表达对我们之间那同学间伟大情谊的重视。最后她说,她决定接受我的邀请,要周末时和我一起去爬山,但是最好还有别的同学,可如果我非要坚持只有我们两个,她也会勉强同意的。

我几乎忍不住笑出来,觉得她的心理素质未免太差,但立即又觉得很感动,觉得她很单纯,很可爱。我给她回了信,说主意是楚满出的,要去也是大家一起去,但楚满是随口说的,未必真的成行,不必多想并且有压力。杨媛接到纸条后,没有再给我传纸条，下课后，她飞快地走出教室，买了两瓶冰红茶回来，给我和楚满一人一瓶。

就是这么个杨媛，在最好的朋友苗馨死后，竟然主动找到老刘，提出要搬到苗馨的座位，成为程野的新同桌。她突兀的要求让老刘始料未及，毕竟苗馨刚死，他还没能来得及意识到这个空座以后的归属。平日里内向的杨媛，竟然这么急地找他提出这个请求，这可真奇怪。于是，苗馨的家人一把苗馨的遗物取走，杨媛就搬到了苗馨的座位。我想老刘在杨媛找他后一定会感到欣慰的，因为班里同学，一定没有敢搬去那个座位的，搞不好程野也要请求换座，这倒是个挠头事。所幸的是，现在就这么解决了。

见我更加一脸费解，她又用肯定的语气说："我这个人从来不在学校里交朋友。"

其实她在学校里有朋友的，我知道，至少曾经是有的。

雨后的天气果真如杨媛所言，一天热过一天。杨媛却一天比一天憔悴，整日恍恍惚惚，有时魂不守舍，有时忧心忡忡，有时看着与她说话的人目光呆滞不知作答，有时课堂上坐在程野身边望着窗外长久出神。她这副模样，我看在眼里，心有些不好受，几次在楼梯上与她迎面相遇时，都想开口说点什么，安慰安慰悲伤孤独的她，可终究是与她擦身而过，话未出口，先自窝囊地吞咽下肚。

直到一天晌午，快上下午课时，我见她脸颊上有轻微的伤痕，才鼓起勇气叫住她。当时我站在教室前门外，靠着走廊窗口无聊地乘凉，等待上课的预备铃响，她大概是刚从厕所回来，独自慢腾腾地走，正要进教室。

"杨媛。"我轻喊一声。

"嗯？"她停住脚，像是受惊了，扭头看我。

"你最近怎么了？"

"什么怎么了？"她声音微弱，目光躲闪。

"有什么心事吗？"

"没有啊。"

"你脸上的伤是怎么回事？"

她垂下目光，无声地转过身，恍恍惚惚地走进教室，像是没有灵魂。

我跟在后面走进教室，见她将脸埋在手臂里，趴在书桌上，像是在疲惫地睡觉。

这时上课铃声响了，午后的第一节课是体育课，同学们兴高采烈地往教室外面涌，有抱着排球的，有抱着篮球的，有抱着足球的，三五成群，嘻嘻哈哈。这个青春勃发的场面与杨媛全然无关，她枯坐在座位里，出神地看着窗外。窗外是无比晴朗的午后，湛蓝的天空上像是在往下掉大块大块的金子。

人都走光了，连从不参与集体活动的极为不合群的程野都夹着一本小说走出了教室。我慢腾腾地离开座位，沿着过道往前走，走到杨媛身边时她忽然开口叫住了我。

"廖宇。"

"什么事？"我站住脚。

"帮我跟体育老师请假，说我身体不舒服。"

"哦，好。"我走了两步，回头问她，"要不要给你带点儿吃的，或者什么药？"

她趴在窗台上，没有反应，对我的话置若罔闻。

我落寞地走出教室。

对于体育运动，我实在没什么兴致，偶尔会打打篮球，可同学们都去踢足球了，我只好坐在球场边的树荫里，无聊地看那些男生们在操场上叫嚷着飞驰。偶尔会抬头看看我们班的教室窗口，五楼的某个窗口里似乎能隐约看见杨媛的头发。

我看见程野坐在不远处看书，他的神情依然抑郁而冷漠，他瘦小的身体看起来还是那样弱不禁风。实际上他五官清秀，瞳孔漆黑深邃，看起来像是那种日剧里的贵族小孩，而且雪白细腻的皮肤使他看起来格外干净，比女孩还干净的男孩自然显得不俗。学校里不知有多少女孩在暗恋着他，像苗馨一样为他着迷。

我想和程野说点什么，起身朝他走去。岂知他在注意到正注视着他并朝他走来的我后，竟然立即起身，拎着书以躲避我的姿态，朝远离我的方向走去。我停住脚，心中有点气恼，忽然见他停住脚，拧身朝教学楼看，便也把目光随之移过去，马上注意到我们班教室前面的那个窗口，杨媛正蹲在窗台上。

很快，全操场的人都注意到那个窗口，所有人都停住动作，僵立原地，恐惧地瞪大双眼，咧开嘴巴，惊愕地盯着窗口。

"喂！"有人喊，"杨媛，你干什么？"

有人往教学楼跑，接着所有人都往教学楼跑。

我边跑边紧张地大声喊："喂！喂！杨媛。"

杨媛对所有喊声都充耳不闻，对脚下所有焦急的人影都视若无睹。她笨拙地调整好姿势，俯视着楼下的花坛。她慢慢抬起胳膊，像鸟儿张开翅膀，然后头猛然向下一低，整个人掉了下去，那动作极像一个跳水运动员以头朝下并张开双臂的姿势翻下跳台。

所有人都惊呆了。

我们眼睁睁地看着杨媛沉重无比地砸在楼下的水泥地上。

像地震了，我摇晃着险些跌坐在地上。

无 耻 追 求

吃过午饭,我和楚满来到篮球场看小武他们打球。小宋他们几个男生正站在篮球架后面的树荫里热火朝天地聊天,听见他们聊的是杨媛的自杀,我和楚满就感兴趣地凑过去听。

"还不够明显吗?"尖嘴猴腮的小宋表情生动,两个眼珠神秘而兴奋地滴溜溜转,故意要压低声音,却听起来依然尖声尖气,配合着手势叽叽喳喳地说,"我问你们,程野原来的同桌是谁?我是说苗馨之前的。"

"王姗姗呗。"

"王姗姗怎么了?"

几个男生面面相觑:"死了啊。"

王姗姗与杨媛还有李小钰,三个性格都比较文静的女生原来是好朋友,在学校里,是无时无刻不粘在一起的好姐妹。当时王姗姗是程野的同桌,两个人的关系好像挺不错的,这让喜欢程野的苗馨无法接受,于是王姗姗就成了苗馨的眼中钉肉中刺。苗馨用了些非常阴损的办法,将王姗姗逼走,自己成为程野的同桌。不久后,因为受到苗馨欺负而整日情绪低落的王姗姗意外死亡。死亡原因是跟她妈妈周末时在一家麻辣烫店里吃麻辣烫,店里的液化气罐着火爆炸,包括王姗姗和她妈妈在内,一共四个食客被当场炸死。

"没错,王姗姗是程野的同桌,后来死了。她死了后,谁是程野同桌?"

"苗馨啊。"

"后来苗馨怎么了?"

"废话。"

"不是废话,是死了。苗馨之后谁是程野的同桌?"

"杨媛呗。"

"杨媛怎么了?"小宋自问自答,"也死了。"

大家纷纷点头,都觉得很诡异,很可怕。

"所以你们懂了吗?她们都是被程野害死的。"小宋总结道,"谁成为程野的同桌,谁就会……你们明白了吧?"

楚满拍了我的胳膊一下,朝教学楼方向努嘴,意思是要回教室。我跟着他往教学楼走,走了几步,他的脸上露出不屑的笑容,说:

"一群什么都不知道的傻蛋,听他们胡说八道什么啊,说得程野好像鬼似的。"

"可是确实挺诡异的,尤其自杀前的杨媛。"

楚满像个老大哥那样搂住我的肩膀:"我知道你始终喜欢杨媛,杨媛出了这事你也很受刺激,但我跟你说,杨媛不值得你对她多用心,有些人并不是表面你看到的那样。"

"什么意思?"

楚满没有回答,嘴角勾出一个意味深长的微笑。

走到教学楼前的台阶时,我们遇到班里新转学来的女生田原。楚满大大咧咧地冲田原喊了一声"美女",田原却毫无反应,迈着轻盈的步子,继续往台阶上走。楚满只好喊一声她的名字。听到"田原"两个字,她才停住身体,敏捷地转过一张灿烂的笑脸。

田原是上周一那天转学来到我们班的,最显著的特点就是爱笑,笑得那么明媚好看。那样动人的笑容,无论是什么样的男生,看了都会怦然心动的。

"叫你美女怎么没反应啊?"

"因为我不是美女啊。"田原背着手,嗓音清亮地看着走近的楚满和我。

"怎么会不是美女呢?"

"有这么肥的美女吗?"田原指自己的脸。

田原虽然有一张圆脸,但其实她并不胖。

"我把你定位为我们班的班花了。"

"没看出来,你权力倒挺大的哈。"田原发出清爽的笑声。

"你知道我是谁吗?"

"你叫楚满对不对?"

"这么快就知道我的名字啦?你挺关注我的嘛。"楚满抱臂站着,嬉皮笑脸。

"嗯,多亏了程野,是他帮我把班里每个同学和他们的名字对上的。"

田原转来时,老刘给她安排的是后排的空座,但两天后,她发现前排程野的同桌是空的,便跟老刘提出要坐程野身边的空座。老刘有点为难地看着她,犹豫不决。她忽然说她已经知道苗馨和杨媛的事,甚至王姗姗的事,所以她知道大家都忌讳那个座位,也知道大家背后都说程野是不祥的怪物,但她不在乎,她希望刘老师给她安排到那个座位上。老刘只好同意,因为他没有科学合理的理由拒绝。

"程野?"楚满面露不快,"那个怪物,你不害怕?"

"我才不怕呢。"田原满不在乎的样子让她看起来个性十足。

"看你最近和程野每天聊得挺热乎的,我们老刘可严禁班里学生谈恋爱,不怕被他知道吗?"楚满的口气里透着明显的醋意。

喜欢田原的当然不止楚满,恐怕连怪物程野都对她怦然心动。程野是个与任何人都不主动说话的男生,却每天与田原热烈聊天,对大家来说,这算一幅稀奇的景象。

田原喊一声，撇撇嘴："谁说我们谈恋爱？我们是讨论学习。"

"一会儿是体育课，我们俩也讨论学习吧，到操场边的树林里，好不？"

"不好。"田原咯咯笑了两声，扭身快步朝楼梯走，大声说，"跟你说得太多，渴了，上楼去喝口水，一会儿下楼看你们踢球，你们不是要踢比赛吗？"

"你就看我的神勇表现吧！"

"好！别丢脸啊。"

楚满呆立着，直直地看着田原往楼梯上面跳动的背影。

"你的魂儿被田原勾走了？"我忍不住说。

楚满直到田原的背影消失，才不舍地收回目光："我发誓我一定要把田原追到手。"

"我看应该没戏吧，田原好像……"

"你说程野？"楚满愤愤然地看着我，"他得有那个本事。"

很快，下午课的铃声响起，下午的体育课照常改成大家的自由活动课。班里的男生们几乎全部在操场上踢足球，他们分成两伙，踢得起劲儿。那个时间段天气热得可怕，操场被他们搅得尘土飞扬。

我不擅运动，像往常一样坐在球场边的树荫里当观众，看着看着便困得睁不开眼睛。这时我注意到程野也像往常一样，坐在不远处的树荫里，拿着笔和白纸本在随意地画着什么。

"画得不错嘛。"田原走到程野身后，夸赞道。

程野扭过头，冲田原极少见地露出那种明朗的笑容。

"你画我怎么样？看画得像不像。"田原坐在程野前面的一棵树下，摆了个还算自然的姿势，喋喋不休地说，"我跟你说噢，我小时候画画也是很有天赋的，所以我爸才给我报了个美术班。可谁知道，我只有画画的天赋，却没有坐着的天赋。是我性格的原因啦，长时间坐在那儿一动不动地画一只苹果，我都快要烦得发疯了。"

本来田原是在看男生们踢球的，也正是因为她和女生们的围观，才使得男生们一个个踢得精神抖擞。尤其是楚满，他为了在田原面前好好表现，在操场上全场疯跑。可是现在田原坐到树下让程野给她画像，这就不能不使楚满恼怒。

我好几次看见楚满站在球场上朝这边张望，脸上带着气愤和忧伤，急切与不甘，最后变成毫无激情地在操场上慢腾腾地走来走去。

程野很快便画好了，把手里的本子递给田原看。

"哇，画得真好。"田原高兴地举着本子朝我走来，让我看，"廖宇你说，是不是画得特别像？你看眼睛，多有神啊，用笔画怎么可能画得这么传神呢啊。"

我点了点头。

"你真厉害。"田原转身离开，崇拜地对程野说，"天啊，程野你是个天才。"

程野的脸上浮现窘迫神色，笑着让田原不要大声嚷嚷。

楚满突然离开球场，大声让其他人先踢，说自己要去厕所。

厕所是一栋独立的二层小楼,在操场的南侧,楚满却并没有直接朝厕所楼走,而是脚步飞快地走向田原和程野,突兀地挤到正站在一起看画本的田原和程野中间,野蛮地将程野给拱到一旁,高声大气地问他们俩在聊什么聊得这么热闹。

"你看,程野画的我,像不像?"田原把手里的画本递给楚满看。

楚满厌恶地扫了一眼那张画:"画得真烂。"

"怎么可能?你都没仔细看,你看看我的眼睛。"

"我不看。"楚满高昂着头,阴阳怪气地说,"我可不是来看程野的破画的,我是好心来提醒一下你们,大操场上,你们别太亲近了,以免粘在一起还得用锯拉开。"

田原尴尬地笑:"你瞎说什么哪!"

程野则一直在用那种阴郁的眼神斜视着楚满。

楚满冷冷地哼了一声,返身朝球场走去。

楚满走后,程野和田原又开始叽叽喳喳地聊天,每个人都喜形于色,仿佛自己有说不完的话。直到快下课的时候,程野才离开田原,朝厕所的方向走。

我的眼前对着球门,球门前的守门员紧张地盯着正带球飞奔而来的楚满。楚满带球能力强,速度快,眨眼之间冲到球门前,抡起腿,异常凶狠地一脚抽射,直接把足球踢成了一颗危险的子弹。足球瞬间从球门旁飞过,以极快的速度击打在从厕所回来的程野的脸上。

砰的一声,程野捂着脸跌倒在地,与此同时,下课铃声响起。

"程野!"操场边传来一声担忧的喊叫,是田原在朝这边跑。

我和球场上的同学一起朝程野跑去,拉着他的胳膊把他从地上扶起来。他紧闭眼睛,手掌死死地捂着脸,一副失去知觉的模样。

"你没事吧程野?"大家乱糟糟地问。

程野不说话,只迷迷糊糊地站着,像是一个塑料人般僵硬。

"谁踢的啊?"田原气愤地大声问。

"是我,我不是故意的。"楚满抱歉地说。

田原紧闭嘴唇,鼓着腮帮,气呼呼地盯着楚满的脸。

"我真不是故意的,我是要射门,射偏了,真的。"楚满一脸真诚地冲田原解释,伸手拉程野胳膊,"还是去医院吧,走,咱们把他抬医院去。"

"我没事儿。"程野终于说话。

"你真的没事儿吗?"田原不安地看着程野。

程野眼睛明亮地看着田原,又扫视了一下其他同学,一边拉着田原往教学楼的方向走,一边重复着说自己没事。大家见到程野的眼神,又见程野的神态举止都恢复了正常,便都放下心来,觉得程野是真的没事了。

"我真不是故意的,真的,还是去医院检查一下吧。"楚满和大家一起簇拥在程野的身后,愧疚地扶着程野的胳膊,嘴里直说抱歉的话。

"不用，我真没事儿。"程野始终垂着头，这时他终于扭过脸来看了楚满一眼。那眼睛里面没有丝毫的埋怨和愤怒，干净得像是一个安静的婴儿。

走进教学楼，楚满和那些浑身是汗的男生们去水房里洗头，我直接回教室。

楚满踢球时裸露在外面的皮肤都被水洗过，湿漉漉地走进教室，一屁股坐在我身边。"这周末我要约田原滑旱冰，你说她会同意吗？"他问我。

"你是故意的吧？"我问他。

"什么？"

"你说什么。"

楚满诡秘地笑了："谁说的？"

"你别这样。"我的语气里同时带着厌烦和乞求。

"我心里有数。"他无所谓地笑，"我问你的问题你还没回答呢。"

"不知道。"我摇头。

"对了，以后每天放学后我和田原一起走，你要是不爱陪着就自己回家吧，我要在把她送回家后再回铁锁街。"他一本正经地跟我说。

平时放学后都是我和楚满一起回家的，想到他要抛下我和田原一起走，我感到一丝失落。我说："我无所谓，反正回家早了也没什么意思，大家一起走吧。"

"太好了，从明天起我们俩不骑车了，改成步行。"他高兴地把右拳砸在左掌里。

我拎着书包，踩着马路牙子站在校门口的马路边，无聊地朝着校门里侧张望。小武骑到我身边，停住车，单脚撑地，问我在看什么。我朝校门那边扬扬下巴，小武看去，见楚满正和程野站在门卫室的旁边说话，就好奇地问我他们俩在说什么。

"楚满在警告程野，以后别和田原走得太近，在学校里时不许搭理田原，放学后也不许和田原一起走路。"我猜测地说，"他一定特牛气地说田原是他的。"

小武无奈地摇头，笑说："他怎么总那么幼稚，都多大了，还来这一套。"

我同意地点头。

"你还陪楚满送田原？"

"是啊。"我颇为无奈地回答。

小武就骑车先走了。

很快，楚满和程野一前一后走出校门，程野直接走向附近的公交车站，楚满走到我面前，站在校门口，耐心地等待今天放学后需要值日的田原。我们俩在等待田原的时候，算是目送了程野上公交车。他最近接连受到楚满的欺辱，这使我遥望他的背影时心里生出强烈的怜悯。

田原家住在百合街，我知道一条去往百合街的近路，便是横穿劳动湖公园。不过横穿公园需要翻越公园的围墙，田原当然是不会走那样的路线的,所以我们要多走许多路。

我很识趣地与他们俩保持一段距离,走在后面,耳里却把他们的对话听得清清楚楚。

"怎么样?"楚满又开始追问老问题,"你到底去不去?"

"去哪儿啊?"田原恐怕耳朵都听出了茧子,却明知故问。

"周末去滑旱冰啊。"

"噢。"田原没精打采的样子,"我不去,我有事。"

"那你什么时候没有事?"

"这个么……"田原为难地想了想,"再说吧。"

"什么叫再说啊?"楚满烦躁地提高音量。

"我家刚搬来嘛,家里人不让我随便出去。"

"那中午放学总该可以的吧?"楚满不厌其烦地问,"玩一会儿就回来,或者我们俩可以去干别的,吃饭啊,逛动物园啊,看电影啊,唱歌啊,你喜欢玩什么?"

"我什么都不喜欢。"田原每天被楚满骚扰,脸上已经很少见到平时那礼貌的笑容了,对楚满,她变得有一些爱理不理的。

"那你到底喜欢什么啊?"楚满很着急。

"我说了,什么都不喜欢。"田原茫然地目视前方,忽然惊喜地叫起来,"程野!"

我和楚满朝前看去,见前方的公交车站,程野右手拎着书包搭在肩膀后面,左手插在校服裤子的裤兜里,面无表情地看着我们这边。

"我送你回家。"程野看了一眼惊愕中的楚满,冲田原说。

田原像只小麻雀,高兴地跑到程野面前,没有扭头看楚满,仿佛楚满与我根本不存在,与程野肩并肩朝前走,嘴里着急地说着话。

程野上了公交车后,只乘坐一站,不知这一站地的车程里想了些什么事,以致决定在第二站下车,无视楚满的警告,作对般地等待田原。他和田原肩碰着肩朝前走,一路说说笑笑,看起来很是亲密的样子。这有点刻意的景象,当然把楚满气得火冒三丈。

楚满盯着程野与田原的背影,恨得把后槽牙咬出格格声响,突然小跑两步追上去,使出他擅长的动作——用肩膀粗鲁地拱开程野,挤在程野与田原中间。这情形却让我感到很是腻烦,因为我不止一次看到这种行为了,我觉得这实在过分,即使楚满是我的好朋友。

"说什么呢?"楚满笑呵呵地看着田原,"看你们说得这么高兴,也让我高兴一下。"

田原对楚满的野蛮行为几乎忍无可忍,但她还是努力克制了自己的愤怒情绪,面无表情地说:"没聊什么。"

"没聊什么是聊什么?"楚满又把头转向另一边,"程野你们刚才聊什么来着?"

程野目光阴郁地注视着楚满不说话。

他们三个人走在前面,谁都不再说话,气氛便显得十分尴尬起来。大概是为了缓和这种尴尬,楚满偏过脸跟走在后面的我说话,东一句西一句地问我一些问题。他的问题都很无聊且幼稚,因此回答他问题这件事便使我感到有些不快,回答的声音也便没什么好气,哼哼哈哈地应付他。

我们四个人总算是走到田原家小区的门口。田原走进小区之前与程野道了别,还对我的陪送表示了感谢,唯独没有理睬楚满,对他视而不见。这让楚满的自尊心受到较重打击,他看见田原快步走远后又去看程野,那时的程野也走远了。他喊了程野一声,程野没有反应。我还以为他会追过去,可他没有。他像一个悲壮的英雄站在黄昏时的马路边。

整个回去的路程里,楚满没有说话,看起来情绪很低落。

我们翻越劳动湖公园的围墙,打算像往常那样抄近路回铁锁街,在往围墙里面跳的时候,楚满由于心神不宁摔倒在地,膝盖磕到了后山坡的一块石头上。他被我扶起来时恶狠狠地咒骂了一句。眼前是一座人工堆成的小山,我们准备翻过这个小山时,密布山上的树林里出现一阵响动。夕阳即将沉没,树林杂乱且幽暗,我们俩都被吓了一下,有点不安。

"什么东西?"楚满看着我。

我朝响动的方向看去,灌木丛和废弃物遮挡住了一切,只好摇了摇脑袋说不知道。

我们俩艰难地穿过那片几乎无人接近的树林,翻过小山,这才有了供人拾阶登山的小径。一起往山下走的时候,楚满又跟我提起他接下来准备实施的追求田原的计划。

"我让人帮我打听到了田原的生日,是7月7日,就在这周的周五。"

"七七事变?"我想这生日倒好记。

楚满不禁露出微笑:"跟你有一比吧?"

我笑一下,点头,我的生日是八月一日,每年的建军节。

楚满抬起胳膊,搂住我的肩膀,忽然极为遗憾地叹了口气,眼睛看着前方,语调沉闷地说:"本来计划在你今年的生日时送你一个大礼呢。"

"什么大礼?"我好奇地问。

"不说了,都送不成了还说它干吗。"楚满收回目光,看着我的脸,歉疚地笑了笑,"我准备送田原一个有分量的生日礼物。"

我恍然地摇了摇头,立即明白楚满的意思,他要把给我买"大礼"的钱转为田原买"有分量"的生日礼物,不过我并不介意,他恐怕是唯一会在每年我生日那天给我买礼物的朋友,这已让我足够感动,礼物是什么根本不重要。

"重色轻友啊你。"

楚满嘿嘿笑,说:"说点儿正经的吧廖宇,你帮我想想,我准备送田原一个生日礼物,让她看上一眼立即感动的那种,你说我送什么好呢?"

我想了想,没主意地摇起头。

楚满很困扰地挠着脑袋:"你说女生们都喜欢什么呢?"

"不知道。"

"我送她一个手机怎么样?德惠商场里那次我们俩看见

的那款红色的。"

"那个有些贵吧？"

"贵才能让她感动啊。"楚满的右拳在左掌里用力砸一下说，"就送那款手机。"

"可你有那么多钱吗？"

楚满诡异地牵起嘴角笑："你没发现我最近很有钱？"

"发现了啊。"我奇怪地看向他，"小武还问我呢，说你哪来的那么多钱，总请我和小武在外面吃烧烤，你哪来的钱？"

楚满笑而不语。

"楚满。"

"嗯？"

"以后你还要送田原回家吗？"

"当然了，程野在跟我较劲你没看出来吗？我输谁也不能输他啊。"

"那你自己送吧，我以后不陪你送她了。"

我确实想不通我干吗要无声无息地跟着他们，他们的事跟我哪怕有一点关系这样做也值得，可根本没有，何况楚满的行为让我感到难堪和无法忍受。我想田原一定因为楚满连带着把我也给当成混蛋了，即便不当成混蛋，恐怕也要当成是混蛋的狗腿子吧。

楚满一边走，一边转着脸打量我，忽然带着歉意地笑了，说："好吧。"

劳 动 湖 公 园

7月7日,周五早上。我来到学校,看见楚满坐在自己的座位,神情有些异常。我坐在椅子上,把书包塞进桌洞时,他一把抓住我的手腕,竟然非常严肃地告诉我说,他看见了一个三只眼睛的人。我扭过脸惊异地打量着他,只能说他在胡扯。

"真的。"他的一只手紧紧地抓着我的手腕,"就在劳动湖公园里,我要骗你我是王八蛋。我昨天送完田原回家,像往常那样从后围墙翻进公园,然后看见一个人自个儿坐在小山后坡的大石头上看书。我心想这谁啊?怎么跑这儿来看书?不是有病么,就站下来朝那边看,那个人也在朝我看,然后我就看见了他的脸,看见他的脑门上还有一只眼睛,他有三只眼睛。"

"你胡说什么呢?人怎么可能有三只眼睛?"

"真的廖宇,我看得清清楚楚,脑门上的第三只眼睛是真的眼睛,当时还瞪我呢。"

我困惑地看着他,想弄清他是否在开玩笑。

"我要骗你是王八蛋!真的,我看得清清楚楚,是个跟我们年纪差不多大的男的,穿着一套深蓝色的运动服,不会有错的。"

我用力盯着他那张近在咫尺的脸,看脸上那惶恐的神色,似乎他并非在胡说八道。可我还是无法相信这世界上有三只眼睛的人。

"然后呢?"

"然后……那个人腾地一下子站起来,手里拎着一根铁管朝我跑,要打我。我吓得撒腿就跑,往公园里跑,你是不知道我有多害怕,都差点儿尿裤子了。等我见到小山前面那些逛公园的人时才想起来喊救命,这时转头看,那个怪物已经不见了。"楚满心有余悸地看着我,"我差点儿被他给杀了。"

我愕然地看着他,不知道说什么好。

楚满见我反应不强烈,就情绪激动地去跟班里的其他人讲他的恐怖遭遇,可惜其他人的反应还不如我的反应让他欣慰,没人相信他的话,都在嘻嘻哈哈地冲他傻笑。

整个上午,楚满的精神状态看起来好像都有些低沉,趴在书桌上发呆,也许在想那个三只眼睛的男孩吧,直到第三节课下课的铃声响起,他才重新变得生动起来,带着事先准备好的礼物盒,走到教室门口,把田原喊了出去。

我注意到程野在密切地注视着教室门口的方向,可他什么也看不见。此时的楚满和田原正站在走廊里说话。我想不出楚满和田原究竟说什么会说上整整十分钟,他们是直到上课铃声响起时才走进教室的。看楚满的表情便知道发生了什么事,一定是他的礼物没有送出去。

"怎么样?"

"她死活不要。"楚满郁闷地说,"难道连普通的朋友都做不成吗?普通朋友送生日礼物难道她也不要吗?干吗这么对我啊?"

"她是不是觉得礼物太贵重?"

"不可能,她根本不知道礼物盒里装的是什么。"

一节课很快便在楚满喋喋不休的抱怨中过去,午休时间到了,我叫楚满出去吃饭,他把脑袋砸在胳膊上,瓮声瓮气地说不去,我便和小武他们一起出了教室。

等吃完饭回到教室的时候,楚满已经不在教室里。他是在快上课的时候才走进教室的,上午因为送礼物被田原拒绝而低沉萎靡的状态,看起来好了一点。我问他去哪了,他说出去透了口气。他回到座位后频频往田原的位置张望,好像在期待着什么。

田原和程野是在打预备铃的时候走进教室的,预备铃后五分钟便是上课铃。田原刚一坐下便又站了起来,手里拿着一个什么东西朝我这边走过来。她走得很快,而且面无表情。"这是你的东西吧?"她手心里拿的正是楚满买的那款手机。

"什么?不是我的。"楚满矢口否认。

田原厌恶地把手机扔在楚满的桌子上,转身往教室前面走。

楚满抓起手机跑到过道里,一边迈开大步朝田原追,一边说:"这不是我的。"

"你别那么无聊!"田原转过头,洞悉一切地盯着楚满眼睛,"我不会要的。"

"我以同学的身份送你一个生日礼物,没什么不正常吧?"楚满把手里的手机递向田原,哀求地说,"收下吧,当着全班同学,给我个面子。"

"什么面子不面子的,我说不要就不要。"田原毫不迟疑地拧身朝自己的座位走。

楚满的脸色立即变得铁青,一动不动地站在教室的前面。所有学生都把刚才的一幕看在眼里,此时谁都不敢发出声音,教室里静得让人感到不安。上课铃声突然响起,铃声突兀刺耳,与此同时,楚满举起胳膊,猛地把手里的手机摔在地上。

由于明天是周六,不用上学,今晚也不用回学校上晚自习,吃过晚饭后,我百无聊赖地来到铁锁街上散步。我在傍晚的街边慢慢地走,看见楚满拎着书包从对面走来。他脚步匆匆,正打算往前面他自己家的小区里拐,在看见我后,直接朝我走过来。

田原这么对他,他竟然又去送人家了,我为他感到悲哀。

"程野可能是退缩了。"他走到我面前,兴冲冲地告诉我。

"什么意思?"

"我猜他是想放弃田原了。"他解释说,"今天把田原送回家后,他和我说,想在星期天那天跟我谈谈田原的事。我问他什么事,他说等星期天见面了再详细说。"

"星期天在哪儿见面?"

"星期天上午在劳动湖公园里。程野这个王八蛋愁眉苦脸的,也是实在拿我没办法了,我不停地欺负他,他终于崩溃啦。"他得意地笑说。

"可他到底想跟你谈什么呢?"

"星期天就知道了,饿死了,回家了。"他掉头离开。

楚满离去的背影,在愈发昏暗的街道上越来越模糊,虽然模糊,但我很能感觉到他步子的轻快。他一定对后天与程野的见面充满期待。他的背影很快消失在小区门口,那是个再平凡不过的大男孩的背影,也是我再熟悉不过的好朋友的背影,只不过,我怎么也不会想到,那竟是我最后一次目睹那个生动的背影。

放学后,我背着书包走出校门,在经过校门外一家小商店的门口时,看见班里的女生李小钰从小商店里走出。她的

劳动湖
公园

手里拿着一支雪糕,见到我后冲我害羞地微笑,喊我的名字。她的身材虽然算是个细高挑,但近视眼镜和牙套影响了她面容的美观,使她在班里男生的眼中显得平凡无趣,平时算是个默默无闻、不受关注的女生。

我闻声站住脚,看她从小商店门口的台阶上走下来。她穿着一双塑料凉鞋,踩着台阶时会发出清脆好听宛如小鹿蹄声的嗒嗒声。

"还是没有楚满的消息吗?"她和我并肩朝前走。

"嗯,没有。"

"唉,一个大活人怎么就失踪了呢。"她小口地咬着雪糕,看起来很困惑。

那个星期天的白昼彻底结束后,楚满的妈妈来到我家,问我楚满去了哪里,为什么到现在还没有回家吃饭。她还以为楚满在我家呢,或者起码会如往常那样与我在一起。我告诉她,这两天我都没有出屋,一直待在家里准备期末考试,没有见过楚满,也没有和楚满联系。

楚满妈妈说楚满平时虽然顽劣,但从不会干这种不跟家里说一声就夜不归宿的事。她回到家里继续等待,过了午夜,楚满还是联系不上,就等不下去了,再次来到我家,求助于我。我几乎给班里的同学全都打了一遍电话,但他们都说没有见过楚满。

我突然想到楚满之前对我说过的话,他说今天上午会和程野在劳动湖公园里见面,于是又给程野打电话,可程野说没有见过楚满。程野解释说他今天和田原去红叶山玩了一天，本想打电话告诉楚满一声先不见面的，但是给楚满打电话楚满的手机一直是关机状态。

接下来，我的父母和楚满的亲人们一起走出小区，跟着我去附近的网吧和游戏厅一类的场所去寻找。大部分娱乐场所那个时间都关门了，只有极少数的还在偷偷营业。我们进到每一个营业的娱乐场所里仔细寻找，找了一整夜，也没有找到半点关于楚满的消息。

第二天，楚满妈妈报了警，据我所知，警察好像仅仅给做了登记，没有什么帮忙寻找的实际行动。楚满就这么人间蒸发了。

"你们俩是最好的朋友，现在都没人陪你一起走路了，你一定特别伤心吧？"

我含糊地嗯了一声，忽然意识到，李小钰好像没有什么朋友，每天放学后都是自己孤孤单单地回家，所以她会格外觉得，没有人陪着走路是一件非常让人伤心的事。不过我还好，没有了楚满，还有小武，她却不同。想到这里，我忽然觉得她很可怜。

"问你件事儿，我记得以前王姗姗没出事儿时，你和王姗姗，还有杨媛，是非常要好的朋友的，王姗姗出事儿后，你和杨媛怎么互相都不理睬对方了呢？"

我的问题让她始料未及，她尴尬地看着我，似乎听了个相当难以回答的问题，组织了好一会儿语言才期期艾艾地说：

"这……不好意思说,挺难堪的。"

"哦,那算了吧。"

"不,其实也没什么的。"她吐出"不"字时的语气非常坚定。

我目不转睛地看她的脸,总觉得她的脸上有种在为我做出某种牺牲般的悲壮。

"我和杨媛,我们互相都讨厌对方。"

"为什么呢?"我很好奇。

"这就是我觉得很难为情的地方,原因只是为了一罐可乐。王姗姗的爸爸带回家一箱可乐,那天早上,王姗姗在上学的路上,给了我一罐。到了学校后,遇见杨媛,我随口说了这件事,我以为王姗姗也给了杨媛呢,谁知道没有,结果杨媛很失落,看起来很伤心,也很生气,觉得我和王姗姗在背着她秘密地做好朋友,排挤孤立了她,欺骗她,甚至利用了她。之后她主动退出了我们三个的朋友圈,不再搭理我和王姗姗。"

"原来是这样,可王姗姗为什么只给你带了一罐可乐,却没给杨媛呢?"

李小钰看起来很羞愧:"我承认,王姗姗和我的关系确实要更好一些。"

"其实这没什么,这很正常啊,因为人和人的关系永远没有绝对的平衡。"

"是么。"她似乎对我能说出这样"书面"的话感到惊讶。

"是啊,三个人的关系永远是这样,就连我们的父母,我们也难免会有比较的时候,觉得到底是妈妈对我们更好,还是爸爸对我们更用心。"

"也许你说的有道理吧,反正我总觉得对不起杨媛,像是对她做了很卑鄙的事。不久后,王姗姗出了那件可怕的事,我和杨媛都变得孤零零的没有朋友,所以我想跟她和好,可她拒绝跟我和好,还对我说,你去找你的王姗姗吧。"

"王姗姗都已经死了,她还说这种话,可见她对你和王姗姗有多恨。"

"是的,我那时特别伤心,也就不再试图修复我们俩的关系了。后来,杨媛竟然和她的同桌苗馨成天在一起,这让我不能接受,要知道,苗馨可是我们的敌人啊,她对王姗姗做过什么坏事全班同学都知道,她杨媛就是再缺朋友,再恨王姗姗,也不该和苗馨做朋友,这太过分了,我无法原谅杨媛的这个行为,所以就开始讨厌她了。"

原来这三个好姐妹是因为这样的原因散伙的,一瓶可乐,真让人遗憾。

"最近你不骑车了吗?"走到公交车站时李小钰问我。

"过几天会骑吧,最近天热,我妈怕我晒黑,逼我坐公交。"

"哦,我也是坐公交车回家,你是坐207路吧?可惜我们不同路。"她忽然对未来很期待似的,笑说,"不过以后我也可能骑车上学。"

我嘴里回应着她,无聊地打量着那些贴在公交车站的站

劳动湖公园

牌上的各种小广告，真的是五花八门，各种信息应有尽有，主要还是以租房卖房居多。

"这不是楚满吗？"她指着一张广告纸说。

我闻声看去，果真是楚满的头像。那是一张寻人启事，当然是楚满妈妈贴的。这张寻人启事刚贴上去不久，纸还是崭新的，可楚满那黑白的头像却把他显得像一个年代久远之人。想到楚满妈妈那双憔悴的眼睛，想到楚满那张表情丰富的脸，我轻轻叹了口气，渐渐平静的内心又起了一阵悲凉。

"真奇怪啊，楚满一个大男生，又没有和家里闹矛盾，也没和学校闹矛盾，怎么好好的就能失踪不见了呢。"李小钰又开始重复地嘟囔上了。

我小心翼翼地撕下了那张寻人启事，折叠好，放在书包里。

"你撕下它干什么？"她不解地问我。

"向人打听楚满时用的，等期末考试结束后，我要拿它到处去打听楚满。"

"你真是个够格的朋友。"她崇敬地注视着我。

"哪有。"我有点难为情。

"真的，我平时就感觉到了，咱们班里的男生，我对你和程野的印象最好，其他男生都咋咋呼呼的让人觉得讨厌。这样吧，放假了我也帮你，我们一起找楚满好不好？"

我感激地冲她笑了笑。

李小钰上车离开后，我忽然决定先不回家，而是来到劳动湖公园。

我拿出楚满的寻人启事，问一些每天在公园里卖饮料或者玩具等一些东西的小贩商户，问他们有没有见过寻人启事上的楚满。他们都认真地看了几眼，都同样动作地摇头说没有印象。

回想楚满失踪的第三天，田原把她和程野在红叶山玩的照片带到学校。同学们传看着那一摞摞的照片，照片很快便传到我的手里。我在上课时候，埋着头一张一张地看那些照片，见照片里的田原和程野亲密地站在一起笑。他们显然已经成为真正的恋人，而我身边的座位却是空的，这真是让人无法忍受。

田原和程野最少也应该拍了有两胶卷的照片（那一年，手机还没有真正普及，智能手机更是还没有出现，大部分人拍照依然选择传统的装胶卷的相机），大部分照片都是他们俩的单人照，应该是互相给对方照的，合影也有一些，应该是找路人拍的吧。我盯着照片里程野的眼睛，一双阴郁的孤僻而冰冷的眼睛。那个古怪的念头忽然又浮现在我的脑海，便是楚满的失踪会不会跟程野有关。然后，我偷偷抽出一张程野的照片，又抽出一张田原的照片，将它们塞进书包。

现在，我拿出程野和田原的照片，问公园里的人是否见过，得到的依然是否定的答复。

我一边往小山的方向走，一边想，也是，公园里每天来那么多闲逛的人，谁会留意这几个并不常来的长相平凡的中学生呢。

劳动湖公园

　　劳动湖公园是一个特别巨大的公园,建筑和植物又多,简直像个迷宫。来到小山附近,这里在傍晚的时候人非常少,几乎见不到什么人影。我绕着小山走,抬眼朝山上张望,遇见一个中年男人正拎着小铁皮桶从前面走来,看样子是公园的管理员。

　　回想楚满失踪后的一个周末,那天早上八点,我按照事先约定好的来到小武家找小武,然后与他一起去参加我们班的班长大树的生日聚会。

　　我们俩赶到大树家时,该来的人已经都来了。客厅里聚集着十来个男生女生,正在唧唧喳喳地说笑。小武性格开朗,是大家的活宝,大家都喜欢他,他一进客厅便凑到那几个女生旁边去给她们讲笑话,惹得她们哈哈大笑。我则独自坐在长沙发的一端,安静地瞧热闹。

　　沙发的另一端坐着程野。他竟然能来,倒是让人有点惊奇,不过田原也来了,似乎这就是他能来的主要原因吧。眼下的他正拿着一支钢笔,在一个废作业本的后面胡乱地画着什么东西。我凑过去问他在画什么,他爱理不理地咕哝一声在瞎画。我见他正在画的是大树家客厅角落里的一盆花,便恭维地说画得真像。他不以为然地回应一声。

　　"我给你们讲个故事吧,真实发生过的,发生在我们铜城市一九一镇的香村。"大家热热闹闹地吃饭时,一声不吭的程野忽然开口。

　　大家都有些吃惊,冷漠的程野竟然要给大家讲故事,这实在是个让人始料未及的事情，大家纷纷感兴趣地催程野快讲。

"这件事你们中可能有人听过，毕竟就发生在我们铜城，只是发生在1999年的夏天，那时候我们都还太小，不大容易留意。那年我正读小学，暑假时被父母送到乡下的奶奶家住，恰好亲身经历了那件事。"

程野讲的故事是，有一天，香村里一个叫余洁的女人生孩子。余洁的丈夫名字叫马吉，神神秘秘的，不让任何人看他的孩子。所以除了来给接生的谢大夫，没有人看见过那个孩子长什么样。但到处都在传言，说那个孩子的额头中间还有一只眼睛，是个三只眼睛的怪胎，并且古书上有过对这种婴儿的记载，说叫三眼怪婴。三眼怪婴，所有亲眼看见怪婴的人，都会受到怪婴的诅咒，自杀或惨死，失踪或发疯，总之，就是发生各种不幸。

怪婴出生的第二天，谢大夫死了，在出诊归来的路上骑车掉到桥下，给小泉河的河水淹死了。没多久，又有传言，说马吉亲手杀死了怪婴，并在午夜偷偷埋在了野树林里。好奇的村民们涌到马吉家，说要看看婴儿是不是还在家，如果不在家，就要报警，因为杀自己的孩子当然也是犯法的。马吉说孩子生病死了，已经被他埋掉，但绝对不是大家传言的什么三眼怪婴。村民们坚持让马吉把孩子挖出来给大家看看。马吉被逼无奈，只好扛着铁锹带大家去挖孩子尸体。可当挖出那个装孩子的麻袋后，里面却只有一团野草。

马吉吓傻了,跌坐在地上,一再说没有欺骗大家,说确实把重病夭折的孩子放了麻袋里,不知为何竟然变成了一团草。当天夜里,他的妻子余洁莫名其妙地上吊自杀。马吉则离奇失踪。从此再没有人知道那孩子到底是不是三眼怪婴,因为见过的人都发生了不幸。

楚满失踪前恰好说他在劳动湖公园里见过一个三只眼睛的人,如果那人真的有三只眼睛,不就是所谓的什么三眼怪婴吗?既然三眼怪婴有可怕的诅咒,任何见到的人都会发生不幸,那么楚满的失踪会不会跟那个三只眼睛的人有关呢?

想到这里,我问那个拎着铁皮桶的中年男人:"叔,你是不是经常来这儿?"

他打量我说:"我在这儿上班,住在公园值班室,当然每天来这儿啦。"

"那你有没有见过一个三只眼睛的男孩?"

"三只眼睛?"他愣怔一下,像是没听懂我的话。

"对,三只眼睛。"

"这世界上哪有三只眼睛的人啊。"他笑着摇头。

他离开后,我开始往山上走,顺着曲折的小道来到山后。太阳快要落山,山后因为有很多树冠的遮挡而光线幽暗。看在眼睛里的景象和以前翻公园围墙时看到的一样,乱糟糟的,很多杂物和灌木丛使我无法看清这里的一切。

我尝试着往那些杂物的后面走,在荒草丛里走得深一脚浅一脚,移动很艰难,还差点绊在一根木棍上摔倒。草丛里有很细碎的声响,不知是蛇还是老鼠,让我不敢再往前走。扭头四顾,一个人影都没有,一股阴森森的感觉将我笼罩。

楚满应该就是在这里遇见的三眼男孩吧?如果我遇见了会怎么样?

"喂,你要干什么?"

我转身朝山坡下面看,是那个拎铁皮桶的中年男人。

"不干什么。"我一边往回走,一边回答。

"不干什么是干什么?别往这里来,那边放的都是废料,摔伤了怎么办?公园有责任的知道吗?"他用严厉的目光看我,似乎我是一个小偷。

"哦,好,我马上走。"

我快步离开公园,在快走出公园的时候,忽然感到有些不对劲,总觉得有一双眼睛在盯着我的后背,并且一路尾随着我。可转过头,并没有人在看我,也没有人像是在跟踪我,视线中几个公园里的人都在各忙各的,没人在意我。

即使走在马路边,我依然不能摆脱这种奇怪的感觉,在苟延残喘的黄昏,这感觉让人心里发毛。为了确定到底是不是有人在跟踪我,我离开了马路,拐进一条小巷子。巷子里很多时候都是没人的,如果有人跟踪我,只要一个突然的转身必然能够逮住他。

我先是在巷子里走得很慢,体味着被人跟踪的感觉,当那感觉越来越强烈时,我加快了脚步,像是要飞快地冲出这条小巷。前面便是铁锁街的街道。就在快要冲出小巷的时候,我突然一个转身，看见一个人影正迅速地朝一旁闪去。

真有人跟踪我！我大吃一惊，吓得头皮发麻，站在原地，心怦怦乱跳。

我应该怎么办？最后还是鼓起勇气朝那个人影追了过去。

前面是另一条巷子的巷子口，当跑到那里时，巷子里面已经空空如也。看来还是晚了一步，那个人的动作太快了。可是，那会是谁呢？为什么要跟踪我？我百思不得其解，同时也为自己刚才的鲁莽行为感到不可思议。

我横穿过铁锁街的街道，前面便是自己家的小区了。走到小区门口时，又一次忽然转身，这次什么也没有。也许是我的精神不正常了吧，我想。

她 的 生 日

铜城三高中当年有个规定，便是每年都要重新分班，据说学校这样做的目的，是为让每个同学在毕业时有更多的同学，认识更多的人，以便以后有更广的人脉资源。我觉得这说法可能是某位同学想当然的臆想，不过也有同学觉得这并非没有几分道理。

暑假结束，升为高三年级，让人感到安慰的是，小武现在成了我的同桌。

小武最近常对女生们吹嘘自己的帅气是如何的出众，言行举止倒越来越有接近楚满的趋势。他的前桌是我们班的英语课代表，我们送她一个英文名字叫露西，她的本名杨露雨已经很少被叫起。小武喜欢露西,但因为露西很漂亮,家里又很有钱,像个小公主,所以他理所当然地深感自卑,始终没有勇气表白,每天只好跟她打诨插科。

露西对小武有无意思,我们不能确定,时而觉得有,时而觉得无,毕竟女生的心思很难搞懂。

"我绝对是我们班的班草!"小武肯定地对露西说。

"你?还差点儿,我们班女生公认的班草是程野。"露西扭着身子,笑说的同时,看向南边窗口位置的程野,"瞧人家那个帅,跟漫画里的人似的。"

"他帅是帅,可阴沉,没有我阳光,没有我招人稀罕。"

"我怎么没发现谁稀罕你?请问你哪来的自信?"

"唉,你们还年轻,审美还停留在程野那种忧郁的类型,肤浅啊。"

露西白皙的脸颊弯出光洁的弧线,莞尔一笑说:"我也喜欢廖宇这种类型的。"

"廖宇你行啊,我以为只有李小钰能看上你呢。"小武用胳膊肘撞我。

我腼腆地笑了笑,没有说话。上午的第三节课刚结束。秋天虽然已经到来,但天气依然还是太热,热得反而毒辣。这便是新生的军训会很恐怖的原因,大人们管这样的秋天叫秋老虎,老虎为百兽之王,可见这秋天的毒辣。走廊和教室里都有嘈杂的说话声和打闹声,使我心情烦躁,懒得和露西小武他们多费唇舌,不如保持惯有的沉默。

"找下廖宇。"教室的前门是敞开的,李小钰站在门口敲了两下门板说。

前排的同学以为我没听见,扭头冲我喊:"廖宇,李小钰找你。"

对于三班的同学来说,四班的李小钰,他们已经一点都不陌生。李小钰几乎每天都要站在门口把我喊出去,谁都看得出她在追求我。起先他们会起哄,后来见我对李小钰总是没有更多热情,也便懒得开我玩笑了。

来到走廊里,李小钰正靠着窗台看我。一个暑假过去,她没有发生什么变化,很多人变胖了,可她还是那么瘦,还是戴着近视眼镜,还是戴着牙套,平凡得还是那么不惹人注意,但我却觉得,她似乎在我眼里变美了。我问她有什么事。她把手里的一个塑料袋递向我。

"我去买饮料,顺便也给你和小武带了。"

我不打算接,她上前一步,硬把塑料袋塞在我的手里。

我感觉这样其实并不好,既然不想人家成为自己的女朋友,凭什么经常白喝人家的饮料。可是没办法,我曾数次拒绝她的饮料,但没有一次成功。在这件事上,她非常固执,会用各种办法让我收下饮料,可能她意识到,除了饮料,我们俩之间也是再无其他的沟通方式吧。

"我有事想求你。"

"什么事?"

"我下午想去商场买东西,没人陪我,想求你陪我去。"

她用期待的目光看我。

高三学生只有周日休息，周六要上课，这个周六因为特殊情况，上午上了半天课。

"不行，我没有时间。"我肯定地摇头，"我和小武下午有事儿，你可以让田原陪你啊，你们俩现在不是变成形影不离的好朋友了么。"

重新分班后，李小钰与田原分到四班，并成为好朋友。

"她有事，她要和程野在一起。"

我理解地点了点头："我确实和小武有事儿，真的。"

"那……好吧。"她失落地垂下目光，转身朝四班的教室门口走去。

望着她的背影，我突然看到了她肩膀上的孤独。她依然是个缺少朋友的女孩，自己班里的好伙伴田原一旦和程野在一起，她便只好孤家寡人了。

回到教室，从塑料袋里拿出一瓶饮料扔给小武，自己拧开另一瓶的盖子大口喝，把塑料袋捏成一团，扔进椅子旁边的垃圾袋里，眼里浮现的还是李小钰那孤零零的背影。

"跟着廖宇混，每天能喝到免费的饮料。"小武笑呵呵地对露西说。

"是，我都嫉妒了，什么时候也有人总给我送饮料就好了。"露西撇嘴说。

"我可以给你买。"小武眨眨眼说。

露西看着小武莞尔一笑："不敢喝，怕你下毒。"

又冲我说:"廖宇啊,我觉得李小钰挺好的,你干吗总是对人家爱理不睬的?"

"爱理不睬的?怎么可能,我就是这样的性格呀,我跟你们不也是这样么。"

"那倒是。"

"李小钰如果能再漂亮点儿,廖宇没准就喜欢了。"小武说。

"哼,你们男生就是这么肤浅。"上课铃响,露西拧过身体,准备认真上课了。

下课后,我快步走出教室,等在楼梯口,见李小钰独自慢腾腾地走来,便叫住她,把她叫到一边,跟她解释说,自己和小武本来约定好下午要去打球的,但小武临时有事,不打球了,所以要陪她去买东西。她听了我的话,双眼立时放出明亮喜悦的光芒,整个人似乎都变得轻盈起来。真的吗?她说。我点点头。

"你要买什么?"走出校门,在往公交车站走时我问李小钰。

"买什么还不知道呢。"

"不知道?"我不解地停下脚步。

"因为田原要过生日嘛,我是要给她买个生日礼物。"

"田原要过生日?"我更加迷惑不解,"她今年的生日不是过完了吗?"

"没有啊?"

"7月7号不是吗？当时楚满买了个红色的手机送给田原做生日礼物，田原无论如何不要，楚满当着全班同学的面把手机摔在地上。然后7月9号那天是星期天，田原和程野去红叶山玩了一整天。就在这一天，楚满离奇失踪。"

"不是的，是明天，9月20号。"

"9月20号？怎么可能呢。"

"因为我当时以为田原生日是7月7号，所以告诉楚满的是7月7号。"

"是你告诉楚满田原生日的？"

"对呀，楚满让我帮他打听田原的生日，又说为了给田原惊喜，不能让田原知道有人在问她的生日。你说我该向谁打听呢？那时我在我们班里，是唯一与田原接触较多的女生，最该知道她生日的只能是我，可她刚转学来不久，没人知道她的生日，我只好试着问她的同桌程野，没想到程野竟然知道。"

"是你听错了，还是程野故意告诉一个假的？"

"我没听错。"李小钰肯定地说，"程野问我为什么问田原的生日。我说是帮别人问的。他问我是帮谁问。我说是同学。他接着问是哪个同学。我被他问得不耐烦，就直接说是楚满。他这才告诉我田原的生日是7月7号。我当时还说这个生日好记呢，因为历史书上写得明明白白那天发生了七七事变嘛，他还笑了笑，所以不是我听错。"

程野为什么要告诉李小钰一个错误的生日日期？是他故

意的,还是他记错了?故意的可能性更大,还是记错的可能性更大?

"你怎么了?"见我陷入沉思,李小钰抬手在我眼前晃。

我表情凝重地看着她,若有所思地摇了摇脑袋。这时公交车开来,我们一起上了车,车后面有空座。我们俩并排坐在一起,我的眼睛始终望着窗外不断变化的风景,脑子里却一直在琢磨着这件奇怪的事,所以一直都没有和李小钰说话。

到了商业街,李小钰带着仿佛没有灵魂的我走进一家又一家店铺,各种有关穿戴和玩乐的商品出现在我的面前,我一律视而不见。她指着某一些东西征求我的意见,问我怎么样时,我也一律很潦草地回应,嘴里嗯嗯啊啊的。

一个多小时后,李小钰为田原挑了一件T恤,脸上终于露出一丝娇羞的满足。

我们俩漫无目的地走在商业街上,都感觉有些累了,便找了个长椅坐下,一边沉默地坐着歇息,一边喝饮料。

我沉默半响,忽然对李小钰说:"明天你去田原家,找机会问田原7月9号那天她和程野去红叶山玩的事儿,问她是上午去的还是下午去的,如果是上午去的,是上午什么时候去的,又是什么时候回来的,总之,那天的事儿问得越详细越好。"

"你还是怀疑楚满的失踪跟程野有关吗?"李小钰有些不安地注视着我。

"你帮我这么问就行了。"我有点烦躁地站起来,"我们回家吧。"

周日上午,我先赶到劳动湖公园。昨天晚上接到李小钰的电话,那时她刚从田原家回来不久,问我第二天在哪里见面。我让她在电话里说,她说还是见面能说明白。我想了想,告诉她说那就在劳动湖公园吧。因为急切地想知道李小钰从田原那探听到的情况,所以等李小钰时便感到很是烦躁。

我坐在公园门里那棵大树的下面,围绕着粗壮的树干修建有一圈休息木椅。一个握着拐棍的胖老人坐在离我不远的地方,身边放着一个老式收音机,收音机里传出单田芳的相声《乱世枭雄》,讲东北王张作霖的传奇人生。

老人还带了一条小狗来,围绕着大树跑来跑去,偶尔停在我脚前,傻呆呆地仰视我,我只要做出弯腰的动作,它就急切地躺倒,还乖巧地抬起前腿,示意我赶快摸它的肚皮。我被这只"贱兮兮"的狗给逗乐了,本来焦躁不安的心情渐渐地平和下来。

李小钰很可能来了有一会儿了,但被我逗狗玩的放松样子给"迷"住,笑眯眯地站在一旁"欣赏"我和狗的愉快互动。我注意到她时,她正弯着眉毛、龇着牙套冲我笑,我就像个被目睹了窘迫行为的人,立即尴尬地收起笑容,变得严肃,她见了我的严肃,也不安地收敛了笑容,一边问我等多久了,一边轻盈地飘过来。我应了一声,见那狗还站在我面前摇尾巴,就伸手摸了下它的头。

"你喜欢狗狗吗?"李小钰站在我身边。

"嗯,挺喜欢的。"

"狗狗很单纯,能让人快乐,我很想养一条,可是我妈不让,嫌脏嫌麻烦。"

"我也想养来着,我妈倒是没嫌脏没嫌麻烦,但她说得高考结束才能养。"我站起身,"怎么样?你问田原那些话后她是怎么说的?"

"我按照你说的问过田原了,问她那天是什么时间去的红叶山。"李小钰手指绞在腹前,缓慢迈步说,"程野立即在一边问我说,你问这个干什么。我只好说,不干什么啊,随便问问的。田原说她记不住了,她说我干吗非得记住这种事呢。"

"你问得太直接了。"我语带不满地说,"应该拐弯抹角地问啊。"

"我不会这种事的嘛。"她有些委屈和不快,"程野用眼睛盯着我看,他一问我,我就紧张得不行,都不敢看他的脸说话了。"

我们俩在公园的林间小道上慢慢地朝前走着。

"然后呢?"

"然后程野突然说,是廖宇让你这么问的吧?"李小钰恐惧地看着我,"你说他是怎么猜出来的?他怎么那么厉害。"

我听了这话吃了一惊,是啊,程野是怎么一下子就猜到的呢。

"程野跟班里的每个男生都不同,看不透他到底是个什么样的怪胎。"我的语气略带感叹和畏惧,"那你是怎么回答的?"

"我当然不承认了,我说才不是呢,就是随便问问。"

"他怎么说?"

"他没说什么,他就说,哦。但他笑了笑,就这样轻轻摇头笑了笑。"

我和李小钰穿过树林,来到人迹罕至的小山附近。她的话使我的情绪久久不能平静,那是一种由恐惧和仇恨交织而成的复杂情绪。楚满的失踪也许真的和程野有关,我非常急切地想要从程野那里弄清楚满的下落,不过我知道,精明的程野必定会让我无处下手。

我和李小钰并肩坐在小山前面的石台阶上,这里的寂静能使我能听见小山后面的林子里秋鸟的悲鸣。

"是程野。"我说。

"啊?什么?"

我站起身,攥紧拳头,肯定地说:"程野谋杀了楚满。"

李小钰皱着脸,费解地仰视着我。

学校规定每晚要上三节晚自习,周一晚自习的第二节课结束后,天色早就黑透,夜色沉甸甸地压在学校四周。操场边因为有几盏路灯,所以笼罩在操场上的黑暗不是很密实,显得稀薄而清淡。蚊虫围绕着灯光徘徊,像闷热和困倦围绕着每个学生的心头徘徊不去。

马上就要上课铃响，去校园内小商店买东西的人大都已经回到教室，所以此刻走在操场上匆匆往教学楼赶的人寥寥无几。我一眼认出程野瘦削的背影，怒气冲冲地喊他一声。他站住脚，转过头看我。我加快脚步朝他走过去。他注视着我，并没有开口问我有什么事，只是用一对冷冰冰的眼睛对我进行无声的询问。

"你把楚满怎么了？"我劈头问道。

"什么怎么了？"他镇定自若地回答，仿佛早料到我会问他这个问题。

"你心里明白我在说什么。"我怒视着他，紧张得心脏快要跳出嗓子眼。

"我不知道你在说什么。"他转身欲走。

"你给我站住！"我超越他后转身拦住他的去路。

"你到底要干吗？"他轻蔑地打量着我。

"你……杀了楚满。"

"你有病吧？你应该去精神病院治治病。"他想绕过我继续朝前走。

我张开胳膊继续阻挡他："7月9号，星期天，你和楚满约定要在劳动湖公园见面。你上午与楚满见过面，让他消失，然后马上又和田原去红叶山玩，还特地拍了很多背景是红叶山的照片，作为你和楚满没有见面的证明。"

"看侦探小说看出精神病了呵。"他冷笑，"而且还把自己给看成了贼。"

"你说什么?"

"我的那些照片缺了两张,被你偷了,你偷了我的照片,以为我不知道呢?"

"我没偷你的照片。"我惊愕之下矢口否认。

"是吗?"他盯着我的脸,用盯着一个贼的目光。

"你做的事别以为我不知道,你干吗告诉李小钰错误的田原的生日?你当时知道李小钰是为楚满打听田原的生日,你故意告诉李小钰田原的生日是7月7号,害得楚满以为7月7号是田原的生日。"

"很简单啊,你知道,我和楚满同时追求田原,我做出损他利己的事很正常吧?"

上课铃声突然响起,从教学楼的方向传来,在夜色里显得格外刺耳。

教学楼前的学生们正拥挤地往教学楼里走着。

"还有事吗?"他问我,"没事的话我要进教室了。"

"等等。"我的脑子在飞速旋转,还应该怎么说呢?他神情平静地端详着我,像是一个经验丰富的老师傅,在端详他毛手毛脚经验不足的徒弟。那是胜利者的姿态,他一定知道我是拿他没办法的。

"7月9号那天,你到底和楚满有没有见面?"我问道。

"没有。"

"那你是几点与田原见的面?"

"忘了。"

我突然意识到,我是问了两个多么愚蠢的问题啊,他会怎么回答是连傻瓜都猜得出来的,这两个问题有什么必要呢,没有杀人凶手会被人随便一问就直接承认自己是凶手的。

"这回没有可问的了?那我回去上自习了。"他已经抬脚朝教学楼走,边走边头也不回地说,"你真可怜,你一定不知道楚满做过的那些卑鄙龌龊的事。"

我走在程野的身后,看着他的背影,心中升起一种失败者的耻辱。这种耻辱使我恼羞成怒,真想冲上去敲开他的脑袋,亲手在他的脑袋里找见事情的真相。程野你别得意,我想,别以为我拿你没办法,从你这里得不到答案,我还可以从田原那里下手。

纠　缠

翌日清晨，田原推着自行车从自家的小区里出来。而我已经在小区门口等待许久。她并没有注意到我，正把车子推到马路边，准备骑上去离开。我喊了她一声，并从她的后面赶上去。她闻声扭头，见到我后吃了一惊。

"是你？"她打量着我说，"你有什么事吗？"

我气势汹汹地站在她的面前："7月9号你和程野去了红叶山，我想知道你是什么时间和程野见面的。"我确实是把从程野那里遭受的羞辱与挫败用一夜时间发酵成了愤怒，并把这愤怒一股脑地投到田原身上。

"你问这个干吗？"

"我敢肯定是程野谋杀了楚满。"我没有采取拐弯抹角的交谈策略,而是对她开门见山,我想这样的语言应该对她有刺激作用,没准会使她因为手足无措而露出马脚。

"有病。"她骑上车子,准备前行。

我一把抓住她的车把,使她不得不以一只脚撑地的姿势停下来。她气呼呼地歪着脑袋看我,眉头瞬间竖起来。"你干吗!"她呵斥我,"松开!"

"你也是帮凶吗?你和程野一起谋杀的楚满是吗?"我死死地抓住车把,用逼视的目光盯着她的眼睛。

"松开!你给我松开听见没有!"她突然冲我大喊大叫起来。

田原以为她这样大喊大叫,附近的居民就会围过来,就会呵斥我,就会虎视眈眈地盯着我,就会给我以巨大的压力,然后我自然会松开手。但是,她想错了,我什么都不在乎,为了我的朋友楚满,现在的我宁愿做一个疯子。

我一动不动,脸上似乎带着狰狞的笑意,像是在嘲笑她,像是在告诉她说,嘿,你心里的恐惧与空虚早被我看穿了。"你因为谈恋爱谋杀同班同学,我很快就会报警的,到时候你这个杀人犯就会受到惩罚。"我故意提高音量,让附近的路人都能听见。

"你瞎喊什么你!"

"我说的是事实。"

"我没有杀人,程野也没有杀人,你干吗非得认为是我们害了楚满?是的,楚满是很讨厌,但我们又不是疯子,怎么会随便就去杀人。我看是你疯了,没错,你疯了,疯子!"

"住嘴!"我气急败坏地冲她喊,"你懂什么!"

"我就懂,我就懂,你的精神不正常,我听同学们说过,你以前得过重度抑郁症,别以为我们不知道你的历史,你那时差点儿自杀,所以你的脑子有病,你是个疯子……"

"住嘴!"我感到全身的血液瞬间冲上了头顶,愤怒使我无法控制自己的双手。我的双手抓住田原的车把,凶猛地摇晃着。

田原叫了一声从车子上摔下去,跌坐在地上。我松开双手后,车子歪倒了,倒向田原,差点将她砸在下面,多亏她及时举起手扶住车子。

"你给我等着,我跟你们没完。"我大声冲她说,见小区门口的几个大人正快步走过来,便背着书包落荒而逃。

我跑到路口,扭头见没人追上来,才松口气,放慢了脚步。

我沿着马路朝学校方向走,离学校很远,却没有乘公交车,恐怕会来不及上课,不过我不在乎。也许某个时刻,田原已经打车或骑车从我的身后经过,我不愿意,因为我不需要对此在乎。太阳的光芒把整条马路都照得如同水晶打造,晃得人睁不开眼睛。汗水把我的额头和鬓角打湿,还从后背的皮肤里冒出来,仿佛有磁性一样吸着我的衣服。

已经走了很远,我热得喘不上气,并且也累得双腿发沉,很想坐下来歇一会儿。有学生从我身后经过,骑着车子,或者小跑着，奔向前面不远处的学校。学校近在眼前，可我却突然不想继续往前走，坐到路边一家银行门口的台阶上，耷拉着脑袋，躲在建筑的阴影里乘凉。

李小钰试探性地喊了一声我的名字，背着书包朝我走过来。我抬起头，见是她后又垂下了脑袋，没有说话。

"你坐在这里干吗？"她站在我身边，"你感冒了吗？"

"没有。"我回答。

"走吧，再不走就迟到了。"她用手指轻轻拍了一下我的肩膀。

"你自己走吧，我再坐会儿。"我瓮声瓮气的。

"再坐就迟到了呀。"

"迟到就迟到吧。"

她站在我的身边犹犹豫豫的，没有离开。

"再不走，你可就迟到了。"我提醒她。

她却坐了下来，与我并肩坐在台阶上："迟到就迟到吧，我想跟你说个事儿。"

"什么事？"

"我看见了三只眼睛的人。"

我的身体瞬间抽搐了一下，坐直身体，陌生地看着她："真的假的？"

"真的。"她点了一下头，"那天我和你离开劳动湖公园后，自己又回去了。我的校卡落在小山那儿了，是回去找校卡的，然后我偶然的一抬头，就看见了那个三只眼睛的人。他当时站在山坡上,正在直勾勾地看着我,见我看见了他,他立即转身朝山后面跑去了。"

"然后呢?"我紧张地追问。

"然后我就回家了啊,我吓得要死,赶紧跑出了公园。"

"你看清了吗?真是三只眼睛吗?"

"是的,额头上还有一只眼睛,我看得清清楚楚。"

我不知所措地看着她,听见心跳声像擂鼓一样震耳欲聋。

"你说我会发生什么不幸?"她极为认真地问我,"会死还是会失踪?或者发生什么事故变成残疾?程野不是说三眼怪婴有可怕的诅咒吗?"

"程野?那个混蛋说的话能信么。"我艰难地笑了笑,"你别傻了,那都是荒谬离奇的传说,怎么可能是真的呢,不要放在心上。"

"希望是荒谬的传说吧,不过我可不害怕,你看我这样子就知道,我没怎么放在心上。"

"对,自己吓自己,太蠢了。"我站起身,"走吧,我们一起去学校。"

"好。"她乐观地站起来。

为赶在上课前来到学校,我们俩走得很快,没多久便走到学校旁边的阳阳快餐店门前。田原正好从停在马路边的出租车里下来,李小钰一看见她,立即喊了她一声,急切地朝她快步跑去,不忘扭头对我说,她和田原先走了。田原闻声扭头,一见我立即眉头紧蹙,用一双冰冷的仇视的目光看我。

我则挑衅地冲她大声说:"杀人犯。"

"疯子。"田原挎着李小钰的胳膊,"我们走。"

"别走啊,你做噩梦时会梦到楚满吗?"我尾随着她们两个女生朝校门口走。

田原不理睬我,仿佛没有听见我的话。

"装聋子啊?7月9号那天,到底是程野杀完人见的你,还是他杀人的时候你也在场并且还帮了忙?"

"廖宇,你别这样。"李小钰转过头来,用哀求的语气对我说。

"没你的事儿。"我冷冰冰地说。

李小钰为难地看着我的眼睛,不再说什么,挎着田原的胳膊,一边走一边扭头看我,以非常快的速度朝前走着。她们像一阵风似的吹进校门,试图甩掉我。不过我就像是她们的影子,不管她们怎样努力也不可能甩掉我。

"你要是不说话,我就认为你也参与了谋杀楚满,你和程野狼狈为奸。"

"你敢再说一遍?"田原忽然转过身,指着我,气得那只举起的手不住颤抖。

我们已经走到了教学楼前的巨大阴影里,正有许多经过的学生,我和田原的对话马上引起他们的注意。他们把目光投过来,投在我压抑着激动的脸上和田原压抑不住激动的脸上。

"狼狈为奸。"我放慢语速,提高音量。

"我没杀人！"田原愤怒地冲我尖声喊，仿佛要用声音将我撕碎。

"那就是程野杀人。"

"程野也没有杀人！你才杀人！你才杀人！你凭什么说我们杀人？你有什么证据？你算干吗的随便侮辱人！"

围观的那些人听了这样的对话都很惊愕，他们瞪大了眼睛看田原，似乎他们有本事看出田原到底有没有杀人或者说谎。

"求你了，你别再说了。"李小钰眼含热泪地看着我。

我看了李小钰一眼，抬脚朝教学楼里大步走去。

一进教室，我就让小武陪我去派出所报案，让警察把程野抓起来好好审审，没准程野会全都承认。可小武不想陪我去，说我是异想天开。他的意思是，我的固执在别人看来是荒唐的，是主观偏激的，是凭空臆想的，因为一点证据都没有。

这时程野突然大步流星地从教室后门走进来，走到我身后，一把抓住我的胳膊，压低声音恶狠狠地说："廖宇，你出来，我有话跟你说。"

小武站起来，问程野想要干吗。我把小武挡开，让他不要管，跟着程野来到走廊里。

"你为什么要骚扰田原？"程野站在走廊里愤怒地质问我。

"你说呢？"

"告诉你，跟她没关系！你非要犯疯就找我。"

"你是说跟你有关系?"

"廖宇,你最近吃错了药吗?听不懂人话是不是?"

"我不会放过你们的。"

"你别欺人太甚。"

"欺负你怎么样?有本事你也把我杀了,就像杀楚满那样。"

"我说过我没有杀人就是没杀人,你爱怎么想怎么想,不过你要是再敢骚扰田原,我一定对你不客气,我说到做到。"程野目露凶光,咬牙切齿地警告我,说完转身从教室后门走进去。

我靠着走廊窗台,鄙夷地看着程野的背影,程野消失后,见李小钰忧心忡忡地站在四班的教室门口,就叫了她一声,让她过来。

"你以后能不能别再骚扰田原了?"李小钰走过来说,"她现在很伤心。"

"这才刚开始呢。"我恶毒地咧着嘴角,"第一节晚自习下课后,你把田原带到操场上,就说出去透口气,她总躲着我可不行,刺激不到她了。"

"我不想这么做,你别利用我做这样的事好不好?她是我现在最好的朋友,我会失去她的。"她仰视我的时候,我看见她那双眼镜片后面的眼睛闪动着痛苦的光芒。

"那当我没说好了,机会有得是,不用非得麻烦你。"我冷酷地看着教室的门框,打算进教室,"回教室找你的田原去吧。"

"不,廖宇。"她拉住我的胳膊,声音似有哽咽,"那……好吧,下第一节晚自习后我把她带到操场上去。"

我忽然感到了自己的卑鄙,顿时对李小钰充满愧疚。

"那我进去了。"李小钰说。

"等一下。"我叫住她,"下晚自习后等我,以后每晚都由我送你回家。"

"啊?为什么?"她很惊讶。

我用毋庸置疑的口吻:"不为什么,就这么定了。"

"不用了吧。"她意外而有点感动地看着我。

"进去吧。"我甩了一下手。

我之所以要这样做,李小钰心里当然明白,是因为怕她遭遇什么不测,毕竟她看见了三眼男孩。不管三眼怪婴的诅咒是真是假,她是因为我才看见的三眼男孩,她对我的种种好我心里都记得清楚呢,她要是出了什么意外,我一定会悔恨一辈子的。

下第一节晚自习后,我快步走出教室,顺着楼梯往下面跳。之所以这样,是害怕被田原看见,看见我,她也许会望而却步,转身回到教室。走出教学楼,我躲身到教学楼一侧的暗影里,像只猎食的豹子窥视教学楼的门口。

很快田原出现了,和李小钰并肩走下台阶,看样子是打算一起去厕所。她们走下台阶便来到我的面前,可并没有注意到我，而是继续朝厕所的方向走。我从黑影里冲出去，来到她们面前，冷笑地看着田原。田原看清是我，便用看见杀父仇人般的眼神与我对视。

"你男朋友程野对我说，我要是再敢骚扰你，他就杀了我，像杀掉楚满那样杀掉我，我倒要看看他会把我怎么样。"

田原拉起李小钰的手，快步朝厕所的方向走，不打算与我说话。

"别不说话啊。"我追上去，阻挡在她们面前。

"你给我闪开！听见没有？"田原厉声道。

"我不闪开你能把我怎么样？有本事杀了我啊。"

"廖宇，你怎么变成这样了？楚满失踪以前你不是这样的，现在怎么像个无赖一样。"田原稍稍缓和自己那副严厉模样。

"那看对谁，对你这种杀人犯就得这样。"

"你要再这么骚扰我，我就……"她气得说不出话。

"你就怎么样？杀了我？来啊，我等着呢。"我指了指自己的胸口。

她气得浑身颤抖，紧咬下嘴唇，挽着李小钰的手臂转身往教学楼的方向走。我正待追上去，李小钰忽然转过头，脸上的每个部位都在向我发射着恳求的信号。我无论如何不能对李小钰那双可怜纯洁的眼睛视而不见，于是便没有追过去，而是目送着她们离开。

回到教室，特意往程野的方向看了看，他不在教室里，我坐在自己的座位，拿过小武的杂志胡乱地翻看。杂志是那种插图很多的杂志，一页一页快速浏览，没多久，上课铃声响，我把杂志塞回到小武书桌里，这时，一个愤怒的声音突然在教室后面响起："廖宇！你他妈找死！"整个安静的教室甚至整条走廊都被这愤怒的喊声惊得一跳。

我扭过头，见程野风暴似的朝我刮过来，在我还来不及站起身的时候，扑到了我的身体上，把我压倒在过道里，挥起拳头就朝我的脸上打。我躺在地上，左手揪住他的衣领，右手搂住他的脖子，混乱中猛一用力，把他推开，迅速翻身，将他压在下面，两只手卡住他的脖子。他的右手一把捏住我的手腕，我瞬间有种骨头被捏碎的感觉，他的手劲大得不可思议，我的手立即像没有知觉的一块死肉般，被他轻松移开。他一把给我推翻，又一次给我压在下面。我们两个扭打在一起，像两团毛线混乱地纠缠着。

程野在朝我怒吼，而我也在朝他厉声叫骂。

我们俩很快就被同学们给拉开了，那些男生们伸出十几条手臂把程野从我的身上拖走。我被小武他们从地上扶起，并牢牢地按住肩膀。

教室里的混乱声飘出敞开的门，在空荡荡的走廊里飘荡撞击，最终飘进政教处敞开的门。被惊动的政教处的李主任很快冲进我们班的教室。他吼声如雷地问是谁打架，待得知是我和程野后，他的一只手往教室外面推我，另一只手往教室门口拉程野。我和程野跟跟跄跄地走出教室，差点撞在站在门口的一脸忧戚的老刘身上。老刘多余地问怎么了。李主任没有搭理老刘,只顾气急败坏地往政教处的方向推搡我和程野。

我和程野来到政教处,站在巨大的办公桌后面。我们的身后两边有沙发,不过沙发里的人都站着,是两个政教处的干事。老刘站在我们身边,不安地看着我们。

"说吧,怎么回事儿?为什么打架?"李主任坐在办公桌后面,拉着脸问。

我不知道怎么说,不说话。程野应该更不知道怎么说,也沉默不语。

"你说。"李主任见谁都不说话,指着我命令道。

我想了想,选择推给程野,摇头说:"我也不知道,正准备上自习呢,他突然从后门冲进来,一边骂我一边跑过来打我。"

"你为什么打他?"李主任转而去问程野。

程野恶狠狠地斜视着我,感觉都快要被气爆炸了。我假装没看见他的愤怒,目不斜视地看着李主任身后的窗口。窗外是一片漆黑的夜。

程野的表情和说话的语气突然变了,变得很平静,而且说话很直接,直接到出乎在场所有人的意料,他说:"四班的田原是我的女朋友,廖宇总纠缠她,我告诉他离田原远点儿,可他还是每天纠缠她,还胡说八道,都把田原给吓哭了。"

"学校不准谈恋爱,你不但谈恋爱,还因为谈恋爱打人?看你老实巴交的,倒不是一般角色,本事不小,就不为你的行为感到羞耻吗？"李主任怒声问程野。

程野低着头不说话。

"还有你。"李主任又开始呵斥我，"你也不是没有责任，学校不准谈恋爱，你总骚扰人家女生干什么？还把人家气哭。"

"我没有谈恋爱。"我解释说，"我纠缠田原，是因为田原是程野的女朋友，而他们两个人谋杀了我们班的楚满。我是说，程野杀人了，上学期7月9号那天，他把我的同桌楚满给杀了。"

所有老师都吃了一惊。

"廖宇你胡说什么！"老刘吃惊地呵斥。

对于他们来说，我的话过于耸人听闻，有好一会儿，他们都瞪着眼睛说不出话。后来竟然是程野先开口说话的，他对李主任说我疯了，应该给开除或者送进精神病院。我冲程野大吼，你才疯了呢，你杀了人，你这个杀人犯应该被送进监狱。程野的脸上再也找不见愤怒，面无表情，目光平淡，像个无法表达喜怒哀乐的植物人。而我与程野的状态恰恰相反，暴躁而冲动，几乎要冲上去揪程野的头发。

政教处的办公室在接下来的时间里陷入到混乱之中，他们听我讲述着程野是杀人犯的原因。我因为情绪激动，又因为整个事情太过复杂和冗长，故事被讲得支离破碎，期间还要遭受个别老师的怀疑以及程野的否定。

每个人都理不清头绪，不知道怎么办才好，想要报警，可有个老师说没有必要，说这太荒谬了，完全是我的异想天开。

李主任没主意地打量着我和程野,他不到万不得已是不会报警的,苗馨和杨媛的自杀已经给学校的声誉带来极大的影响,再出什么乱子,是学校难以承受的。大概是见我面红耳赤,眼睛里闪动着疯狂的泪光,而程野却很平静地站在一边。于是李主任认同了那个阻止报警的老师的看法,这一切应该是我的胡思乱想。可我和程野的打架事件到底应该怎样处理呢?这里面还包含着程野与田原的早恋,再加上疯人疯语的我。李主任感到为难,他从未遇见过这样的事情。下课的铃声响了,走廊里响起嘈杂的说话声和走路声。李主任让我们先走了。

我和程野转身走出政教处。

"你们俩别再给我惹事,听见没有?"老刘铁青着脸警告。

我和程野应了一声,一起朝教室走去,老刘则留在政教处。

"我还会继续骚扰田原的,才刚开始呢。"我边走边对身边的程野说。

"好啊。"程野似乎含义不明地笑了一下。

一节四十分钟的自习课很快就过去,放学后,我和李小钰一起走出教学楼,随着脚步匆匆的人群来到车棚。因为每天上完三节晚自习后已经非常晚,交通不是很方便,所以回家的学生都是骑自行车的,也有一些人觉得这么晚回去太麻烦,干脆搬到学校的寝室里住。

我们俩取了车子,推出校门。夜色沉郁,马路边的汽车一辆接一辆从我们身边驶过,仿佛都没有声音。

"学校怎么说的？"李小钰关切地问我。

"没怎么说。"我无精打采地骑在外侧，车速很慢。

李小钰的家离学校有些远，这漫长的路程曲曲折折，有一些僻静的街道显得空旷，看不见人影和车辆，我们俩一路无语，只有车轮的声音很好听地鸣响着，我有点享受这种安静的甚至称得上是惬意的感觉，忽然感到身心疲惫，深深地叹了口气。

"我到了。"李小钰把车子停在小区门口，从车子上轻跳下来。

"那你进去吧，我这就回家了。"我单脚撑地说。

"谢谢你。"她站着不动，似要目送我离去。

"跟我瞎客气什么。"我的身体朝前一伸，车轮继续朝前滚去。

送李小钰回家多走了很多路，等我骑到铁锁街的时候，差不多比平时晚了二十多分钟。

这时的铁锁街上已经没什么人了，空气也明显地冷了下来。我推着车子往小区门口走，前面黑漆漆的。这是一个有好些年历史的小区，如今几乎丧失了物业的管理，连小区门口的灯坏了都没人管。

小区门口停着一辆自行车，车把上挂着一个书包。这是谁的车子和书包？我扭头看着那个书包，心想这书包怎么有些眼熟。

我刚把自行车的前轮推进小区大门旁的小门，门后突然闪出来一个黑影。那个黑影手里拿着一根棍子一类的细长的东西，猛朝我的脑袋上抽打过来。我反应不及，听见脑门发出一个类似于用手掌拍沙发的声音。

我知道我挨了闷棍，双腿立即绵软无力，再也站立不住。车子哗啦一声倒了，我摔在车子上，手指插在车条之间，勉强用胳膊支撑着身体。那个黑影朝我逼近，从门口的黑暗里慢慢地走出来，让我看见了那张狰狞恐怖的脸，是程野。

"是你？"我捂着脑袋，摇晃着虚弱的身体，试图站起来，嘴巴不大灵活地说话，"你要干什么？程野，你要把我杀掉吗？"

"是你自找的。"他双手抡起棍子，又一次朝我的脑袋上砸下来。

我根本无法灵活地移动身体，更别说躲闪了，眨眼之间，听见脑门上又发出一个手掌拍沙发的声响。我再也无法站立，扑通一声摔倒趴在地上，歪着脑袋继续看那黑影，可那黑影竟变得忽明忽暗。周遭的一切正在变暗，我像躺在夜里的一间屋子中，有个人正在一点点地拉合窗帘。

程野挥着棍子又朝前走了两步，还要继续打我，他真的要一口气把我打死吗？我的视线渐渐模糊了，看不清他了。

"喂！干吗呢！"我的脑后传来一个喊声，声音沙哑扭曲，简直不像是从人的喉咙里发出的声音。那天夜里我最后的记忆便是这个喊声，其余的什么都不记得了，因为一秒钟后我就昏迷不醒了，没有了知觉。

古 寺 广 场

  我醒来后先发现在医院的病床上,时间是被程野袭击的第二天中午,用力睁开眼睛,接着看见我的父母都守在病房里。我妈见我睁开眼睛,赶忙走过来安慰我。我运动胳膊把自己的身体支起来一些,却感到很困难,晃一晃脑袋,脑袋里面有些疼。我妈让我躺着别动,我便沉重地砸回床铺,但急着告诉他们事情的真相,说是班里的程野攻击我,并且要杀我,向他们描述当时的情景。我妈却说她已经全都知道,说程野被他爸爸带来道过歉,哀求他们不要报警,还说班主任刘老师和学校领导也来看过我,跟他们说我和程野因为恋爱产生矛盾,没什么大不了的,也劝他们千万不要报警,因此他们并没有报警。

我赶忙解释说自己没有谈恋爱，可他们没有回应我，我情绪激动地责怪他们不报警的选择，强烈要求他们立即报警。

"要我说那样的学生真该抓起来。"我爸气愤地说，"这多危险，手再重一点儿就没命了，一个学生怎么能下手那么狠呢。"

"医生说没事儿，还是算了吧，都答应人家不报警了，别毁了人家孩子的前程。"我妈为难地说。

"要不是那小子他爸给我下跪，我非报警不可。"

"程野他爸给你下跪了？"我惊讶地看着我爸。

我爸铁青着脸点点头。

这时那个古怪难听的声音又开始在我的耳朵里撞来撞去。

"那个救我的人是谁？"我好奇地问。

"谁救的你？"我妈迷惑地看着我，"我们出去时看见你趴在小区门口。"

"不是的，是有人阻止了程野，要不他就打死我了。"

我妈瞪大了眼睛。

"可能是通知咱们下楼的那个人。"我爸回忆说。

"谁通知的你们？"

我爸说当时他和我妈正在家里等我回家，见我许久还不回家，正议论着要往学校的方向迎我，这时门铃突然被按响。我爸说是廖宇回来了，我妈就去开门，把门打开后，门外却一个人都没有，楼道里的感应灯倒是亮着的。我妈一低头，发现脚下有一张折叠起来的纸，本来是插在门缝上的，打开门时掉落在地上。

我妈捡起那张纸展开来看，里面写着：你家孩子晕倒在小区门口了。于是我妈和我爸才满腹狐疑地跑下楼，来到小区门口，果然就看见了我。

我让我妈把那张纸拿来。我妈从她的包里取出那张纸递给我。我拿在手里仔细看，发现这是我们班学生所用那种笔记本的封皮的那页纸，纸张比较厚。我们班的英语课代表露西为我们统一购买的记笔记用的笔记本，所以每个人的笔记本都是一样的。封皮的正面端正地写着主人的名字，是程野的名字，字迹非常漂亮。封皮的背面写着一行非常丑陋潦草的字：你家孩子晕倒在小区门口了。

这行字绝对不是程野写的。

"是谁写信通知你们的呢？他为什么不露面呢？他又怎么知道哪个门是我家呢？"我盯着纸的反面和正面上两种截然不同的字体，既是问我父母，也是问自己。

他们两个人茫然站在我面前，面面相觑。

"廖宇！"病房门口有人轻声叫我名字。

我看见是何蓝和魏宁各自拎着一袋水果站在病房门口。

何蓝是我二姑家的孩子，比我小几个月，所以是我的妹妹，她在铜城市的二高中读书，因为年龄相同，年级相同，从小我们俩便比较有共同语言，现在即便就读不同的学校，我们平时也保持着经常沟通的习惯。

魏宁是何蓝的同班同学，也是何蓝非常要好的朋友。前段时间我因为无聊，跟何蓝打电话东拉西扯时，给她讲了一个故事，便是当时程野在大树家给我们讲的马吉和余洁夫妇生下三眼怪婴的事。让我倍感惊讶的是，何蓝竟然说她听过这个故事，并给我讲了一遍，细节竟然比我知道的要多。我好奇地追问她是听谁说的，她有点得意地说是听她的好朋友魏宁说的，原来魏宁的妈妈便是那个掉落小泉河里淹死的谢大夫。强烈的好奇驱使我必须要认识魏宁，所以在何蓝的介绍下，我和魏宁有了联系。

回想第一次跟魏宁见面时的情景感觉并不太好，那天放学后，我和小武打车来到铜城的商业街，那里距离二高中和三高中都很近，非常热闹，适合陌生人的初次碰面，因为五彩缤纷的周遭不会让每个人心里的气氛过于尴尬。见到何蓝和魏宁后，我们四个人在商业街上的一家快餐店里吃饭。

接近魏宁本是想打听关于当年那个发生在香村的三眼怪婴事件的，但因为她的妈妈算是那个事件里的受害者，初次见面就打听这个，实在是不大明智。不过魏宁的容貌有点超乎我之前的想象，没想到她会这么漂亮，眼下突然面对一个漂亮的女生，一向遇事拘谨的我在怦然心动下感到非常紧张。

"我这个人不擅长说话。"魏宁一见面就非常坦然直白地对我和小武这样说，"是出名的冷场大王，所以你们说你们的，不要管我，我听着就好。"

听完魏宁这句开场白后，交谈气氛果然骤然变冷，我们四个的交流非常艰难，频频陷入冷场境地。

我妈和我爸热情地招呼何蓝与魏宁，陪着说了几句话后就出去了，大概是怕有他们大人在场两个女生跟我说话会放不开吧。

"那个程野太可怕了吧？"何蓝坐在旁边的空病床上。

"这更加证明了楚满的失踪是程野造成的。"我恨恨地说。

魏宁则抱着胳膊，安静地站在何蓝身边，让她坐下她偏不坐。

"程野让楚满失踪是因为两个人同时追求田原闹矛盾，就这动机？"魏宁表示困惑。

"其实他们俩的矛盾……嗯……由来已久。"我斟词酌句地说，"我们学校有个跳楼自杀的女生叫苗馨，你们应该知道，楚满曾经追求过苗馨，但是被苗馨给拒绝了，苗馨一直在追程野，每天不知道害臊地对程野死缠烂打。"

"啊，我明白了。"何蓝恍然地坐直身体，"我能想象楚满看见程野时的那种心情。"

我点点头："楚满的自尊心其实挺强，不可能甘心在苗馨的眼里成为不如程野的人，所以他把程野当成敌人，时时刻刻想着怎么欺负和捉弄程野。"

接下来，我给何蓝和魏宁随便举了个小例子。

有一次，楚满趁程野去厕所，把程野书桌里的数学习题册给偷走了。我们的数学老师董老师教学非常严厉，脾气也坏，学生们都怕他，所以从不敢不完成他留的作业。老师留作业，无非也就是让大家做习题册上的习题。学生面对检查作业的老师，在没有写作业时，惯常用的借口都是说习题册落在家里忘记带来了，或者干脆说丢了。久而久之，老师们形成一种定论式的看法，便是把作业本落家里或者丢了的情况等同于没有写作业。

那节课是数学课，上课铃响，楚满笑嘻嘻地趴在书桌上看前面的程野，像看一场绝佳的好戏。董老师走下讲台，就近原则，首先检查程野。程野翻了翻书桌，对董老师说，他的习题册被偷了。董老师哪能信，恶声恶气地让程野站起来，站着听一节课。程野没有动。董老师质问程野为什么不站起来。程野反问董老师凭什么让他站着听课。董老师说，我凭你没完成作业，你又凭什么不完成我留的作业？程野说，我完成了，但习题册被偷了。董老师冷笑，说你撒谎也撒得幼稚了点。程野坚称自己完成了作业。董老师则坚持让程野站起来听课。双方僵持不下。这种僵持足足有十分钟之久。董老师终于彻底没了耐性，抓起教案，往教室外面走，对数学课代表说，程野什么时候站起来，什么时候去办公室叫他。

"不得不说，程野是少有的敢跟董老师针锋相对的学生。"

"后来呢？"何蓝感兴趣地问，"是怎么收场的？"

"董老师走后，苗馨气冲冲地走到楚满那儿，伸开手掌，让楚满把习题册拿出来。楚满坏笑说，不在我这儿。苗馨厌烦地说，你也玩够了吧？推了楚满一把，手伸进楚满的桌洞，掏出程野的习题册，然后跑出教室找董老师。五分钟后，董老师回到教室,把程野的习题册扔到程野的书桌上,继续讲课。"

魏宁忽然冷冷地说:"楚满这种人……"

她没有把话说完,但我知道她这话的意思是什么,我不禁为楚满感到遗憾和悲哀。

医生说我的头毕竟刚经受过震荡,不大适宜用脑,容易头疼,建议我在家里休息几天再回学校。父母深以为然,又想还有几天便是国庆长假,索性长假后再回学校上课吧。于是在出院后,便没有立即回到学校上课,而是在家中休息。

昨天晚上,忽然接到魏宁的电话,她说没什么事,只是问问我的身体这两天怎么样。我们随随便便地聊了几句,互相询问假期都做了些什么事,当我听她说一直宅在家里感到无趣时,立即提出最后一天国庆假期不如出来随便走走。她问我还有谁。我说只有我们俩。她竟然同意了。她的声音没有透露出来她的兴致如何,只是习惯性地轻轻一声:那好吧。

铜城的古寺广场,游人摩肩接踵,到处都是握着气球的家长,到处都是蹦蹦跳跳的小孩。我们俩并肩在广场东侧的护城河边慢步,都穿着外套,双手不约而同地都插在外套的左右兜里。天明显转凉,看见魏宁神情萧索,总觉得她很冷似的。

"你不冷吧?"

"我不冷。"

"可以问你一个问题吗？"

"什么问题？"

"你说这个世界上真的有三眼怪婴的诅咒吗？"

"没有，我们不该迷信的呀。"

我停住脚步，转身靠在护栏上："不可全信，但也不可不信吧？"

魏宁无奈地摇了摇头。

"你比谁都该信呀？你也算有亲身经历吧？"

魏宁抬头往耳后整理被秋风拂乱的鬓边碎发，看我说："何蓝说你自从听班里的程野讲了发生在香村的余洁生三眼怪胎的事，就开始到处给人家讲，并且好像信以为真。"

"毕竟是事实嘛。"

"事实？要我告诉你什么才是事实吗？"

"哦？你知道什么？"

魏宁站在我面前，脸颊微皱，说："我们村的田叔开了一家餐馆，名字叫田家菜馆，你没准听过，在铜城还算有名。很多年前，外地来的打工妹余洁在田家菜馆里打工，认识了同样在菜馆里打工的香村青年涂敖。余洁无依无靠，性格内向，最需要的就是别人的热情和嘘寒问暖，所以涂敖很快就把她给追到手，还把她……她怀孕了。涂敖让余洁打掉孩子，余洁打掉孩子后，涂敖立即和她分手了。"

我听得云里雾里，不知道怎么又冒出个涂敖。

"外来打工的马吉开始在田家菜馆上班，与余洁渐渐好起来。涂敖眼见马吉和余洁谈恋爱，忽然又觉得不甘心了，又舍不得余洁了，人就是这种很贱的动物，他想要夺回余洁。涂敖一次次在马吉和余洁之间制造事端，并且欺负马吉，就像楚满费尽心思要拆分程野和田原那样，最终逼得马吉忍无可忍，和他动起手来。马吉原来竟然是厉害的角色，把涂敖打倒后，涂敖窝囊了，再不敢为难马吉，只是更加恨马吉了。

"余洁再次怀孕，马吉和余洁在香村租房子住，并且从菜馆辞职，一心一意在家照顾余洁。余洁生产那天，我妈去接生。孩子生下来就有病，我妈说这种病叫怕光病（色素性干皮病，是一种皮肤癌，不能见光，见光皮肤就会溃烂。致病原理是，患者体内先天性缺少一种酶，当紫外线的照射对人体的DNA造成损伤后，DNA不能进行自我修复），一辈子不能见光，并且活不长，最后还说了一句对余洁造成致命打击的话，说一旦生下有怕光病的孩子，以后的每一个孩子可能会都有这种病，我妈说的是可能。

"余洁从小没有父母，性格忧郁，又得知以后不能生健康孩子，很伤心。孩子惨死，同时谣言四起，村民们逼着他们交出孩子，说孩子是怪婴，又说他们杀了孩子，种种刺激使她的精神很快崩溃，现在想，她应该是患有重度抑郁症的，然后她就自杀了。而马吉只是与余洁同居，一直没有领证，原因后来我们才知道，他是被通缉的杀人逃犯。余洁死后，要涉及警察的调查，马吉怕被揭露身份，于是突然消失。余洁生孩子的第二天，白天时天上哗哗下大暴雨，我妈接到电话去给人看病，回来的时候山洪汹涌地冲下来，我妈推着车子过石桥时被冲到了河里，这只是个意外。"

我目不转睛地看着魏宁的脸，她把每个人的不幸都做了与怪婴诅咒无关的解释。

"田家菜馆订了当地的报纸《铜城晚报》，1999年的某版《铜城晚报》上刊登了一则新闻，说有人在铜城的劳动湖公园里发现了一个三只眼睛的男孩。那年在田家菜馆上班的涂敖看见了那份报纸，恶意造谣说马吉的孩子是有可怕诅咒的三眼怪婴。有天夜里，涂敖打完扑克往家走，意外目睹了扛着麻袋往野外走去埋夭折的孩子的马吉，就跟踪过去，并且在马吉走后，将死婴挖出来，埋在了别的地方，还在原来的麻袋里塞了一团草。第二天白天，他到处说马吉杀了自己的孩子，还不停地建议大家逼马吉把孩子挖出来看个究竟。马吉的孩子早被他掉包，挖出的自然是草，马吉自己也给惊呆了。

"我说的就是事实，现在你懂了吗？所有的情节我都能给你一个合理的解释。你一定还会问，我是怎么知道的。是若干年后涂敖在喝多了酒后当成笑话讲给大家听的。你也许还会问，为什么到处流传的都是怪婴诅咒的版本，而不是事实的真相。因为人的本性是讲一件事情时，一定会用最能刺激听者神经的方式讲。真相不重要，故事最重要。"

我被魏宁的滔滔讲述给惊住了。

"现在你知道什么是三眼怪婴的诅咒了吧？"冗长的讲

述使魏宁的脸色发红,"其实是人心,三眼怪婴是人们心里的阴暗面。"

"也……也许吧。"

我们俩慢步前行,走过广场,继续漫无目的地往前走。

铜城这种落后的老工业城市,缺少大城市的繁华、拥挤与匆忙,街道上的一切,各色行人,卖水果与炸串的人,宠物与机器,都散发着一种与世无争的慵懒。

"你看那边,那个躺在地上的人。"魏宁忽然抬手指向马路对面。

"那可能是个酒鬼。"

街边的一棵巨大的观赏桃树下,一个坐在小马扎上的算命老头,正扭头看身后的三个十多岁的男孩微笑。树下的一米宽的草坪上,一个醉汉四仰八叉地躺着呼呼大睡。他的衣服被淘气的男孩们掀起来,赘肉丰富形如巨大水袋的肚子裸露在外,三个男孩正用签字笔在他的肚皮上肆无忌惮地画着什么。他的睡相极为狼狈,咧着嘴,扭着手臂,一只破烂的皮鞋脱离了他的那只穿着深灰色袜子的脚。

围观的人越来越多,那些路过的形形色色的人纷纷驻足,笑吟吟地看着这滑稽的一幕。

我和魏宁穿过马路,走到醉汉身边,看见三个男孩已经在他那个面积不小的肚皮上画满了黑色的线条。那些纵横凌乱的线条笨拙地组成一个个图案,有狗,有鸟,有蛇,有花。

醉汉睡得如同死去一般,对现实里的这一切浑然不觉。

他有些年纪了，奇怪的是，我看他有些眼熟，觉得自己以前好像是见过他的，可无论怎么想也想不起他是谁。

"这不是程荣光么。"魏宁并不过于惊讶。

"你认识他？"我迷茫地看她。

"你不认识他？"

"我为什么要认识他？"我更加迷茫。

"他就是程野的爸爸啊，程野是我初中时的同学。"

我恍然大悟："程野把我打伤后，他爸带着他来医院看我，还给我父母下跪过。我那时在昏迷，所以没见过他爸，他爸的鼻子和嘴角跟他很像，怪不得我看着眼熟。"

"是啊，我和程野初中时三年的同学，对他的家庭情况比较了解。"

魏宁大概对程荣光有所了解，见此情景不大奇怪，可我却震惊不已，因为我怎么都无法把眼前这个邋遢丢脸的醉鬼，和敏感干净富有艺术家气质的程野联系在一起。我无法不在好奇心的驱使下向魏宁打听关于程野家的事。

魏宁告诉我程野小学的时候，他的妈妈跟一个男人走了，丢下程野与程野的爸爸，不知去了哪里，好像是去了南方。程野家以前很有钱的，皆因他的妈妈很有头脑，善于经商。她丢下家庭的原因应该是，实在看不上程野的爸爸程荣光，年轻时的程荣光便是一个酒鬼，干什么都不行，重要的是什么他都不想干，每天睁开眼睛只找酒，晚上通常是以一种醉得不省人事的状态被人送回家的。

程荣光日复一日地喝酒，耍酒疯，被人送回家或者躺在大街上睡得像死狗，终于把要强、要面子、对生活有很高追求的女强人——他的妻子给逼得崩溃了，丢下家庭消失无踪。

程野的妈妈并没有丢弃程野，而是几次秘密回到铜城，找程野，或者委托她铜城的朋友去找程野，要带程野走，让程野跟她去南方生活。可是程野拒绝离开铜城，他应该是出于对他妈妈的恨，恨的是他的妈妈和别人家的丈夫逃走，这让他为此丢尽了脸，他的纯洁的自尊与孤傲受到刻骨铭心的摧残。

程野虽然没有选择和他妈妈走，但也没有选择站在程荣光这边，他也恨程荣光，他极度瞧不起程荣光，也非常清楚，这个家庭的悲剧正是由他那没有上进心的爸爸程荣光一手造成的。也许有时他会站在他妈妈的立场想一想，假如他是她，他应该也会厌恶甚至咬牙切齿地踢开那个没出息的程荣光的。

程野平时不住在家里，在外面另外租房子住，多少年来和程荣光也没有什么往来，只有在家长会这类需要家长出现的时候（当然也包括程野把我打住院的时候），他才会找程荣光，也可能是程荣光听说后主动找上他的。

程野的学费与花销不来自程荣光，而是来自他妈妈每年往他卡里打的钱，他妈妈给了他一张银行卡，让他缺钱时就从卡里取。所以程野很"富有"。最近两年，程荣光已经把家产基本喝光，常常伸手问程野要钱花。程野有时候会给，有时候比如现在这种情景，他会从程荣光的身边视若无睹地走过，看都懒得看他爸一眼。

"有时候想想也能理解。"魏宁感慨地说，"程野像他妈，他们俩要强，自尊心强，可却偏偏遇到了程荣光这么个完全没有尊严的丈夫与爸爸，倒也不是他们有多冷漠无情，冷暖自知，各人心里面遭受什么样的屈辱与辛酸，毕竟只有自己才知道。"

"喂！被我堵着了，哈，哈，哈……"

我和魏宁吓一跳，循声看去，见是小武和露西并肩站在街边冲我们怪笑。

四 季 香 火 锅 城

"你们俩又是什么情况?"我笑着走过去,"到底是谁堵谁啊?"

"我们没有任何情况,我们是纯洁的老板和员工的关系。"小武赶忙解释说,"露西大小姐雇我当保镖,节日人多人杂,街面上危险。"

"是么,陪护一天多少钱?也给我个挣钱的机会吧。"

露西莞尔一笑:"没问题啊,走,陪我吃饭去,前面的四季香火锅城,开路。"

魏宁说要回家,跟我们道别。露西热情地抓着魏宁的手臂不让走,完全不听魏宁有急事的解释,硬把魏宁给拽进火锅城。走进四季香火锅城,大家找了个靠窗的位置坐下。

"开学后,你有什么打算啊?"露西合上点菜本,好奇地问我。

"什么?"我不解地蹙眉。

"程野把你打住院这件事,你觉得更可能是他杀害了楚满对吗?"

"觉得是这么觉得。"我认真地思索着说,"但我需要新的证据,不然还像之前那样硬逼他们承认是没有用的,他们不可能承认。"

"程野这个人,你一定要小心。"魏宁低垂着睫毛开口说。

然后在我们的注视下,魏宁讲了一件发生在她初二年级时的事,主角是程野。

"我们家从乡下搬到铜城后,在百合街上开了一家小超市。当时马路对面有个很小的冷饮店,老板是一个中年妇女,雇佣的唯一员工是一个叫吴曦的女孩。吴曦挺漂亮的,听说因为家庭的原因,高中毕业后就没有再继续读书。程野那时只是一个瘦小的初二男生,在放暑假那段时间,几乎每天都去那家冷饮店,在店里一待就是半天。我不时隔着一条马路往对面看,总能看见他,很快我就看明白了,程野是喜欢上了吴曦,在追求吴曦。"

"真的假的?吴曦不是应该比程野大很多吗?"露西惊讶道。

"是啊,要大好几岁呢,可那有什么关系?不是有很多男生暗恋过女老师么。"

"那不一样,那不是真正的爱。"小武说。

"哦?什么是真正的爱?"魏宁反问小武。

"算啦。"小武难为情地挠头嘿嘿笑,"你还是继续说吧。"

"有些事儿吧是我观察到的,有些呢是我去对面买冷饮时打听到的,还有些是我推测出来的。"魏宁继续说,"有一个附近的无业青年,叫常德,好像也喜欢吴曦,也经常去冷饮店。他一去冷饮店,满嘴脏话,抽烟,还带了啤酒在里面喝。店里是不让喝酒的,可是对于常德这种流氓无赖,谁拿他都没办法。

"吴曦实在受不了常德的骚扰,有时候看见常德来会借口躲出去,经常躲到我们家的超市里。常德等吴曦等不回来,会到处找,他很聪明,想到吴曦可能躲避在我家的超市,就会来到超市,继续骚扰吴曦。常德为了让吴曦在意,最惯常用的把戏就是做些哗众取宠的事,有时会给超市带来麻烦,也影响超市的生意,这让吴曦感到很抱歉,也很为难,以后就尽量不再往超市里躲了。

"因为常德经常光顾冷饮店,小小的冷饮店环境变得很差,后来没有顾客愿意上门吃冷饮,经营不下去了。吴曦知道是自己的原因,说要辞职。可常德说,如果冷饮店里见不到吴曦,会放一把火烧了冷饮店。吴曦后来总是哭,捂着脸站在马路边哭的情景我都亲眼看见过不下三次。后来发生了一件事,有一天晚上,跟朋友喝完酒回家的常德在走到离小区不远的街口时,被一个突然从角落里冲出来的蒙面人给用棍子打倒了。"

"蒙面人?用棍子打倒?"我愕然。

"是,戴着头套,用一根又粗又长的木棍,生生把常德的小腿给打断了。"

"程野干的?"我们都惊恐地盯着魏宁的脸。

"对啊,程野干的,程野后来去冷饮店里跟吴曦说的,安慰吴曦不用担心了,因为他已经把吴曦的麻烦给摆平了,已经把常德的腿给打断了,以后如果常德再来,他还会继续把常德的腿给打断的,直到常德再不来为止。常德报警后,警察没有找到凶手,他们不会想到凶手是程野这么个瘦弱的男生的,因为他们根本无法相信初二年级的程野能有那么大的力量抡起那么大的木棍打断常德的腿。"

"程野倒是很有力气。"

我回想起一件事。有一天,程野负责打扫走廊卫生,用墩布在走廊墩地。楚满又无聊地欺负程野,把手伸进窗台上的花盆里,抠出土来往地上扔,还摘下花叶撕碎了扔。程野担心打扫干净的走廊因为楚满弄脏而被检查卫生的老师扣分,只好过去清扫,刚扫干净,楚满又给弄脏,如此反复。一向面对楚满时选择忍受的程野这次终于不再忍受了,走向楚满,一把抓住楚满的手腕,用那种阴冷的语气对楚满说,能不能别这么欺负人?楚满让程野放开他的手,程野没放,他就往出挣,这一挣扎不要紧,忽然发现程野的手像巨大的铁钳一样钳着他的手腕,竟然无论怎么用力都挣不脱,手腕悬在那里简直是一动不能动。楚满的表情本来挺轻松挺得意的,现在是又吃惊又窘迫,急得脸通红。楚满急得要用另一只手打程野,但被我和小武给及时拦住。后来上课铃响,楚满回到教室,我偷偷观察他的手腕,皮肤上有那么明显的黑紫痕迹,而那只手好像一直不大敢动,可以想见程野的手该有多大的力气。

"是的,很有力气。程野表面上瘦,但其实身上全是肌肉,我当时是听班里男生说的,说他每天都在家里疯狂锻炼身体。"

"还真是个怪物啊。"小武摇摇头,让魏宁继续讲。

"程野本以为吴曦会感动的,会留在冷饮店里,会对他另眼相看。可事与愿违,吴曦被吓到了,根据我的观察,她被吓坏了,甚至觉得程野比常德更恐怖。吴曦很快就离开那家冷饮店,后来去香草天空蛋糕坊卖过蛋糕。我问过程野,他是不是暗恋冷饮店的吴曦,还为了吴曦把常德的腿给打断了。程野虽然平时不理同学,但对女生还是没那么冷漠的。他毫不犹豫地承认确实是他打断了常德的腿,但他不承认暗恋吴曦,他说他这么做,只是觉得常德太讨厌了,而吴曦太可怜了。所以廖宇,你最好还是算了,不要再去招惹程野。"

露西也说:"是啊,廖宇,为了楚满你已经付出那么多,就算了吧。说句难听的话,楚满这件事如果真是程野干的,那还不是他自找的么。"

虽然听到露西这么说楚满,我心里很不舒服,但不可否认,这却是事实。

　　小武叹了口气："楚满这个人作为朋友来说，没得说，真的，非常好，非常够朋友。可他跟别人斗时那副嚣张蛮横的样子，其实我很不喜欢，尤其他没完没了地欺负程野这件事，我真的觉得他很过分。但我最接受不了的，是他对他妈的那种恶劣态度。"

　　"他对他妈不好吗？"魏宁问。

　　楚满又一次害得我因为羞愧而脸红，我只得老实承认，说楚满确实总跟他妈吵架，原因是他嫌弃家里穷，嫌他妈挣钱少。楚满的爸爸在楚满小时候死掉了，楚满听说他爸爸当年是个在事业上小有成就的人，所以很为爸爸的死亡遗憾，说不然的话，他何必跟他妈过这种让人没什么自尊和自信的拮据日子，为此他经常跟我感慨，要是有个有钱的爸爸该多幸福。

　　魏宁的脸上露出更加鄙夷的神情。

　　"你是不是很想说他活该？"我问魏宁。

　　魏宁收敛表情，不置可否，喝了一口杯中的雪碧，还是忍不住说："他这种人，说实话，简直让我恶心，廖宇，你至于这么为他吗？"

　　"可我和他是多少年的朋友。"

　　"但他根本就是个混蛋。"

　　"可他是我的朋友！"我拔高音量，像在与魏宁争辩。

　　"好吧，他是你的朋友。"魏宁似乎为我情绪的骤然大变而有些恐惧。

我悲哀地垂下脸,好一会儿不再说话,他们也都尴尬地沉默。

"有好些年,我只有楚满这么一个朋友。"我再次抬起脸,感觉自己似乎热泪盈眶,"我小学的时候很懦弱,经常被人欺负,于是我成了一个可以被肆意欺负的人。人和人之间往往就是这样,当你变成了一个可以被欺负的人,那么所有人都会理所当然地认为你是这种人,你的功能于是就变成被大家欺负,所以,那时候很多人欺负我,越来越多的人欺负我,用越来越过分的方式。"

魏宁等人吃惊地看着我,看着情绪越发激动的我。

我躲避他们的目光,垂下脸,已经有点哽咽:"小小的年纪,没有任何朋友,因为没有任何人愿意跟一个谁都瞧不起的人做朋友。我孤独地走在校园里,会突然跑过来一个男生,在我的屁股上踹一脚,或者跑过来一群男生,把我围起来一起踹我。有人用树枝当鞭子抽打我,有人把我的午饭全倒在地上,有人从后面悄悄逼近突然拽掉我的裤子,有人无聊地用巴掌扇我的脑袋解闷。我不敢把这些告诉父母,特别恐惧上学,痛苦极了,因为我想不明白,学校里有那么多男生,为什么挨欺负这个角色偏偏是我。"

"我的精神濒临崩溃的边缘。"陷入黑暗的往事,悲伤一度使我不能流畅发声,只好调整一下呼吸,继续艰难回忆,"我幼小的心灵承受着你们难以想象,也根本无从想象的那种痛苦，我再也坚持不住了，发高烧，大病一场，高烧是退了，身体的病是好了，可心理出现了很重的病，我患了抑郁症。心中的痛苦，对于别人来说是耻辱，所以我没有任何一个人是可以倾诉的对象。几万吨的痛苦不停地往我的心脏里挤压，强压之下，我彻底绝望了，抑郁症把我折磨得再也活不下去了，我想到了死。

"我决定自杀。在一个周末，我来到空荡荡的学校，把从家里带来的一根麻绳系在校园车棚旁的一棵柳树上。我爬上围墙，把脑袋伸进绳套，准备从墙头上一跃而下。这时楚满出现了，他当时正叼着烟经过学校大门，看到了我在做的事，飞快地跑过来。我决心赴死，看着楚满往这边跑，还是双手握着麻绳，从墙头上跳下来。身体的重量带来超越身体的拉力，这巨大的拉力瞬间作用在我的脖子上。我的眼前立时黑了，感到气管已经断了。楚满抱住我的双腿，用力向上提。已经漆黑的世界又亮了，我没有死成。

"从此楚满成了我的朋友，他每天陪在我身边，保护我，不让其他同学再欺负我，还带我到处玩，让我渐渐地开朗起来。这么说吧，没有楚满，我可能早就死了。"

小武听完很是感慨："真没想到，你的童年会那么悲惨，如果你早认识我，我也会像楚满那样帮你。真的，我小时候就强壮，三个一般的学生一起上都打不过我。"

"可怕的校园暴力。"魏宁感慨万端地摇着头。

这顿饭吃得并不愉快，气氛完全被我不堪回首的童年给破坏了。

直到结账准备离开的那一刻,冷飕飕的气氛才终于渐渐消散。露西从包里拿出钱夹,喊来服务员结账。钱夹打开,竟然厚厚的一摞百元钞票,惊呆了我和小武。

"你怎么带这么多钱出门?"我不安地问。

"所以才要找个保镖啊,开玩笑啦,我跟你们不一样,我爸给我零花钱都是一年一年的给,所以就显得多。"露西拍了拍一旁小武的肩膀,扬起手臂冲门口喊,"柏阿姨,柏阿姨。"

一个从店门外走进来的中年女性闻声转向这边,看到露西后满面笑容地走过来,爽朗热情地笑说:"是你呀,和同学来吃饭哈,够意思,捧你柏阿姨的场。"

"那你不给我打折吗?"

"打,打呀,这顿算柏姨请你的。"

中年女人很爽朗,显然这火锅店是她开的。

这时服务员走过来,把所找的零钱递给露西。

"这次就算了,钱都付过了。"露西往钱夹里塞钱。

柏姨看到露西的钱夹惊讶道:"我的小祖宗,你怎么带这么多钱出门?多危险啊。"

"有什么危险的,光天化日的,谁还敢抢我不成?"

"你当铜城多太平呢?小偷小摸多得是啊。几个月前吧,竟然有小偷溜到我的火锅店里来偷窃。当时是晚上,顾客特别多,还有很多顾客在门口排队,店里看起来很吵闹很混乱,小偷就是趁这时候溜进来想浑水摸鱼的。多亏我们的店员眼尖，给及时发现了，也不是她眼尖啦，是她以前在德惠商场里也恰巧目睹过那个小偷的偷窃，所以小偷一进到店里，我们的这个店员立即就盯上她了。"柏阿姨唠唠叨叨地说上了，"小偷的岁数小，又是女孩，谁会想到她竟然是小偷呢？现在的孩子，家长只顾着忙，也不管管自己孩子，自己孩子都当小偷了，他们还以为孩子在学校里是什么乖学生呢。"

"是学生吗？"小武问。

"是学生呀，就是你们学校的，你们三高中的。"

"后来呢？抓住她后怎么处理的？"露西问。

"当时就哭啦，那么多人在场，有人大声呵斥，有人说要扭送到派出所，有人要把她的家长叫来，有人说要通报学校，把她给吓坏了，问她什么她都是哭，哭得说不出话。她趁我们不注意往店外跑，但因为围观的人太多，没能逃掉，跌倒在地上，脸都摔伤了。我看这小女孩挺可怜的，无论是送到派出所或者通知学校，都会让她受到很大的打击，别一想不开自寻短见闹出点儿什么事，我们以后还有了心里阴影，犯不上，就给放走了。但也没有那么轻易就给放了，太轻松了她以后不长记性。我给她带到我的办公室，让她站在我的办公室里，用手机给她拍了几张照片，告诉她说，这次给你一个机会，以后再来这里偷窃，我就拿着你的照片去你的学校，找你的家长，这就是证据。"

"快让我看看照片，我看看到底是谁。"露西急不可耐地跑到柏阿姨身边。

"给你看行,可不许到处宣扬啊,搞不好会毁了人家一辈子的。"柏阿姨拿出手机,翻到那个小偷的照片,递给露西看。

露西接过手机一看,呀地叫了一声,吓得差点原地跳起来。

我和小武赶忙把头凑过去看,也因为受到惊吓太大,不约而同地啊了一声。

"你们认识啊?"柏阿姨问。

"我们班的杨媛啊。"露西说,"柏阿姨你还不知道吧?"

"怎么了?"柏阿姨奇怪地看着我们。

"她几个月前跳楼自杀啦。"

我们四个走出四季香火锅城后各自离去,小武打车送露西回家,我送走魏宁后没有回去,因为内心里太不平静,便独自回到广场散心。当时一直暗恋的杨媛竟然是个小偷,这实在让我难以接受。整个午后我独自坐在广场上发呆,一遍一遍琢磨这件事,情绪非常低落,心里面非常痛苦。

当初我注意到的杨媛胳膊与脸上的伤痕,以及她奇怪的失魂落魄,现在终于有了较为合理的解释。只是,她的自杀真的是因为偷窃被抓这件事吗?

我忽然想起那天我和楚满从篮球场往教学楼走时,他搂着我的肩膀对我说的话,他说,杨媛不值得你对她多用心,有些人并不是表面你看到的那样。还有一次,楚满请我和小武吃烧烤时,得意洋洋地对我说他能够透过现象看到本质,还说些"廖宇，你别觉得杨媛看着挺单纯的，其实你看到的都只是表面"之类的话。他反反复复提醒我这件事，想来对于杨媛，他好像是知道些什么我不知道的事的，也许他早就知道杨媛在校外是个小偷，只是怕我因为对杨媛的好感幻灭而感到痛苦才没有跟我直说吧。

我又想起不久前程野对我说过的话，他说我应该还不知道楚满做过的那些卑鄙龌龊的事，他所谓的"卑鄙龌龊的事"指的又是什么呢？程野总不会比我还了解楚满吧？

就这么在广场胡思乱想，坐到傍晚时分接到我妈打来的催我回家吃饭的电话，才决定起身离开。

走远的夕阳给城市带来无数大块大块的暗影，这些暗影像橡皮擦一样，不断擦拭着城市的每一个细节，没有灯光的窗口，树叶的缝隙与边缘，海报里的内容，人物的五官，污渍与建筑的疮疤，所有被擦拭之处，皆为模糊的黑色。

走下公交车，将外套的拉链拉高，我抱着胸口往铁锁街走。身后有人在跟踪我，有目光在沉沉地压着我的脊背和肩膀，使我无法忽略身后的尾随与窥视。我猛然转身，昏暗的街道，两个老年人拄着拐棍在蹒跚行走。

我继续朝前走，开始心慌，额头渗出汗珠。究竟是谁在跟踪我？难道是上次我从劳动湖公园里出来后跟踪我回家的那个人吗？被跟踪的感觉越发强烈，似乎跟踪者眼见就要赶上来，似乎就要贴到我的背上。我再次快速转头，一个黑影闪入一旁的药店。

果然有人在跟踪我。

我快步追上去,在凄冷的街道上跑出急促的脚步声,嗒嗒嗒嗒,直奔药店。黑影没有闪入药店里面,而是闪入了药店旁边的狭窄过道。刚追进过道,身后就有人叫我,是一个中年妇女,让我站住。我惊愕地扭身看她,根本不认识她。

"不许在这里小便!"她厉声说道。

"我不是要小便。"我解释。

她一副懒得听我胡扯的表情:"不是小便谁往那里面钻?你给我赶紧出来。"

我觉得这人可能闲得无聊,抬脚继续朝前跑,刚跑两步,手机响了,掏出来看,是我妈打来的电话。我呼哧气喘地接听。我妈在电话里不耐烦地问我怎么还没到家。我说马上回去了。我妈啰嗦地追问我马上是多久?我保证说十分钟之内准到家,挂掉电话,不顾妇女的阻拦继续往前跑。当跑出药店旁边的狭窄过道,我追赶的黑影早已经无影无踪。

钥匙与红色手机

国庆节放假回来，我和程野自然是"冷战"状态，谁都没有接近谁，也没有故意挑衅谁，即便在校园里免不得要狭路相逢，也只是彼此视而不见，视对方为空气。但我觉得有必要跟程野谈谈，并且这种念头一天比一天强烈。终于，在那天傍晚，我下定了决心。

我起身沿着过道朝后走，走到程野身边，他正单手拄腮，阅读一本纯文学杂志。晚自习还要半个小时才开始，大概由于外面天气凉爽，教室里的同学并不多，而且大家也不像夏季那样容易困倦，都在精神抖擞地聊天。我和程野的关系，大家自然是知道的，所以当我走到程野的身边时，教室里忽然变得鸦雀无声，大家的注意力都转移到了我们这边。

程野略歪了一下脑袋，看到我愣怔一下，立即攥紧拳头，准备起身。

"你想打架是吗？"

"我不想和你打架，那没有意义。"我不卑不亢地看着他说。

"意义？"程野冷笑一声，"你做的哪件事有意义了？"

我感到血液瞬间涌上头顶："我找你不是来挑事儿的。"

"你除了挑事儿还会干别的吗？"他将杂志合上，把身体转向我，靠着窗台，舒服地坐在座位里，"别以为我爸去求过你们家我就欠你什么，如果你敢骚扰田原，我还是会毫不留情地收拾你。在这个世上，我什么都不在乎。"

"我没找到证据，算你走运，要是让我找到证据，你在乎不在乎都会完蛋。"

"是么，祝你早日找到。"他坐正身体，又翻开杂志，准备继续阅读。

"我想问你个问题。"

"你这智商问也白问。"

我忍气吞声地俯视着他，没有针锋相对地还嘴，而是说道："你说我不知道楚满做过什么卑鄙龌龊的事，你指的是什么？"

"他做的每一件事都卑鄙龌龊，你想问哪件？可你应该比我更了解吧。"

"你非得这个态度吗？"我难以忍受，提高音量。

"你想我跟你有什么态度?我能跟你有什么态度?"他阴狠地看着我。

小武和露西正好走进教室,见此情景,忙一边喊我一边朝我跑过来,生怕我再打架,把我拉回到前面自己的座位。

阳阳快餐店,晌午时间,我和小武吃过午饭走出店门,往台阶下面走。与此同时,程野和田原迎面往台阶上面走,擦身而过的瞬间,田原跟我和小武打了招呼。

"吃完啦?"

"啊哈。"小武应一声。

"等等我呀。"露西从店门里跑出来。

程野刚想走进阳阳快餐店,一个男人快步跑过来,用沙哑的带有命令味道的语调喊住了程野。我们正准备横穿马路,闻声扭头,见是程野的酒鬼爸爸程荣光红着眼珠子醉醺醺地站在台阶前,他的身后还跟着一个颧骨突出的清瘦女人。

程荣光本来像个发号施令的将军,是趾高气扬的,等走到程野面前时忽然又成了遇见挫折的仆人。他找程野的目的是问程野要钱,但他拐着弯说话,说身后的女人逼他还钱,所以他才不得不来找程野。另一层意思是,若不是因为身后的女人,他才不会来找程野。

"谁让你来学校找我的?"程野站在店门口厌恶地说。

女人张嘴解释:"你是他儿子吧?你爸总在我那儿喝酒,每次都记账,这都记了小半年了,也不张罗还账,我们小本经营，总这么赊着也不是个事儿啊。"

"他不是我爸。"程野很严肃地对女人说。

女人愣住了，惊愕地看程野，然后问程荣光："你不说找你儿子吗？"

程荣光吼了起来："我不是你爸，你是王八壳子里蹦出来的吗？"

"我不认识他，他欠你钱你找他，跟我没半毛钱关系。"程野抬脚进快餐店。

女人困惑地问程荣光："他到底是不是你儿子？"

程荣光愤怒地嚷嚷起来，大声咒骂程野。

女人不耐烦地说："我也不管谁是你儿子了，跟我无关，你到底还不还钱？"

程荣光不理女人，恶声叫骂，站在快餐店门口拔高调门，骂得下一个路口的人都能听到。快餐店里的田原要出来，但被程野给硬拽了进去。

女人皱起眉头，抱着胳膊郁闷地看程荣光跳脚骂程野，听了一会儿后用手机打电话，为了让手机里的人听清她的话，她也像骂架似的拔高调门吵吵。以致一时间快餐店门口像唱大戏似的，吸引了附近的很多人围过来瞧热闹。

露西困惑地问我到底发生了什么事。我冲程荣光努努嘴，小声告诉她那个男人就是程野的爸爸。露西惊讶地竖起眉头，问我程荣光到底欠人家多少钱。我说不知道，示意她和小武离开。她却走上前去，问女人程荣光到底欠她的饭馆多少钱。

女人赶忙挂掉电话，跟露西详细说起来，说程荣光一共去了三十一次她的饭店，因为每次要的菜倒不是很多，所以一共没几个钱。女人说话的时候，程荣光迷惑地打量露西，闹不清楚发生了什么事，问露西是谁。

露西耐心地对程荣光说："我是程野的同班同学，你欠多少钱啊？我给你还吧，你别在学校门口这么骂你儿子，影响多不好啊。"

程荣光讨好地看着露西，故作悲愤地数落起程野的不是与他的伤心。

女人说程荣光一共欠她一千三百二十一块钱，又说既然是班里同学替还账，这么义气，收一千三好了。

"我当多少钱呢，至于追到这里嘛。"露西正要从裤兜里掏钱，快餐店的门突然开了。

程野怒气冲冲地跳下台阶，一把给露西推开，差点把露西推摔。露西啊地叫了一声，被小武及时扶住。

"谁用你掏钱！你算干吗的！"

难得一见程野有如此愤怒的一面，那个瞬间，我们三个被吓到了，一动不动地看着他。他把一摞钱猛塞在一旁的程荣光手里，恼怒地说道："这是两千块钱，我最后一次告诉你，以后再来找我肯定不会给你钱的，这次是例外，你要还有点儿脸就别来找我！"说罢，冷酷地走向店门。

围观的人群开始散开，脸上带着悻悻的神情。小武突然上前一把抓住程野的胳膊："你推谁呢？"众人惊愕，立时扭头。

程野也是一怔，冷冷地说："我们家的事，跟你们有什么关系？"

"我不管你们家的事，我问你刚才凭什么推露西？"

"没关系的小武。"露西忙上前拉小武。

程野调整姿势，直面小武，面无惧色："你想怎么样？说说，我听听。"

"你的心里装的是屎吗？"小武一把揪住程野的衣领，人高马大，居高临下。

程野冷笑一下，抬手慢慢抓住小武的手腕，钳住，手臂用力，一点点把小武的手掰开，嘴里轻松地说："别以为你长得唬人就能吓住我，在我眼里，你和楚满那个混蛋一样，都是窝囊废，你想打一架吗？我让你爬不进学校的大门。"

小武大怒，但疼痛让他的右手无法发力，反而整条右臂被程野的手给压了下去。露西和田原同时都冲上去拉架，一个拽小武的胳膊，一个拽程野的胳膊。程野松开小武的手，轻蔑地白了小武一眼，转身往快餐店里走。小武骂了一声，冲上去，从后面搂住程野的肩膀，一下子把瘦小的程野摔倒。

人在站着时好歹还容易保持秩序，可一旦倒了，场面立时就混乱了。程野与小武搂抱着，在台阶旁边的草地上翻滚。大树等人正好也从快餐店里走出，嘴里正在嘟囔着外面到底发生了什么事，怎么乱糟糟的，一眼看见纠缠在一起地上翻滚的程野和小武，赶忙冲上来，分不清哪条胳膊是程野的，哪条胳膊是小武的，胡乱地连拉带拽。

对付程野需要突然的攻击，一旦打上持久战，必定吃亏，因为程野的手劲特别大。我见小武要吃亏，挤向混乱的人群，试图对程野发起攻击，也算报前几日的仇。可没等挤进人群，就被连喊带叫的田原给从后面拽住了胳膊，硬拉出了人群。我站稳身体，看见田原尖叫着挤进人群，拼死要保护程野。

我正待赶上去，赫然发现草地上有一串钥匙，应该是程野的，忙蹲身捡起，起身环顾四周，看是否有人注意到我的行为，所幸没人注意到。这时我看见了程荣光，他没有管儿子打架的事，而是醉醺醺地与那个女人一起沿着马路走了，走远了。

大家把小武和程野拉开后，程野被田原拽进了快餐店，而小武被露西等人拽进了学校。我则带着程野掉落的钥匙，不惹人注意地去了学校后面那个配钥匙的小店。

配完那串钥匙上的所有钥匙后，我回到阳阳快餐店，此时已经快到上下午课的时间，快餐店里没什么食客，学生就更是没有了。老板董新阳一边吃雪糕，一边看柜台后面的电视，见我进来，问我有什么事。

"找小武，他不在这儿吗？"

"不在，早被他同学给拽学校去了。"

我把程野的钥匙放在柜台上："董哥，这串钥匙应该是程野的，我进来时在外面台阶下面找到的，他回来找的时候你把钥匙给他，别跟他说是我捡到的，你就说是你捡到的。"

"你和他不是同班嘛，你直接带回教室不就完了。"

"董哥你没听说我和程野的事？"

董哥恍然大悟，点了点头。他当然知道，阳阳快餐店就是针对学生顾客开的，这里是三高中校园里各种消息的中转站，董哥的消息比一般学生都要灵通，我被程野偷袭打得住院这么大的事，他不可能不知道。

"千万别说是我捡到的啊。"我临走时再三叮嘱他，"那人心理变态，你说是我捡到的，他非怀疑我偷配了他家的钥匙预谋偷窃不可。"

董新阳呵呵笑了几声。

我走出阳阳快餐店，接到小武的电话，他在电话里满腔怨气地说："你跑哪儿去啦？太过分了，哥们这边正打架呢，你那边偷着溜了，有你这么当朋友的么。"

"我临时有急事，这就回教室。"

我走上楼梯，先到隔壁班教室敲门找李小钰。李小钰见我上门找她，看起来很高兴，悠着细长绵软的胳膊，问我干什么。我往后退了几步，靠在走廊的窗台上说："今晚下晚自习后我不送你回家了，有别的事儿，要去见一个外校的朋友。"

"魏宁吗？"

"不是魏宁。"我略有不快，"你别老魏宁魏宁的，像我跟她怎么回事儿似的，告诉你，我和她绝对不是你想象的那样，她那冷淡的性格根本不是我的菜。"

"噢，我没有别的意思。"

我忽然一阵心慌,我当着李小钰做这样的解释对她来说又是什么意思?这是对女朋友的解释语气和方式,岂不是更让她误会吗?

我皱着眉头,一脸的被剥削阶级剥削的劳动者的怨气,转身往自己班的教室门口走。李小钰叫了我一声。我停脚转身,见她一副欲言又止的模样,问她有什么事,她却说没事。我抬脚继续往教室门口走,可她又在我的身后叫我的名字。我再次停脚转身,不耐烦地问她到底有什么事。她的神色看起来有些不安,像是有什么为难之事使她拿不定主意,她犹豫一下,咬了咬嘴唇,大步走过来,显然有重要的话要对我说。

"廖宇,我要跟你坦白一件事。"

"什么?"

她垂下头,像个在跟领导认错的卑微的小职员:"我想了很久,越想越觉得心里面堵得慌,面对你时,总觉得自己是做了对不起你的亏心事儿。唉,我的心理素质不好,这让我很不舒服,所以我想说出这件事,不管你会多么生气,以后会不会理我,我都要说。"

"到底什么事啊?你说吧。"我满腹狐疑地打量她。

"就是……我没有真的见到过三只眼睛的男孩。"

"嗯?没见过?"

"是,这就是我一直没有发生不幸的原因啊。"

她说的话出乎我的预料,惊讶之后相当迷惑。

"那你干吗要骗我呢?"

"因为……我想让你重视我。"她双手的手指在身前纠结地绞着,胆怯地在咕哝,"要不你也不会在每天晚上放学后送我回家不是吗?"

她的话让我彻底愣住,继而是哭笑不得,然后是温暖和感动。

"哦,就这事儿吗?"

"是的,就这事儿。"她抬起脸,诚惶诚恐地看着我,"我太可耻了是不是?"

"这有什么。"我一副完全不以为意的模样,"我当时就说过,三眼怪婴的诅咒是荒诞的玩意儿,所以你看见还是不看见,对我来说没有任何关系,我送你回家跟你看见三眼怪婴没关,就是夜里骑车无聊又危险,想找个伴,和你一起骑一段,路上说说话,挺好的。"

"真的吗?"她双眼放光,镜片似乎都上了水汽。

"当然了,没任何关系,以后一切照常。"我一脸轻松地朝教室里走。

她看起来明显松了一口气,迈着轻盈的步子朝四班教室的门口走去。

真正的三眼怪婴是人心,是人心的阴暗面。我忽然想到魏宁的话。这话很有道理,连单纯的李小钰都会为达到某种目的满嘴撒谎,别说我们偌大世界里的芸芸众生。这天晚上,我的心里也将有个三眼怪婴,我要跟踪程野,我要凭一己之力秘密调查他。

城西区的五栋旧楼像五个列队的封面磨烂的磁带盒，第四栋楼，二单元，顶楼，东侧，为程野的租住处。昨夜我扶车伫立楼下，感应灯一盏接一盏往高处亮，视线沿着楼道的窗户一层接一层往高处爬，爬到顶楼，看见东侧的窗户里亮出灯光。

现在是上午，同学们正在上课，而我已经踩着乌黑破旧的楼梯，来到程野住处的门前。手中的钥匙挨个尝试，很快了打开防盗门。门开声仿佛山崩地裂那么大，我整个身体为之一颤，这算是光天化日之下入室行窃吧，于我而言，是从没有过的疯狂。

目测面积应该只有五十平米左右，多层建筑之中，除了这种老楼，难见这种小面积户型。厨房是狭窄的长条空间，通向阳台，两侧是逼仄的房间，几乎没有客厅。

推开东侧房间的门，我恍惚间以为回到几十年前，一切东西都很旧，但收拾得很整洁，简单，质朴，最典型的就是那张床。床是老式的铁床，四条细铁管撑地那种，床单雪白，甚至因为久经洗涤而惨白。

走向床，床头有个小书桌，上面整齐地立着几十本书，有学习的书，也有小说。书的旁边有个塑料的笔筒，笔筒旁边有个红色的手机，拿起来看，是楚满在田原过生日时送给田原的那款手机。

难道是楚满那个手机？当时那个手机被楚满摔在地上，

被我拾起后交给楚满,楚满发现手机没有坏,便将手机卡塞入,换成自己的手机用。后来楚满失踪,他的手机自然也失踪,如果楚满为程野所害,那么这个手机很可能是楚满那个,毕竟,程野总不大可能买个红色的女款手机使用,而且平时他并没有使用啊。

手机是关机状态,抠掉后壳,拆下电池,发现没有电话卡,但我因此注意到了手机壳上的伤痕,那伤痕是当时楚满把手机摔在地上时磕出来的,千真万确,因为我拾起手机组装时真切地注意到了伤痕,我认识这伤痕。

天哪,这真是楚满的手机。

书架顶部的平台上有闹钟一类的东西,一个电话卡放在闹钟边。这不会是楚满的电话卡吧,如果是楚满的,那么这完全可以证明,楚满的失踪是程野造成的。

我拿起电话卡,正准备往红色手机里放,自己的手机突然响了。做贼心虚,我被吓了一跳,忙把手机和电话卡放在桌上,掏出手机看。原来是小武打来的电话,问我到底在干什么,为什么没有来上课,说老刘今早来查课了,发现了我的缺课,让他打电话联系我。

"我很快就回去,回家取点儿东西。"

"你们都怎么了?今天流行把东西落在家里吗?"

"怎么了?"

"上节是董老师的课嘛,程野的习题册又说落家了,董老师很生气,让他回家取,他这不就从课堂上直接走了,回家去了,到现在还没回来呢。"

是开锁声,防盗门正被打开。我震惊之中扭头四顾,做贼的第一反应是逃跑,而不是别的什么。在本能的慌张的反应之下,我发现自己置身狭小的空间里无处可逃,忙把身体一矮,钻到了铁床的下面,由于有床单的遮挡,这里是再好不过的藏身处。小武在电话里"喂喂"地喊我,我手忙脚乱地挂掉电话,并把电话关机,同时注意到手边放着两个大哑铃,伸手抓住哑铃的横杆,随时准备抓起来当武器用。

与此同时,防盗门被打开,换鞋的声音,拖鞋朝房间里走的脚步声,脚步声停在床边,接着是书本被移动的声音,然后还是脚步声,脚步声到房门口,换鞋的声音,防盗门被摔上的声音。

我深呼一口气,绷紧的身体立时松弛下来,汗水开始疯狂地外涌,仿佛身体被刀子割漏了。我从床底爬出,一屁股坐在床沿,有种劫后余生的轻松。后怕地回想刚才的事,越想越觉得不对劲,我干吗要躲?简直荒谬,我的正确反应应该是举着手机厉声质问程野。想到此,我伸手去拿红色手机,可桌面上已经空空如也。

我猛然跳起,跑到书桌前,两只手变作八只手,疯狂地到处翻找,可哪里都没有红色手机。糟糕,我意识到,手机一定被程野给带走了。难道他回到住处发现了什么?啊,那是一定的,红色手机被打开后壳扔在书桌上,手机卡也被从书架顶部取下。程野是什么人?敏感而冷静的人。房间是什么样的房间？陈设简单，被收拾得无比整洁，井井有条。所以程野当然会在进屋时一眼看出房间里的异常，并及时带走最直接的证据——红色手机。

我迈开步子往外追，因为太急，跑出房间时肩膀撞到门框上，整个人差点摔倒。跑出楼道，哪里还有程野的影子。

我双手握住车把的一瞬间，再次意识到，程野应该也会认出我的车子吧。

我飞快地骑车，骑到学校，存好车子，跑进教学楼，然后气喘吁吁地用力推开门走进教室。当时是英语课，包括张老师在内，教室里的所有人都被我吓了一跳。在众人视线汇聚的焦点处，是我一张通红的狰狞的脸，这张脸上有两束光，这两束光在照射到教室后面的程野时变成了射出的箭矢。

"廖宇。"张老师叫我。

我疾步穿过过道，冲向程野，几乎是吼着问他："手机呢？"

"什么手机？"程野无辜地仰视着我。

我的双手在程野的书桌上用力一扫，哗啦一声，所有书本掉在地上。

"手机呢？楚满的手机呢？"

张老师朝教室后面跑："廖宇！你干什么？"

同学们纷纷站起身，小武等人已经尾随着张老师朝我而来。

"什么手机？"程野稳稳地坐着，面容平静，嘴角带着一丝不易觉察的微笑。

我双手抓住书桌的桌沿，猛一用力，桌子翻倒在教室后面。附近的女生发出惊叫声。我声嘶力竭地喊："楚满的手机！红色的手机！我看见了，你杀了楚满！"

程野终于笑了，抱臂端坐："你又犯精神病了。"

我恶声骂了程野一句，双手揪住程野的衣领："你不拿出来，我就杀了你。"

程野双手同时抓住我的双腕，像是屁股下面有弹簧，身体被弹起来，带着极大的冲力撞在我的胸口。我整个人朝后仰去，跌坐在过道里。张老师与小武等人已经跑过来，扶起我，并牢牢地固定住我。

"你们放开我！他杀人了，他杀了楚满，我找到了证据。"

"廖宇，你这是干什么？"小武往教室前面拉我。

我双臂挥舞，拼命挣扎，嘴里大喊大叫："程野杀人了，你们快去翻他的书包，翻他的书桌，楚满的手机在他那里，红色的手机。"

程野一动不动地站在教室后面，笑吟吟地对大家说："廖宇又犯病了。"

受到程野的刺激，我的情绪彻底失控，开始呜哇乱骂，好几个男生同时抱着我，才没能让我挣扎出他们的束缚。

当我被李主任和老刘他们带到政教处时，我的情绪依然激动不已，整个人像团燃烧的烈火。李主任在问明了事情的原委后，不但没有支持我，还严厉地批评我，说我真的是个疯子，竟然能做出偷配人家的钥匙潜入人家住处的疯狂事。

我尽量让自己平静下来，试图向他们解释清楚眼下的情况，还提出不然的话可以报警，警察会找到红色的手机。李主任虽然听明白了，可根本不把我的话当回事。他威胁我说，如果我再这么闹下去，会叫来我的家长，实际上他已经让老刘联系我的家长。他还说，警察找到还是找不到红色的手机不说，单我入室盗窃这件事本身就是极为恶劣的。

　　站在政教处里等我家长的这段时间，我的情绪渐渐平静下来，开始冷静地分析眼下自己的境况。也许报警真的没用，程野随便把手机扔到什么地方，警察都不可能找到，何况警察并不会把这件在他们看来简直是胡闹的事当成得了的大事来认真对待。

　　后来我妈来了，给李主任说了很多好话，然后把我带回了家。

　　我妈和我爸在家里严厉地呵斥了我，教育我，长达几个小时。我满腹委屈而无法解释，终于在回到自己的房间后，窝囊地流下了几滴泪水。

　　回到学校后，我给李主任写了检讨，并保证自己回到学校后不再闹事。李主任说再一再二不再三，如果我再在学校里闹出这样的事，一定会严肃对待。

　　可我不会放弃，在学校里不行，那我就在校外解决。无尽的黑暗里总算出现一丝曙光，我怎么能不死死将那束光攥在手里。

角 斗

下晚自习后,我跟在程野身后往楼梯下面走。他扭头看过我一眼,知道我在跟着他,但他没有做出什么明显的反应,轻松随意地照常往下走。走到车棚处时,我先取好车子,然后站在车棚入口处等待,等程野推着车子和田原走过来后,继续尾随他们。

田原频频扭头看我,开始警惕我的行为,并且观察我的脸,想来猜到我似乎有找程野麻烦的可能,因而停下问我有什么事。我没有说话,只是阴沉着脸,推着车子朝前走。

楚满失踪后程野不再送田原回家,所以走到校门口处,程野和田原分手。田原在与程野分手时,不安地看我,再次问我是不是找程野有什么事。我白了她一眼,经过程野,骑上车子沿街道而去,给田原造成懒得理睬他们的感觉。这样,田原方才放心地回家。而我骑得很慢,程野很快便骑车赶上我。

"你鬼鬼祟祟的,找我有事吧?"程野的语气里有明显的嘲弄。

我已经与程野并肩行进,共同撞破前方的层层黑暗,嘴里说:"有种就别装蒜,你拿走了那款红色的手机,那款手机是楚满的,敢承认吗?还是继续当个孬种?"

"没什么不敢承认的,楚满的手机的确在我那儿。"

我的身体突然抖了一下,努力克制自己的激动:"那你承认你谋害了楚满?"

"我没有,手机是我捡到的,在劳动湖公园。"

"你糊弄弱智呢!"

"信不信是你的事儿。楚满跟我定好的,周末在劳动湖公园里见面,因为田原约我去红叶山,我决定不去见楚满,可楚满竟然失踪了,这事儿真的跟我没关。其实我也像你一样,觉得非常奇怪,也在试图找到他,弄清他失踪的真相。所以不只你好多次去劳动湖公园里寻找他,我也去过很多次,并且在小山的后面,发现了这个手机。"

我强忍愤怒,冷笑说:"既然这样,你为什么不报警?"

"我为什么要报警?本来我就有嫌疑,还主动拿着手机去找警察,不是给自己找麻烦吗?再说,楚满那种混蛋,他出事了是自作自受,活该,虽然我好奇他的失踪,但我不希望他被找到。别忘了,你和我的立场是截然不同的,他是你的朋友,他是我的什么人?他是我的仇人。为了不让他被找到,我已经毁了那个手机,那个手机已经在世界上消失了。"

程野的语调里充满了得意,刺激得我再也无法忍受。我捏住车闸,跳下车子,并把车子推倒,朝他追去,一把抓住他车子的后车架,将他拉停。他敏捷地跳下车,转过身,扶着车把笑着问我:"要打架吗?"

"我也让你消失。"

"就凭你?我要动真格的,楚满在我面前都不值一提,你这种废物顶什么用?"

我的愤怒再次被程野彻底点燃,咒骂着扑上去。上次和程野摔在一起,是因为他主动扑我,然后我们俩纠缠在一起,他无法发挥他的打架本领。现在他与我保持着一辆自行车的距离,见我扑上去,他的手便松开车把,轻松地躲避开我的攻击,然后推我的肩膀,使我连同他的车子一起摔倒在地上。

我咬牙切齿地咒骂,从车子上爬起来,再次朝程野扑过去。程野的身体稍稍往右边一偏,抬脚在我的左胯上一踹,我便趔趔趄趄地摔倒在地,像一袋粮食沉甸甸地扔在地上。

"你太蠢了,你这么蠢怎么能打得过我啊,廖宇。"

我爬起来,像头斗牛场里的疯牛,不顾一切地撞向程野。而程野便果真成了斗牛场里的那位斗牛勇士,轻轻松松地躲避开我,并以手代剑,嗖地朝前刺出一剑,砰地一拳打在我的脸上。我跌坐在地上,头晕眼花。

"起来继续打我啊。"程野说。

我这块疯狂的顽石被现实给摔得出现了裂纹,冷静些了,能思考了,意识到了我所面对的现实。我确实打不过程野,论体质,我比楚满和小武不如许多,他们俩尚且不是楚满的对手,我怎么可能是他的对手。但我不能就此放弃,灰溜溜地夹着尾巴离开,那会被他瞧扁的,会被他嗤笑的,我要和他拼命。

我站起来,没有盲目冲击,试图理性地与程野对打。但他的手实在太有力量,几个响亮的巴掌抡在我的头上,我便耳朵里面嗡嗡响,眼睛里金花迸溅,身体的大厦摇摇欲坠。

我跌坐在黑夜里冰凉的地面上,晕得厉害,一时间站不起来。很多放学回家的同学骑车从我的两边经过,纷纷好奇地扭脸看我,我为自己的无能感到无限的悲哀。

"你别跟我打了,你看我瘦,在学校里也不爱运动,其实我每天都在家里锻炼身体,还自学拳击,人不可貌相不是吗?"程野扶起车子,悠然自得地说,"好了,我走了。"

多么诡异的程野,单薄的身躯里蕴藏着巨大的能量。我爬起来,喘息着看他,见他越骑越远,只好拍拍身上的灰土,自我嫌弃地骑上车子回家。

回到家里后,立即走进房间,关闭房门,不能让父母看到我脸上的淤青。

我坐在床上,用一个圆形的小镜子照自己,照出来的不是多么强烈的愤怒,而是自卑与痛苦,两个少年之间原来是可以有这么大差距的。程野的英俊，程野的个性，程野的才华，程野的智商，程野的打架本领，没有一样是我能比得过的。

我该怎么办呢？他毁了手机，再没有证据，这次就算我报警而警察肯为我调查，也无从下手，案件依然会停滞不前。思来想去，唯一的办法，只有一个，便是继续逼迫。前提是只有打败他才行，空手打不过，那就用武器。

明天我将去商店买一把匕首，如果有必要，我会在见到程野时一声不响先在他的大腿上来一刀，这样他就瘸了，就会在面对我时无能为力了，就会被我威胁，讲出一切。

所以我一定要对程野动刀，就在明天。

裤兜里的这把匕首价格不菲，精美的刀柄简直是个艺术品，虽然没有开刃，但刀尖足以轻松刺透程野的衣物与皮肉。

下晚自习后，我没有太明显地尾随程野，而是远远地走在他的后面。

李小钰从后面赶了上来，我之前跟她说过最近有事不能送她，她总是猜测我下晚自习后要和魏宁什么的人物见面，所以内心和表情难免有些纠结，是我厌恶看到的。

"有个消息，对你来说，不知道是好消息，还是坏消息。"

"你在说什么？"我偏过脸看她。

她谨慎地朝左右两边看了看，小声说："我不是每天和田原在一起吗？"

"嗯啊。"

"田原最近很矛盾，很难受。"

"为什么？"

"因为她要和程野分手，她说程野越来越让她感到不安，而且她已经不爱程野了。"

我冷哼一声，心想程野那种人，就是徒有其表，乍看一眼，相貌和气质都好，接触起来，恋爱起来，爱的毕竟是里面的东西，是性格，是为人。现在田原终于发现了程野的阴暗，程野的神秘，程野的冷硬，还有程野的变态，她当然开始打退堂鼓。

"可她鼓不起勇气提出分手，在挣扎。"

"活该。"

李小钰被我催走后，我推出脚踏车，远远地跟在程野和田原身后。他们俩走出校门后分手，看起来和往常一样，看来今天的田原没能鼓起勇气提出分手。我握了握裤兜里的匕首，用力蹬车，追向程野。

程野虽然在骑车的过程中并没有朝后看，但他显然是注意到了身后有辆始终与他保持一定距离的带有戾气的单车。骑到护城河桥头后，程野停好车子，走到桥头并倚靠桥栏，看着在他视线里很快变得清晰的我。

"你跟着我还想干吗？打又打不过我。"他大声说。

我咬紧牙齿，不让自己发出任何声音，骑到他面前，下车，右手插在裤兜里，走到他面前才说："今天你非得说出楚满的下落不可。"

"他死了。"

"被你杀死的？"

"不是我杀死的，要是我杀死的我早告诉你了，因为我不怕你，而你没有证据。"

夜色中的护城河黑黢黢的像万丈深渊，没有车辆，也没有路人，是属于我们俩的世界。我的右手掏出匕首，亮出刀刃，又朝他走几步："最后问一遍，承认吗？"

程野显然被我的刀子吓得一怔，倚靠在桥栏的身体站直了，强作镇定地说："还带了把破刀，你有种用那把刀扎我吗？"

我没有朝前刺，而是举刀朝程野的脸上砍去。程野始料未及，慌忙朝一旁躲闪。我一刀劈空，刀子砍到桥栏上急速变向，横着向外侧扫去，扫向程野。程野的后背险些被刀子划到，他躲避的时候脚下没有踩稳，趔趄一下顺桥头的小道出溜下去。我持刀追上去，对着他的背影连连劈砍。他的背影鹿一样灵敏地跳跃着跑下斜坡，转眼跑到护城河边。

我跑下斜坡，来到桥下，身边的河水静止不动，散发着腐烂的酸气。程野不再说话，呼吸开始急促，大概没想到我竟然会一声不吭地真的挥刀砍他。我紧握刀柄，沿着河岸大步前行，尽管程野不停后退，可还是离我越来越近。

"廖宇，我们的误会越来越深了，你冷静点儿。"他明显地紧张了。

冷静？简直放屁，这回不嚣张了是吧。我还是紧咬牙齿，像黑夜般沉默无声，举起手里的匕首冲上去砍程野的脑袋。

程野边跑,边转身抬起胳膊遮挡脑袋。刀子砍在他的手臂上,由于他穿着校服,且匕首没有开刃,所以刀子并没有划伤他的胳膊。

我不停地往前冲,不停地朝他劈砍。他手忙脚乱地逃跑,跌跌撞撞,几次差点跌倒。终于,刀子砍在他的手掌边缘,砍出他啊的一声惊叫。

"廖宇!"他喊我名字的同时跌坐在地上。

我弯着身体,对着他惊恐的脸砍去。他坐在地上,身体后仰,一脚踹在我的小腹上。我站立不稳,摔倒在草地上。他从地上跳起,竟然没有跑,而是朝我扑上来,骑坐在我的身上。

我把刀子朝他的脸上刺,他抬胳膊遮挡的时候,刀尖刺进他的校服,刺破了他的皮肤。他又发出"啊"的一声叫,然后身体压下来,双手去抓我持刀的手。我知道他的手劲奇大,赶忙躲避,胳膊胡乱舞动。他像捉一条泥浆里的泥鳅似的忙乱地捉我的手。

我瞅准机会一刀朝他的脸刺去。他躲避不及,脸颊被我的刀子割出一道口子。他砰地一拳打在我的脸上,打得我眼冒金星,接着快速握住我持刀的手,用力掰我的手指,几乎把我的手指掰断,很快抢走我手上的刀。

当我要抓他的脸攻击他时,他已经手握匕首并把刀尖抵在我的脸上。

"再动,我先花了你,再杀了你。"他恶狠狠地说,脸颊上一道鲜明的口子,血已经从口子里流出来,流得最快的一道血已经滑到下颌。

我心脏剧烈跳动,呼哧气喘,加之他骑坐在我的胸口,压得我难以呼吸。他慢慢离开我的身体,刀尖始终对着我的脸,是在威胁我。我坐起身体,颓丧不已地看着他。他退后两步,看了看手里的匕首,苦笑一下,随手把匕首扔到身旁的护城河里,抬手捂脸,看看手掌,手掌上的血即使在夜色里也是鲜红的。

"废物,廖宇,你就是个废物,拿把刀都不是我的对手,你还不找个地缝钻进去等什么呢?"他得意地俯视着我,"难怪你小时候那么窝囊,谁都欺负你,人是动物,动物的本性是弱肉强食。你不配当个男的,你本该是个女的,楚满就是保护你的丈夫,难怪楚满失踪你会受到这么大的刺激,原来是自己的依靠没有了。你知道吗?廖宇,你对楚满的这种依赖是种病态的行为,就是所谓的变态,你才是真正的变态。"

我痛苦地大叫起来,叫声在夜空中回荡。

程野经过我,朝桥头走去。

我爬起来,啊啊叫着朝他扑过去。他转身抓住我的胸口,身体朝护城河的方向一转,脚下一绊,我便顺着斜坡滚下了护城河,扑通一声落入河水。河水不深,还不足一米,但河水很脏,双脚刚踩入淤泥,浓重的腥臭味道立即从水面上破裂的气泡里散发出来。

"废物,就凭你还想找到楚满?"程野走上斜坡,骑上车子走了。

我从污浊的河水里爬上岸,趴在河边,精疲力竭,一动不能动。浑身湿透,地面的凉气像麦芒一样扎我的胸腹。我感到奇耻大辱,像是回到了噩梦般的童年,忍不住抽泣起来。

小武早上一见到我时便注意到了我面色的惨白,问我是不是生病了。我摇摇头说没事,只是因为失眠,一夜没怎么睡。可实际上我确实是有点发烧,头疼,冒虚汗。

午饭后,我和小武漫步到篮球场,坐在篮球场边的台阶上看同学打球,我跟他讲了昨夜发生的我用匕首攻击程野的事,听得他不禁张大了嘴巴。

"你疯啦,真要失手把他捅死了,你这辈子就毁啦。"

"那不算什么,我要跟他拼到底。"与其说是为了找到楚满,毋宁说是报我被程野羞辱的仇,争斗的目的已经有点悄然变质,加入很多我对程野的刻骨的恨。

接着,我给小武讲了昨夜我构思一整夜才构思完成的一个计划,就是在小武的帮助下,我们俩将田原绑架。

本来我的计划是这样的,绑架的时间在田原下晚自习后的回家路上,绑架的地点在田原回家必然经过的赵家胡同,绑架的方式是从网上购买的乙醚,绑架的目的是作为人质与程野交换楚满(如果楚满已死,那么换带有程野签名画押的认罪书)。

我仔细想过,对于两个中学生来说,难度太大。弄晕了田原怎么运走她？运到哪里去？赵家胡同虽然偏僻，可难免不被人发现。种种难题困扰着我。后来我想到另一个方案，便是由小武（我出现会引起田原的戒备和反感。想过李小钰最容易骗来田原，但她是女生，未必敢做这件事，当然，她也不会愿意的）出面把田原骗到我家的仓库（我家的仓库平时不大使用的）里，并帮我捆绑住她。

"你疯了！"小武惊得跳起来，"廖宇，你开什么国际玩笑呢？"

我警惕地朝四周看了看："没开玩笑，这是对付程野唯一的方法了。"

小武难以置信地看着我，眼睛里充满恐惧，往后退了两步："你……你疯了。"

"小武，你听我说，如果我被警察抓了，我会保护你的，我会说你根本不知道我让你把田原叫来是干什么，我还会说捆绑田原的时候你不在场，是我自己用乙醚迷醉她后进行的。"我站起来，压低声音，伸手试图抓住小武的胳膊。

"不不，廖宇，不行，你不能这么干。"小武快速后退，躲避我的手。

我站住脚，用话激他："你要没胆子就算了。"

"我是没胆子，这是闹着玩吗？我们好好的每天上学放学，干吗要毁了自己？"

"你要是够朋友就帮我，不够朋友就算了，我自己干。"

"廖宇，我们是不是朋友难道要由这件疯狂的事决定吗？

如果这样,我明确地告诉你说,你不值得我把你当成朋友。"小武竟然扭身大步走了。

我惊愕地看着小武的背影,一屁股跌坐在台阶上,痛苦抱着脑袋,开始反思自己。难道我真的疯了?小武为什么这么懦弱?为什么这么不够朋友?我不断反思,不断追问,直到晚上放学回家后才渐渐地冷静下来,渐渐地恢复理性。

回家后,我站在卧室的窗前往外看,对着夜色,似乎在夜色里看到了一些道理。朋友存在的意义是什么?难道就是在自己毁掉的时候拉来垫背的吗?我是太自私了,我不能用自己对楚满的执著来要求别人也同样对我那么执著,就像程野说的,不可否认,我对楚满确实存在着一丝病态的依赖和友谊。

想到这些时我妈喊我去买盐,于是我快步走出房间,离开家门。

走出楼道时,遇见正拎着一塑料袋水果往楼道走的二楼的陈阿姨,跟她打了声招呼。当时我穿着在家里穿的半袖和大裤头,她迎面而来,看见我的样子笑着大声说:"穿这么少出去,不冷啊?"

"去超市买袋盐呵。"

"给你抓点儿。"她拦住我,要给我拿些塑料袋里的水果。

由于天黑,根本看不清袋里是什么东西,看起来像杏子,或者沙果。我没有抓,说我妈正做菜呢急着用盐,穿着拖鞋快步朝小区门口跑去。

站在商店门口时，接到小武打来的电话。

"廖宇，你现在是不是特别鄙视我？"

我一手拎着盐，一手举着手机往小区门口走："当然不会，后来我想了，是我太偏激了，不怪你，怪我，我不应该那么做，那不是害你么。"

"可你真打算那么做吗？"

"绑架田原吗？是的，我必须那么做，我说过了，那是目前对付程野的唯一办法，也是找到楚满的唯一办法。"

"廖宇，不管你是不是把我继续当你的朋友，我都要这么做，告诉你，我会报警的，让警察去抓你，在你干出傻事前阻止你，我只能这么帮你了。"

"你敢！"我停住脚步，激动地嚷嚷起来，"你不帮我也就算了，竟然还阻挠我。"

"总有一天你会明白的，我是在帮你。"

"帮个屁！你给我听好了，你别乱管闲事儿，田原我是一定要绑架的。跟你说，你报警是没用的。你有什么证据能证明我要绑架她？警察不会信的。你知道，警察不会每天二十四小时盯着我，所以你不可能在我绑架田原之前让警察成功阻止我。"

"廖宇。"小武的声音听起来很伤心，"我求你了，你别这样。"

我怒气冲冲地挂掉电话，穿过马路，准备往小区走，这时那种诡异的感觉又一次袭来。黑影又开始跟踪我，并越发猖狂，故意发出急促诡异的脚步声，恫吓我，刺激我，挑衅我。我没有转头，不想被他牵着鼻子行动，一路小跑地跑进小区大门，闪身躲避到门柱后面，静静等待，准备将黑影逮个正着。

黑影的脚步声像清脆的鼓点，当当当当，响到门柱后面，在小区大门口处，突然停住。我的心脏开始怦怦狂跳，此时黑影与我仅是一墙之隔，只要他再向前跨上五步，我便能一睹他的容貌。可是，他竟然不往前走，像是知道我在静静等待他，难道他听见了我的心跳声？还是，他已经悄然离去？

我慢慢把头探出去，看见小区门口是空荡荡的，半个鬼影也没有。走出藏身处，置身茫茫黑夜，街道一时间阒寂无声，我一度怀疑自己是撞鬼了。

回到家里，拎着盐袋来到厨房，我妈正等得不耐烦，埋怨我做什么事都磨磨蹭蹭的。

我站在阳台里，听着我妈炒菜的声音，把脸贴在玻璃上往下看，能看到楼下孤零零地站着一个人。那个人戴着棒球帽，正在朝着我家的阳台窗户仰望。从亮处往暗处看，距离又远，根本看不清他的五官，只是一个黑影，勉强能看出他戴着帽子，但能够确定的是，他正在与我对视，目光确实是有重量的，确实是不用眼睛也能感受到的，很奇妙。

一定是他，那个几次跟踪我的人一定是他！

"妈，你认识他吗？他是谁？是我们小区里的吗？总在我们小区出现吗？你以前看见过他吗？"我的食指点在玻璃上，急切地问我妈。

"谁啊?"我妈握着炒勺在滋啦啦的烹饪声中问。

"就那个戴帽子的。"

"谁啊?"我妈忙乱中扭头朝窗外看了一眼,"哪有人啊?"

我再次把脸贴到玻璃上,楼下空荡荡的,确实没有人。

我一定是撞鬼了,再不就是出现了幻觉。

雨 中 答 案

今天没有骑车,因为早上醒来时发现天阴沉得厉害,恐怕要下大雨。对于骑车,其实阴天或者下雨我倒不是太在乎,因为我有雨衣,在乎的是风,风能让世界摇晃。今天外面的风便格外大,在空中怒吼嚎叫,刮得一切都在抖动鸣响。

挤在公交车里,因为窗户都被关闭,人又多,车厢里便十分闷热。我难受地看着窗外,窗外简直黑得像黑夜,黑云压城,大雨却迟迟不来。一只白色的塑料袋在空中飞舞,越飞越高,让我想起一个美国电影的海报,海报上是威力巨大的正在摧毁一切的龙卷风,而一只奶牛正显眼地飘在空中。

今天来学校没有见到程野,很奇怪。课间时逃离闷热又不敢开窗的教室,到走廊里透气,遇见李小钰,我与她靠着窗台随意地聊了几句。

"知道吗?田原昨天正式向程野提出分手了。"

"是吗?"我不免惊奇,"程野什么反应?"

"程野没什么反应,昨晚在电话里,田原跟我说当时程野只是一言不发地站着,好一会儿才抬起头问田原为什么。田原说,她本来就是借读生,因为她爸工作的关系,才全家搬到铜城暂住一段时间,现在工作突然有变,全家要提前回去,所以她自然马上要离开三高中。"

"马上离开?什么时候离开?"

"已经离开了,昨天是她最后一天来上学,其实来上学的主要目的也是为了当面跟程野提出分手,其实也不算分手啦,准确地说呢是道别。"

"你是说,今天田原没有来?并且以后我再不会见到她?"

"对啊,已经离开铜城了嘛。"李小钰奇怪地看着我,不解我为何会如此激动。

我的绑架计划已经准备好,可是突然得知绑架目标已经从我的世界里彻底消失,这不免让人有点措手不及。

"你怎么了?"李小钰忍不住问。

"没……没怎么,你继续说,后来呢?"

"没有什么后来,田原一再解释说她是不相信所谓的异地恋的,所以分别就意味着分手,她说会很怀念和程野的这一段日子的，虽然短暂，却很特别。程野最后说的话是，问田原到底有多爱他。田原本想撒谎说很爱很爱的，但没有说出口，而是实话实说，她说她有过很爱程野的时候，但此时此刻，已经没什么感觉了。程野点了点头，什么也没再说，走了。"

李小钰回到教室，我独自站在走廊里，眼睛看着窗外，还在想着"绑架目标已经从我的世界里彻底消失"这回事。前门口的小武见李小钰离开，便朝我走过来。从今早见到他，他就眼神忧虑、表情纠结地频频拿眼睛瞟我，显然想跟我说些什么，但是一直处在欲言又止的状态，现在终于有所行动。

"廖宇，你……"

"不用劝我了。"我扭过头打断他，"以后看不到田原了。"

他大吃一惊，一把抓住我的胳膊，惊恐不已地盯着我："你把她怎么了？"

我挣脱他的胳膊："她昨天转学走了，回老家那边了。"

他愣怔一下，整个人松弛下来："说走就走，事先一点都不知道。"

"是啊，这就叫计划没有变化快。"

小武把手拍在我的肩膀上，一脸轻松地笑着说："行啦，什么计划不计划的，别胡思乱想了，马上就要高考，认真学习才是正经事啊。"

"教育我呢？你认真学习了吗？"

"必须的啊。"

"我怎么没发现？就见你成天对露西胡思乱想了。"

他嘻嘻笑："你别瞎说呵，让同学们听见不好。"

"同学们都知道，只有你成天自欺欺人，始终不敢表白。"

"不是我不敢，我这个人你还不知道？好歹也算一条好汉，这不是怕她分心耽误她的学习么，你等着瞧吧，高考一结束，我立马给她放个大招。"

"什么大招？在教学楼上挂横幅表白吗？"

"具体还没想好。"他嬉皮笑脸的模样稍稍有所收敛，问我，"你说，露西能瞧上咱这种阶层的人吗？"

"不试谁也不知道。"

"听着有点儿实践是检验真理的唯一标准的意思呢。"他的表情里好像掺杂着一丝窘迫，犹豫一下后方才笑着说，"我跟你说个事儿吧，但你别告诉别人，露西不让跟别人说。上周末下午，我回家，我家小区旁边不是有个小公园吗？"

"对啊。"

"小公园里不是有篮球场吗？"

"对啊。"

"我看见有一伙人在打篮球，就顺路走过去看看，在围观的人里你猜我看见谁了？我看见了露西。她站的位置正对公园入口方向，所以非常显眼，我没等进去就看见了她。我超奇怪，问她怎么会在这里，她说她的一个姑姑家住在附近，她今晚在她的姑姑家里吃饭，饭还没好，她无聊，到楼下来转转，看见这儿有打篮球的，就过来看看。她特别喜欢看篮球比赛,这你知道的吧?"

"知道啊,她总跟你讨论NBA球星,不然你也不可能迷她迷得要发疯啊。"

"是啊。我和露西站在球场边,一边看他们打篮球,一边聊天,我这才知道,原来露西的身体有很严重的问题。你回忆一下,从认识露西到现在,她是不是从没上过体育课。"

我回想一下,我们的体育课基本上都是体活课,体育老师都让我们自由活动的,平时上体育课时,那些女生的自由活动内容通常都是打排球和跳大绳,好像其中确实没有过露西的身影,她都是站在一旁看热闹。

"她喜欢篮球,我好几次说要和她去玩篮球,她都只是站在一边看我笑,怎么劝都不摸篮球,现在我才知道,原来她的心脏有问题,不能做剧烈运动,为了保护自己,即使不那么剧烈的运动她的家人也禁止她做。"

我惊讶地看着他:"心脏有问题?"

他伤感地点头:"她跟我说,小武你知道吗,看见你们大汗淋漓地在球场上又跑又跳,高高兴兴的,我心里特别羡慕,觉得那感觉真好,那画面真美啊,心里就想,我什么时候要是也能像你们那样就好了,所以我经常去球场看你们打球,也经常在家看体育比赛,满心的羡慕,就是觉得那真美好,运动真的是很有美感的。她跟我说她小时候跑跳玩耍,经常眼前一黑摔倒在地,去医院检查,查出她的心脏有问题,从此彻底告别了运动,明明是活泼好动的性格,却被迫成了一个让人觉得文静的女生。"

我看着小武，试想露西看小武打球时的心情，感到心里很不是滋味。

大雨直到后半夜两点多才姗姗飘落，先是稀疏温柔，很快便密集狂暴，黑夜里狂风呼啸，电闪雷鸣，大雨滂沱，我从酣睡中迷迷糊糊醒来，听到窗外有种山崩地摧般的感觉。

酝酿了一个白天的雨很快便停了，凌晨时分，窗外已经是一片宁静，黎明时分，朝阳未受任何影响地在东方冉冉升起。

来到学校，先是听李小钰说，程野的爸爸程荣光昨夜死掉了，不知她的消息为何这么灵通，但是很快我发现，学校里有很多人在谈论昨天后半夜死的那个人，只是他们不知道那是程野的爸爸罢了。

后来上课时我用手机无聊上网，发现微博和本地的一个论坛里，也有人在说程荣光死亡这件事。

昨天夜里，喝多的程荣光摇摇晃晃地走在马路边，那时应该是后半夜两点来钟，刮起了越来越冷的风，眼见要下雨，他人虽然是晕的，但意识到了雨的到来，努力让自己走快些。马路边一个排水井的井盖不见了，他一脚踏空，整个人垂直坠落进去。

那个排水井的井口不算大，又因为里面淤积了很多垃圾，也不算深，所以程荣光没有完全掉进去，而是卡在了井口，他的胸口以上露在地面之上。因为他的体型较胖，坠落的重力便相对较大，坠入排水井的重力使他的胸口在卡到井口时产生很大的压力，竟然硬生生挤断了几根肋骨。

本来程荣光掉到排水井里是可以通过呼喊得救的，但因为肋骨折断以及因此产生的压力，使他无法呼吸，并且血水在压力的作用下通过喉咙往上涌，涌得满嘴尽是血。

雨点子很快便在凉风的怂恿下噼里啪啦砸落下来，疯狂残暴的夜雨不断冲击着程荣光的脑袋。暴风雨之中，他很快死去了。

原来那一段路出现了问题，正在施工，明明已经设置了安全标志牌，可醉醺醺的程荣光走在布满乌云的午夜里没能发现，加之那个地方比较偏僻，又是没有行人且大雨降临的后半夜，所以直到雨歇后的黎明，才有经过的人注意到只露着脑袋在路面上的程荣光。

第一个发现程荣光的是一个早起买菜的大妈，见到程荣光时差点吓死。

程荣光脸色青肿黝黑，半闭着眼睛，大张着嘴巴，被雨水打湿的头发紧紧地捂着他皮肤粗糙松弛的脑袋。他的头发里有树叶，脸上还爬着一条大雨后从地下钻出的蚯蚓。这么一个恐怖的脑袋，像个漂浮在水面上的皮球，悬在马路边的路面上，行人猛然见到，怎么能不被吓得半死。

有人报警后，警察赶来现场，后来往外拉程荣光的尸体怎么拉也拉不出来，好像有什么东西在排水井里固定着程荣光的腿。为了把程荣光的尸体拉出井口，警察们费了很大力气，忙活半天才实现。当把尸体拉出来后，人们发现程荣光的下半截身体已经肿得像个大秤砣。

有早起上班的路人拍了程荣光卡在排水井口的照片发到网上，被大量转载，但后来有人投诉说图片过于恐怖吓人，博主删掉了照片。

我给小武讲我从网上看到的消息，并给他看程荣光卡在排水井里的照片。他看后毛骨悚然地咧了咧嘴，没有对象地骂了几声脏话。

"太恐怖啦。"小武转头，"程野今天没来？"

"他当然不可能来。"我说，"也许好几天不会来。"

小武看向窗外喃喃自语说："天气预报说，受到什么气流的影响，最近一段时间雨水多，几场雨一过，天气会明显转冷，那时就是寒冷的冬天了。"

我从拥挤的公交车上跳下来，正踩在积水里，溅起的水滴飞到一旁的女生裤腿上，惹得她相当不高兴，冲我怒目而视，在我道歉后，狠狠地剜了我一眼，举着伞咕咕哝哝地快步而去。我赶忙撑开伞，这个飘雨的早晨异常寒冷，口中呼出白雾，而雨中似乎夹杂着雪花。

寒冬就要来临。

快步朝学校门口走，阴天容易让人误把黎明当深夜，时间已经并不充裕，马不停蹄才能不迟到。走到校门口，校门的左侧围墙下，程野撑着伞站在那里，像是站了很长时间。

他已经消失了好些天,突然的出现,让人在视觉上有些不适应,好像习以为常的生活发生了什么不好的改变。他神情萧瑟,形容枯槁,往日的锐利和傲气全然不见。

"廖宇。"

倒是没想到他在等我,他喊了我一声,朝我快步走来。"我在等你。"他说。

"等我?"我警惕地注视着他——我眼中的仇人,在他面前,我像动物面对天敌,像刺猬竖起每一根刺,绷紧身体的每一根神经。

"嗯。"他与我并肩朝前走,鞋子好像全都湿透了,"还记得有天晚上,你走到教室后面,问了我一个问题,还记得吗?"

"当然记得。"

"你问我,是不是知道什么关于楚满的不好行为,不然不会说出那样的话。"

"是的。"

"现在我告诉你答案。"

我愣怔一下,凝神倾听。

他垂头看脚,边快步前行,边说:"杨媛跟我是同桌,对我很信任,跟我说了一些关于楚满的事。"

"什么事?"

"我先告诉你两个事实,你要是能接受我的说法,我就接着往下说,不然我告诉你也白费,你不会信的。因为你觉得我对楚满有偏见,甚至觉得我谋害了他,说的话必然都是假的。"

"你先说。"

"第一,楚满是个极度贪财的人。"

我郑重颔首:"其实他只是觉得钱能让他更有面子。"

"第二,杨媛表面上看很文静,其实在校外是个小偷。"

我再次郑重颔首:"这个我也是前不久才知道的,千真万确,如果我那段时间没有眼见为实,今天你突然这么跟我说,我确实是不会相信你的说法。"

他惊讶地看着我,似乎想不通我前几天是如何知道杨媛的偷窃行为的,不过他不想在我面前表现得好奇心太重,说道:

"那我继续往下说,杨媛在一次校外偷窃时,恰好被楚满撞见。楚满用手机偷拍下了杨媛的偷窃过程,事后用这段视频威胁杨媛,逼迫杨媛每周为他偷一千块钱,如果不为他偷,或者完不成他所谓的一千块钱的任务额,就把杨媛偷窃的视频公开。你要知道,杨媛虽然偷窃,但就像你平时看到的那样,她并不是个坏女孩。她说她偷窃是受到一个远亲哥哥的蛊惑,那个哥哥从小没有父母,多少年靠偷窃养活自己,所以偷窃手段很高明,她哥教了她些偷窃的技巧,又鼓动她跟着自己出去偷窃,说了些靠自己挣钱很牛之类的话。我的意思是,杨媛偷窃,很大的原因是出于好奇和哥哥的蛊惑。"

杨媛有个小偷哥哥,这又是个什么人物呢?

"更主要的原因,我觉得是她有她的苦衷,她是单亲家庭的孩子,小时候她妈得病死了,所以她是她爸拉扯大的。她爸在劳动湖公园里当管理员,工资其实很低的,可她爸他妈的也是个酒鬼,所以供她读书吧就总是……捉襟见肘,她呢就必须得自己另外想点儿办法才行。说是北京奥运会后,咱们国家要求所有的公园都要免费开放,所以她爸的岗位就要被取消了,也就是说,面临着下岗。廖宇你懂我的意思吗?现实生活就是这样,是很艰难的,杨媛又内向,又软弱,每天被现实生活给折磨得特别痛苦。"

我点头,表示完全可以理解一个这种处境中的少女的内心痛苦。

"然后呢,混蛋楚满又用这个杨媛最惧怕的噩梦来进行威胁,逼杨媛每周必须完成那极难完成的偷窃任务。杨媛的精神状态越来越差,终于在某一个时刻,她彻底绝望了,受够了这个可恶的丑陋的现实,从窗户跳了下去。"

我停住脚,痛苦的刺激使我整个人麻木僵硬,我最好的朋友卑鄙地害死了我曾暗恋的命运悲惨的女孩。

程野也停住脚步,尖刻嘲讽地对我说:"不然楚满这个穷小子哪来的那么多钱?你又怎么可能经常跟着他吃烧烤?廖宇你知道吗?你吃进嘴里的可都是杨媛的肉啊。"

程野的最后一句话格外有力,我瞬间有如被雷击的感觉,震惊地看着程野。雨水在冷风的吹拂下,打在伞面上,发出嗒嗒的声音,像是我的心在嗒嗒地漏血。

下午时候，我开始发烧，越来越重，在教室里再难支持，便跟老刘请假回了家。

　　回到家里，睡到晚上七点多钟时，我妈进来喊我吃饭，这才发现，我已经高烧到意识有些模糊的状态，所谓的一病不起，赶忙给我送到医院。

　　躺在医院里输液时，我的身体坠入可怕的噩梦深渊，无法逃脱，在循环不止的噩梦里不断承受着没有尽头的折磨。

　　我梦见我和楚满还有小武三个人，围着一张长方形的桌子，桌子中间有很多烧红的炭块，而桌子的边缘摆着很多盘肉，我们三个正操着筷子夹那些肉在炭火上烤，烤出香味后塞在嘴里大快朵颐。那盘子里的肉，都是杨媛的肉，有的盘子里装着杨媛的脸，有的盘子里装着杨媛手脚，还有个盘子里装着杨媛的眼睛，那双眼睛在看着我们吃她。

　　接着我梦见一个宇宙一样的空间，像是在一个隧道里，但是隧道没有尽头，无论怎么跑都跑不出这条隧道。楚满浑身是火，不停地哀嚎，痛苦地在地上爬，朝我爬，不停地说他要被火烧成灰啦。我心急如焚，围着楚满不停地跑，想找些水浇到他的身上，想找些土扬到他的身上，想找些什么东西拍打到他的身上，想找到人帮忙扑灭那些熊熊燃烧的大火。可怎么跑都跑不出隧道，隧道里空无一物，只有黑暗。

　　楚满不停地被火烧，不停地哀嚎，不停地说自己要被火给烧成灰。他像个大火球，到处冲撞，追着我跑。我想躲避他，又想救他，内心痛苦，无比纠结，累得精疲力竭，眼见就要摔倒昏厥。可我总是不能摔倒昏厥,永远在梦中处于即将摔倒昏厥的状态,永远是最痛苦最难以忍受的状态。这种状态不停地进行下去,循环下去,同时楚满的哀嚎也在不停循环着,没有尽头。

有一个时候,我躺在医院的病床上输液,迷迷糊糊中听见有人在床边和我旁边床的那位阿姨说话,谈论的对象应该是我。

那声音我并不熟悉,可我却一点都不陌生。那夜我被程野攻击,正是这个声音突然出现将我从危厄中解救。嘶哑,古怪,难听,野兽呜咽悲号一样的声音。

难听的声音:"他怎么了?"

阿姨的声音:"哦,发高烧。"

难听的声音:"发烧怎么会这么严重呢?"

阿姨的声音:"谁知道呢,听他妈说是淋着雨了。"

难听的声音:"……"

阿姨的声音:"……"

我使出全身的力气要醒过来,要睁开眼睛,可根本办不到,我似乎是在梦中,难道听进耳朵的对话是梦吗?不会的,梦不会这么真切,那么我一定是半梦半醒的状态了。我痛苦万分,身体像被一辆卡车压着,一动不能动,并且呼吸艰难。后来我的意识模糊了,跌入到更深层次的梦中,继续在满嘴是血地吃杨媛肉和楚满被大火焚烧的循环往复的噩梦里挣扎。

后来我终于彻底醒过来,问那位阿姨,那天跟她对话的人到底是谁。阿姨迷惑不解地看着我,当我提醒那个人说话的声音特别难听后,她才恍然大悟地想起那个人来,说她不认识那个人,好像是一个来医院探望生病亲友的人。因为我所住的病房是多人的大病房,白天时不断有人进出。我问她都和那个人说了些什么。她说没有说太多,闲谈几句,简单聊了聊我的情况。我问阿姨都聊了我的什么情况。她说她都不认识我,就是想多聊一些我的情况也没法聊。我问她那个人长什么样。她不耐烦地说是个年轻小伙,戴了个帽子,没看清模样。

我靠着床头,看见病房门上的玻璃后面,快速闪过一个戴黑帽子的人,惊悸之下身体一颤,不知道是不是那个总像鬼魂一样跟踪我的人。

暴 力 铁 管

生病三天，高烧终于在无尽的噩梦中退去，人像经历过一场战争，虚弱得走路时身体无力地左右摇摆，像晾晒在竹竿上的衣服在风中绝望地飘荡。病好得差不多了，可正赶上临近周末，于是我又在家里休息两天，打算周一再回学校上课。

周四上午，父母上班不在家，我独自躺在家中的床上，百无聊赖，又想起杨媛，心里依然痛苦愧疚很不是滋味。为了逃避这种痛苦，我下床来到电脑前，决定上会儿网，以打发掉这容易勾起人痛苦的时间。

对着电脑，一时不知做些什么，注意到浏览器主页上的搜索引擎部分，便带着好奇心在里面输入"三眼怪婴"四个字，然后进行搜索，可惜没有搜出对我来说有用的资料。我忽然有了更新一篇关于三眼怪婴内容的博文的念头，于是登录了自己的博客，开始敲打起键盘。我把程野讲过的关于余洁和马吉生三眼怪婴的事，以及魏宁讲过的关于那件事的真相，都写进博文，还在文章后面发了一通感慨，大概就是真正的三眼怪婴其实是人性的阴暗面之类。

博文发表完毕，已到中午时候，接到李小钰打来的电话，问我是否在家。我告诉她在家，她笑着说一会儿来看我，挂了电话。仅仅三分钟后，房门便被拍响，打开门，是李小钰和小武站在门外，原来他们是在我家楼下给我打的电话。他们俩趁午休时间，买了一些水果和吃的来到我的住处看我。

"来探望病号，好些没有？"李小钰说。

"基本等于完全好了。"我热情地把他们请进来。

李小钰把吃的东西放在茶几上，像过家家一样认认真真、仔仔细细地摆开来，让我挑选着吃。小武则边问我在干吗，边走到电脑前坐下，看到我写的博文，大声读了一遍，扭头说："你不好好养病，成天琢磨这些东西，多伤神啊。"

"他一直就对三眼怪婴感兴趣，楚满刚失踪那阵，每天去劳动湖公园里找，我还跟着去找一次呢，后来发生了那些可怕的事儿，才没有继续去那里找。"李小钰笑说。

"什么可怕的事儿？"小武转动椅子偏过身体。

我回忆起那段时间发生的事。

期末考试刚结束那段日子，孤单的暑假，我成天满脑袋里都是失踪不久的楚满。大活人就这么人间蒸发了，是因为三眼怪婴的诅咒？还是因为程野的谋杀？不管因为哪个，似乎都跟劳动湖公园有关，所以应该多去公园里找才行。

有一天傍晚，我在公园门口遇见了李小钰，她问我来公园干什么，待得知我还是为寻找楚满后，很是感动。她细长的手臂伸过来，把我拉到一边，有点紧张地告诉我说，以后最好不要独自来劳动湖公园，尤其像现在这种天快黑的时候。我对女生的神经兮兮向来不以为然，问她为什么。她说劳动湖公园里有个变态，喜欢用铁管从后面打人脑袋，打晕后扒掉衣服，抢夺财物，已经接连有两个人被那变态攻击。

第一个人是一个在铜城体校拳击队上学的十七岁男生，他头一天晚上在寝室里接到女朋友的电话，说最近总有一个社会青年骚扰她，让她非常愤怒。这位拳击少年第二天一大早逃课离开体校，找到他的女朋友，在他女朋友的带领下，找到那个骚扰他女朋友的青年。拳击少年用他凶猛的拳头与凌厉的拳击招式，几拳就把青年给打趴下爬不起来了。拳击少年的女朋友感到脸上有光，很骄傲，请男朋友大吃了一顿，还买了一只铜城有名的杨和珍牌烧鸡送给男朋友，让他带回体校给同学吃。拳击少年带着烧鸡与女朋友分别，为抄近路，翻劳动湖公园的后围墙，独自走在夜里空荡荡的公园中。走着走着，突然被人从后面用铁管打中脑袋。他昏倒在地上，什么也不知道了，等醒过来时感到很冷，发现他那套深蓝色的运动服被扒走了，眼下正穿着背心和内裤趴在冰凉的地上。

并且，女友送他的烧鸡也不见了。公园值班室的老杨当天夜里在了解了拳击少年的遭遇后，把电话借给了少年。少年打完电话一个小时后，被铜城体校的人给接走了。

第二个人是一个社会上的无业青年，他二十多岁，喜欢赌博，为人凶恶。那天晚上他输了不少钱，心情郁闷，跟两个哥们去小饭馆里喝酒，故意找茬跟旁边桌的一对情侣争吵起来，然后动手厮打，以为发泄。那对情侣势单力薄，男的当即被打得头破血流爬不起来，女的赶忙找电话报警。无业青年带他的哥们离开饭馆逃跑了。害怕被警察抓，他带他的朋友就近翻墙跳入劳动湖公园，深更半夜的坐在公园中的一个亭子里抽烟聊天。后来他的朋友实在困得不行，提出要走。他疑心警察会在他家里等他，便打算暂时不回。朋友走后，他独自待在公园里，后来觉得太阴森，起身要找个网吧包夜。他骂骂咧咧地朝公园门口走，走到人工湖边时，被一个突然从树林里窜出来的黑影攻击，一根铁棍猛击在他的肩膀上。他趔趄一下，捂着肩膀要跑，没跑几步，脑袋挨了一下，眼前一黑整个人栽倒在地上。公园值班室的老杨听到响动，拎着手电筒跑出来，见到的只有被剥掉了衣服趴在地上呻吟的无业青年。

李小钰跟我讲的那个变态的事，让我想到楚满跟我讲的他遇见的那个追打他的三眼男孩，应该是同一个人吧，其所穿的深蓝色的运动服应该是拳击少年的。

有这么详细的细节，这要多亏公园值班室的老杨（杨媛的爸爸,也即是我曾在小山附近遇见的拎铁皮桶的中年男人)。老杨年轻时拜师学过说评书,跟逛公园的老年人讲起故事来自然生动细致。不过这两件事确实让我心里毛毛的,使我有好一段时间没有来公园。

一天午后,李小钰突然给我打来电话,说没别的事,在电话里有一句没一句地跟我聊天,聊着聊着聊到楚满,她说放假前曾答应我,要在考试后陪我一起寻找楚满,所以她现在要兑现承诺,和我出去找楚满。我说除了公园,不知道应该去哪里找。她说那就去公园里转转吧。我问她难道不害怕变态吗。她说在白天的时候不太怕的。

我和李小钰便来到公园,在里面转了一会儿。我来过很多次,所以是没有报以希望的,当然没有打听到关于楚满的消息,我们俩后来无聊地坐在湖边看起湖里的金色鲤鱼。直到黄昏时分,她才不舍地说要走,说回去晚了她妈可能会不高兴。于是我们俩起身回家了。

翌日下午,又接到李小钰的电话,她的声调一改往日的轻柔,显出她的情绪很激动。

"你知道吗?廖宇,劳动湖公园的事儿?"

"不知道啊,怎么了?"

"我的天啊,就在昨天夜里,就在我们离开劳动湖公园五六个小时后,那个公园里的变态杀死了一个人,用铁管把那个人给活活打死啦。"

发现被害者尸体的是公园值班室唯一的值班人员鳏夫

老杨。

老杨那晚在看一个地方台每晚三集连播的李雪健版电视剧《水浒传》，看到夜里十点半钟的时候，隐约听到公园里有动静。他把电视的音量调低，确定公园里肯定有动静后，一手抓起手电筒，一手抓起一把铁铲，快步朝声音的方向走去。

实际上，等他推门而出时，声音已经消失。黑灯瞎火的公园里，他东张西望地往前走，走出去足有一千多米，来到人工湖畔。他先是用手电照到一个躺在地上的女孩。

女孩光着上身，被撕扯坏掉的衣服扔在不远处的草地上，下身则穿着一条牛仔裤。她的头发乱蓬蓬地盖住了她的半张脸，就像有两只大手从后面捂住她的眼睛。她的脑袋歪靠在一块湖边的大石头上，脑袋流了不少血。

老杨初见女孩时着实吓了一跳，心惊胆战地走到近前，发现女孩还有呼吸，猜测应该是脑袋撞击到湖边的石头晕了过去。老杨叫了女孩几声，没叫醒，见女孩上身裸露着，没敢伸手碰，转身要回值班室报警，却在转身的瞬间，余光扫到另一个人。

那个人趴在湖边，下半身在湖水里，整个脑袋上全是血。他哆哆嗦嗦地走过去，仔细观察，发现是个男的，但是已经没有了呼吸，猜测应该是掉进了湖里后往岸上爬，爬到一半时被人重击脑袋打死。

以上是李小钰听来的，告诉我的。

当夜，警察封锁了劳动湖公园，对现场进行过勘察。同时那个昏倒的女孩已经清醒，为警察讲述了公园里发生的事。警察对案件调查的信息，以及女孩为警察讲述的事情，是之后我从新闻报道里看到的，以及从大人们的嘴里听到的。

女孩是铜城职专学校的学生，死者是她男朋友的一个朋友。当晚她陪她的男朋友和她男朋友的几个朋友吃饭，吃饭时，她的男朋友被另外几个人给灌醉了。死者在把她的男朋友送回家后，开始送她回家。

车开到劳动湖公园后面，死者以让她陪自己进到公园里取藏在公园里的一件东西为借口，把她骗到公园里，然后提出与她发生特别的关系，在遭到拒绝和愤怒的羞辱后，开始对她施加暴力，欲强行发生特别的关系。这时一个黑影突然冲出来，用手里的什么东西攻击死者。死者先是与黑影搏斗，后来逃跑，跑到湖边时后背上挨到重击跌进人工湖。

女孩跑到湖边时绊倒，脑袋磕在石头上昏过去，所以接下来发生的事她都不知道。

警察根据现场勘查，推测出女孩昏倒后的情景。死者跌进人工湖后往岸上爬，爬到一半时头遭到钝器重击，趴在岸边，接着又遭到钝器连续不断的重击，直至死亡。

警察通过追踪地上的血迹和脚印，来到劳动湖公园的小山处，在小山的后面发现一个井盖子。值班室的老杨说井盖下面是水管道的阀门，这里因为太过偏僻，并且脏乱，从来没有人来。警察发现井盖显然有被经常移动的痕迹，于是打开井盖，发现下面好像有人居住。

暴力铁管

　　井盖下面的空间不算大，大概有七八平米的活动面积。水管阀门的旁边有肮脏的被褥，有盛了两个烂苹果的破铝盆，有被啃光了肉的鸡与鱼的骨头，有塑料水杯和啤酒瓶子，有几件破衣服，有几支蜡烛，有一本破破烂烂的《三国演义》，还有一些显然是从垃圾箱里拣出来的生活废物。最重要的是，发现了杀人凶器——沾血的铸铁管。

　　凶手到底是什么人呢？

　　"楚满会不会被那个变态给杀了？"小武听完我的回忆后着急地问道。

　　我想也不是没有这个可能："可为什么找不到尸体呢？"

　　李小钰有点不耐烦地招呼我们："你们俩快过来吃吧，不要讨论这种事儿啦。"

　　因为还要赶回去上下午的课，李小钰和小武吃完东西后匆匆离去。他们走后，我无聊地回到电脑前，打开博客，发现那篇博文竟然被人给评论了，而且评论的内容不是广告。

　　评论的内容是：

　　三只眼睛的人？我们家乡那边也有一个三只眼睛的人。

　　这简单的一句话立即使我来了精神，赶忙回复他的评论，并且进入他的博客给他留言，留下自己的聊天工具QQ的账号，希望他能加我为好友，跟我说说他们家乡的三眼怪婴。

　　给他留完言后，因为无聊，我点开下载好的老电影《勇闯夺命岛》看。电影看到一半，有人加我的账号为好友，点开消息，正是那个在我博客上留言的人。

我迫不及待地跟他打招呼，但是他没有立即回复我。等待他回复的时间里，我进入了他的QQ空间。他的相册里有几张他和同学们出去吃饭的合影，照片下面标注了那些人的名字，可以大致推断出哪个是他，不，应该说是她。

没想到是一个女孩，看年纪应该比我大上一两岁，并且从几张照片的背景来看，她应该是铜城大学的学生。她长得不算太漂亮，但绝对不是难看的女孩，只不过走的是质朴路线。而她之所以能读到这篇文章，是因为我们俩都属于一个叫"铜城"的圈子，所有那个圈子里的博主都能读到那篇博文。

大约两分钟后，她也跟我打了招呼。

"你对三眼怪婴那么感兴趣啊？"她说。

"主要是因为跟我朋友的失踪有关……"我打字有点吃力。

"不错，是个合格的好朋友。"

"你说你也看到过三只眼睛的人？"

"我没有亲眼看见，是听说的，我们家乡附近有个深山里的村子，有人说那村子里有一户人家养了个三只眼睛的人。"

"你家住在那个村子里吗？"

"不，我家住在一个小镇上，不过那个村属于我们镇，所以那个村的学生要到我们镇上来读初中，我的初中同学有是那个村的。"

"这样啊，那个镇和村子分别叫什么？"

"干吗？你不会想去吧？我家不在铜城，在甫阳市。"

"是啊,我想要去看看。是吗,在甫阳市?那太好了,我姥爷家在甫阳市。"

"没什么好看的,如果你想去看看……这样吧,这周末我要回家,不如你跟我一起走吧,然后我会把你带到那个村子。"

接下来的谈话暂时抛开了三眼怪婴的话题,我们聊起了彼此。她叫张晓晓,在铜城大学读大二,平时课业不忙,大多数时间都用来泡在网上,很喜欢写博客。

我们约定了时间,明天早上出发。

黑塔村怪婴之谜

　　早上我一赶到火车站,立即给张晓晓打电话。她比我先到火车站,正站在售票大厅的门口等我。她已经见过我的照片,所以我们能认出彼此。一见到她,她就弯着眉毛很可爱地冲我笑,亲切地称呼我为弟弟,问我起这么早有无吃早餐。我说没有。她说她也没有吃,然后看了看时间,说时间还很充裕,不如先找个地方吃点东西吧。

　　张晓晓是个比较活泼的人,爱开玩笑,让人感觉她娇小的身躯里充满了活力,也因此使她比照片里的形象生动可爱许多。她问我,正读高三,突然离家去别的城市找什么三眼怪婴,父母难道不会担心吗。我跟她解释,自己身体不好,所以迟迟没有回学校上课，我妈听说我是去甫阳市看我姥爷，反而还很高兴呢，我姥爷平时一个人住，我妈其实特别想让我放假时去陪姥爷住的。

我们简单吃了点东西后，到候车大厅里等了二十分钟，然后上了经过甫阳市的火车。

张晓晓的包里塞了很多吃的东西，随着旅途时间的变长，她不断从里面掏出各种零食，让我非常惊讶，觉得她的整个包里装的可能都是吃的。

旅途虽长，但因为我们相谈甚欢，所以并不感到过于疲惫。

当火车终于到达我们的终点站，我们走出火车站时，天已经彻彻底底地黑下来了。黑下来的城市中，秋天的晚风吹来冷水浇头般的爽快。

甫阳市是一个默默无闻的比较落后的小城市，张晓晓家在城市周边的一个小镇，不是太远，打车半个小时就到了。她与我约定了明天的见面方式，然后打车回了镇上。我则在附近找了个依然在营业的水果超市，买了些水果，连同来时我妈让我带的给姥爷准备的东西，一起拎去了姥爷家。此时的姥爷已经做好了饭菜，正在焦急地等我。

翌日清晨，我以去看望一个以前的同学为借口，打车去了张晓晓家所在的小镇。在小镇上与张晓晓碰面后，一起踏上去往黑塔村的路。

我没想到去往黑塔村的路会这样难走，路坑洼不平，又挨着山，临着陡峭的斜坡，像一条血迹斑驳的围巾扔在地上。所乘坐的车是一辆破旧的小巴，颠簸得快要把我的五脏六腑给摇成一锅粥了。

透过车窗往外看，陡峭的斜坡下面是一片起起伏伏很不平整且又沟壑纵横的庄稼地，正是收获的季节，农民们在田地里挥舞镰刀进行着紧张的收割。田地的后面是连绵起伏、一层推着一层的群山。张晓晓说山的后面便是黑塔村。

"前面这个村子不是黑塔村吗？"我见前面已经到了一个有瓦房聚集的地方。

"这不是，这是白塔村，黑塔村在山的里面。"她粲然一笑，"弟弟，做好心理准备啊，去黑塔村要靠走路的，是不通车的。"

我们俩在白塔村下车后，开始朝黑塔村走。

山上有一条路，翻过山便是黑塔村，体力好的人去黑塔村可以走山路，那样节省时间。山旁还有一条路，是环绕着山通向山后的，这条路不需要翻山，走起来不吃力，但就是远一些。以我和张晓晓的体力，只能走这条绕远的路。

转到山后，能看见一些瓦房分布在对面的山下，黑塔村到了。

张晓晓带着我走向村庄，来到一家院落的门前，喊一个叫吴冰冰的女孩。房门里走出一个中年女人，说自己是吴冰冰的妈妈，说吴冰冰已经不住这里，嫁到了白塔村，并问张晓晓有什么事。张晓晓说没事，是因为学校放假，回家待了几天，想看一看以前的那些老同学。中年女人听了后，非常热情地招呼我和张晓晓进屋。

屋子里收拾得非常干净，每一件东西都摆放整齐。我和张晓晓并肩坐在炕沿边，与站在对面的中年女人说话。她又是给我拿烟又是要为我们去小卖店买饮料的，被我和张晓晓阻止后，才把屋角的一把木凳子搬到我们面前正式坐下。

"以前听说这里有一个人有三只眼睛？"张晓晓说。

她终于肯把谈话扯到我期待已久的话题上来。

"是都这么说，不过我没看到过，都是村里的几个小孩传出来的。"中年女人说。

"是怎么一回事？"我开口，"我挺好奇的，怎么还有三只眼睛的人？"

于是女人为我们简单地讲了一下村里那个三眼人的事情。

黑塔村有一个叫季伟民的人，当时还是一个年轻的小伙子，他的妻子是从外地嫁过来的，说是他出去打工时认识的。他们生了一个孩子，孩子出生时他们家没有找接生婆，是由季伟民的老妈给接生的。让人称奇的是，孩子出生后谁也没看见过。

季伟民家的西屋是永远遮挡着窗帘的，村里人觉得奇怪，问季伟民，为什么大白天的也遮着窗帘。季伟民回答说孩子一见到光就哭闹，只好遮窗帘，过些天拉开。可这窗帘后来一直就这么遮着，从来没有拉开过，一年又一年，时间长了，大家也都见怪不怪了。

他们家的大门永远是关着的，不准任何人进入，你要是有事找他们，只能站在门口喊，他们会出来跟你说话，但院子是绝对不准跨进一步的。

季伟民家每天都有人看家，白天时经常是夫妻两个中的其中一个在家，而且住在院子里一个小平房中的季伟民的老妈是肯定每天都在家里的。季伟民的老妈有季伟民时比较晚，她的岁数那时候已经很大了，是一个老太太。

有一天人们看见季伟民夫妻一起出村了，穿戴时新，大概是要去办什么重要的事。这两口子都不在家的机会很难得，于是村里有两个好奇的孩子想到了季伟民家的那个神秘孩子。整个村庄的人都知道季家有一个至今谁也不知道名字的孩子，而且这孩子从来没被别人见到过，这怎么能不使整个村庄的人都对那孩子产生好奇。这两个孩子从季伟民家的隔壁翻墙进入季伟民家的院子，蹑手蹑脚地贴着窗口下的墙壁在地上爬行。

当时因为是夏日晌午，季伟民的老妈独自待在东屋里，已经困得昏昏欲睡，所以不是太警醒。

西屋的窗户基本上都是关闭的，不管天多么闷热都关着，每天只开一小会儿，大概是为换一点新鲜空气。两个孩子尝试打开西屋的窗户，本来没抱什么希望，以为窗户会从里面上锁，可当时的窗户竟然没有上锁。可能是季家的人无论如何也没想到会有人如此大胆地潜入，所以没想到要从里面上锁。

两个孩子后来说，当时把窗户一拉开，就闻见了臭味儿，那是一种说不出来是什么东西能够散发出的臭味儿，他们从没闻过。可是臭味儿不算什么，当扒拉开窗帘后看见的景象才叫让人目瞪口呆。

黑暗的屋子里，有一个大铁笼子，笼子里关着一个一丝不挂的男孩。那个男孩像动物一样蹲在笼子里看他们俩，用三只眼睛看，竟然有三只眼睛。那男孩双手抓住笼子的铁条，凶猛地摇晃着笼子，冲他们发出让人毛骨悚然的叫声。两个孩子被这景象吓得魂飞魄散，立即尖叫起来，撒腿朝院门的方向跑。

季伟民的老妈追出来时，那两个孩子已经跳过大门逃掉了，她只能恶狠狠地跺脚骂脏话。于是，季伟民的儿子有三只眼睛这件事不到半天时间传遍了整个村庄。

人们心情紧张地等待着季伟民夫妻俩回到村庄，想看一看当他们得知自己的秘密被发现后会有什么样的反应，会不会找那两个小孩算账，或者对自己孩子有三只眼睛这件事会做出什么样的解释。可是那天晚上，他们夫妻俩并没有回到村庄。

当天晚上夜深人静的时候，季家屋子里传出的惨叫声，使整个村庄的狗都吠叫起来，把整个村庄的人都惊得从被子里跳起来。人们追随那惨叫声来到季家的门口，见院门紧锁着，几个男人跳过围墙进到院子里。他们看见房门是敞开的，门洞里灯泡发出的昏黄灯光下，季伟民的老妈靠着墙壁坐在地上，正表情痛苦地呻吟着。

"大姨你怎么了?"那几个男人走到门口问。

"我让他咬了。"老人的左手捧着右胳膊,右胳膊流很多血。

"让谁咬了?"几个男人虽然迷惑不解,但能感受到屋子里那恐怖的气氛,心里发毛。

"让我孙子,他跑了,我求你们帮我把他抓回来。"老人用哀求的目光可怜巴巴地看着那几个男人,嘴里发出虚弱的声音。

季伟民的老妈告诉大家说,半夜时她听见了西屋里传出像猪一样的哼哼声,觉得奇怪,心想平时孩子是不会发出这种声音的,于是就下地穿鞋,打开了西屋的门,看见她孙子正蜷缩在笼子里,样子让她想到一个人发烧时那副怕冷的状态。她断定孙子是生病了,应该是感冒发烧,于是她回东屋翻箱倒柜地找到了药,又去厨房用大碗接了一碗水。当她打开笼子的门,把药和碗送到笼子里的瞬间,她的孙子却突然像个豹子一样以闪电的速度窜了出来,并将笼门口的她撞倒,从她身上跳了过去,要往外面跑。她的反应也很快,从后面一把抓住了她孙子的脚脖子。她孙子迅速转回身,像只野兽一样扑向她,并在她的胳膊上狠狠地咬了一大口。她捂着胳膊发出第一声惨叫时,她的那个不知是人还是野兽的孙子,已经逃到夜色里消失不见了。

这天夜里,很多村民加入到寻找季伟民儿子的队列中,他们几乎找遍了村庄的每一个角落,但没能发现他的踪迹。

只是事已至此，季伟民的妈还是不肯告诉大家那个孩子有三只眼睛，她只一再否定说没那么回事。

季伟民两口子是第二天回到村里的，当他们得知自己的孩子逃去无踪时，季伟民并没有表现出来什么悲伤之情，一副无所谓的样子。他的妻子则与他形成鲜明的对比，看起来伤心欲绝，还一度情绪失控，哭着喊着要季伟民去找孩子。不过他们俩都一口咬定自己的孩子没有第三只眼睛，只是个长相正常的孩子而已。

"现在孩子不见了，我告诉你们也没关系，你们总是好奇我为什么把孩子关起来，其实原因很简单，他的精神不正常，见人就咬，不关起来是不行的，并且我也觉得丢人，所以就没打算让你们知道。"这是季伟民在儿子失踪后对村民们做出的解释。

从这之后，再没有人见过这个连名字都没有给取的孩子。

"要不咱们去季伟民家看看？"听完女人的讲述后，我问张晓晓。

可张晓晓还没等说话，女人开口了，她说："他家已经没有了，季伟民的老妈去世后，他们两口子搬走了。"

"那房子呢？"我问。

"那房子也卖掉了，被买主拆掉后又在原地重盖了一个三间的平房。"

我想了想又问："季伟民夫妻俩搬到什么地方去了？"

"那可不清楚。"她摇头。

"那个没有名字的孩子是哪年逃跑的?"

"是哪年来着?"她翻着眼睛想,"那年冰冰小学毕业,应该是1999年。"

1999年,应该正好是涂敖阅读《铜城晚报》上关于有人在劳动湖公园里发现三眼男孩的报道后恶意造谣那年。

女人见我对这件事很感兴趣,便补充说:"因为年头有些多了,什么关于那个疯孩子的东西都没有留下,你要想看的话,还可以看到当年那个关他的铁笼子。"

"哦?"我抬起眉毛,"现在在哪儿?"

"在村长家。"女人说,"村长的儿子用它养了一条藏獒。"

我站起身来,本打算去看看那个笼子的,可又犹豫了,觉得看见它又能怎么样,无非就是一个笼子而已,也无所谓了。于是我提醒张晓晓,是不是应该回去了,也歇得差不多了。女人这时非要留我们吃午饭。我和张晓晓拒绝了,推辞着往外面走。女人一直把我们送出黑塔村,路过村口老槐树的时候,她用带着一点儿骄傲的语气对那些闲聊的村民们说,这是冰冰的朋友,来看冰冰的。

"你失望吗?觉得这次黑塔村来得值吗?"张晓晓走在山路上问我。

"非常值得。"我说。

"那你说,季伟民的儿子会是三眼怪婴吗?"

我不置可否地摇摇头,说:"希望当年看过的两个孩子没有撒谎吧。"

我们俩原路返回，回到张晓晓家所在的小镇，她没有急着回家，而是把饥肠辘辘的我带到一家看起来很干净的小饭店。

我随便点了两个菜，把脸凑近窗户朝外面看。窗外很热闹的样子，马路正对面是一家规模还算大的理发店，理发店两边是鳞次栉比的各种店铺，看起来生意都很兴隆。

张晓晓也在无聊地歪着头跟我一起朝外面看，突然跟我说："我在这个小镇子上长大的，如果有认识我的人跟我说话，我向他们介绍你是我的男朋友行吗？反正就算我不这么说，他们也会这么认为的，虽然你年纪比我小一岁，但我们看起来差不多大的。放心啦，不会让你真的委身于我男朋友的位置的，只是演戏罢了。"

"假戏真做也不要紧。"我开了个玩笑。

"想得美。"

在我们快要吃完的时候，我注意到有一个人站在玻璃窗外面看我们，偏过脸，是一个打扮很时尚的男青年，那眼神似在努力地辨认着什么。很快他走进饭店，直接朝我和张晓晓走来，走到我们面前，指着我问张晓晓我是谁。

"你怎么来了？有没有吃午饭？"张晓晓跟他打招呼。

"我问你他是谁？"

"我男朋友啊，我跟你提到过的。"张晓晓向那个人介绍我，"他叫廖宇。"

"他是我家那栋楼的，以前跟我是同学，现在在对面的理发店里上班。"张晓晓又转而为我介绍那个人,"他叫王凡。"

我礼貌地冲王凡笑了一笑,算是打招呼,没有站起来跟他握手。王凡没有搭理我,始终板着脸看张晓晓。听着他们俩的对话,我突然明白了自己眼下的处境。王凡很快就走了,离开的时候什么也没有说,只恶狠狠地瞪了我一眼。

"你把我弄到这里的目的,原来是利用我为你感情上的事服务。"我把勺子扔在桌子上,目光刻薄地看着张晓晓。

"对不起。"张晓晓羞愧地说,"他一直纠缠我,因为我初中的时候和他处过一段时间,可那是小孩子时候的事,怎么能当真。我到外地读书,他留在本地当理发师,我们分手也是正常的。可他总是纠缠我不放,总给我打电话,说要去我们学校找我。我很怕他找到我们学校,所以想,如果我有了男朋友他应该就会死心了。可我在学校里没能遇见合适的,总不能为了摆脱他就随便找个男朋友吧。而且就算我告诉他说我找了男朋友,他也不会相信,觉得我是在骗他,还是有可能找到我们学校。就这样,当我和你认识之后,突然想到了这个让他亲眼看见我男朋友的主意。"

我一直在阴沉着脸看她。

"对不起。"她真心诚意地望着我,"真的,我向你道歉。"

"算了。"我说,"反正我也不吃什么亏,好歹三眼怪婴的事你没有骗我。"

"我有那么坏么。"

《铜城晚报》

晚饭后,小武陪露西去商业街买东西,我独自站在走廊的窗口前,双肘支在窗台上,无聊地看楼下苗馨把颈椎摔断的那个花坛,等待着晚自习的开始。程野不知何时出现在我的身后,问我在看什么。他突然出声吓我一惊,转身看他,把语气冷淡,回答说没看什么。

他走到我身旁,探头往楼下看一眼,靠着窗台说:"你特恨我是吧?"

"你有什么事儿吗?"我觉得他的微笑有点像在调侃我,让我感到厌恶。

他无力地干笑两声,神色忽然变得郑重:"廖宇,其实我一点都没有瞧不起你。"

我不解他为何突然跟我说这个,等待地看着他。

"说实话,我倒很欣赏你的,看看我们班里的那些人。"他朝教室的门里面扬扬下巴,冷眼旁观地看着那些说笑打闹的同学,脸上不禁露出一丝鄙夷,"他们中无论谁的朋友失踪了,都不会像你一样,肯那么执著地为失踪的朋友做那么多。我把一切都看在眼里,所以我其实是很羡慕楚满的,即使他比班里的任何一个人都让我厌恶。有时候我很嫉妒他,他明明是那么烂的人,却有你这样的好朋友,而我……唉,一个没有朋友的可怜虫。"

是啊,程野是个优秀却孤僻的人,他一向独来独往,没有朋友。我看着程野,好奇他为何突然语重心长地跟我说这些话的同时,也开始对他满怀同情。

"知道吗?"他转过身,注视着窗外,"我之前对你的态度和说的那些难听话,并不是真的瞧不起你,而是在故意刺激你。"

"故意刺激我?为什么?"我再忍不住好奇,开口发问。

"因为我想让你知难而退,让你绝望,不要再把时间和精力浪费在我的身上。因为,首先,楚满不值得你那样为他付出,其次,楚满的失踪真的跟我没有关系。"

"你说没关系就没关系了?"

昨天我从李小钰那里要到田原的手机号码,给田原打去电话,心想她既然与程野已经分手,应该不会再为程野过多

隐瞒秘密,幻想能够从她那里问到些什么,可听到的回答竟同程野说的一样。当时田原在电话里说:

"我发誓,廖宇,楚满的失踪真的跟程野没有关系。"

"不是我说没关系就没关系,而是事实说的。"程野转过头,直直地看我的眼睛,"要说可疑,不是有人比我更可疑吗?"

"谁?"

"劳动湖公园里的那个变态。"

是的,这一点我当然早就想到了,尤其最近,我的直觉告诉我,楚满的失踪更可能跟那个变态有关。前提是,程野说的楚满那红色的手机是他在劳动湖公园里捡到的话为真话。

"廖宇,明天以后,你应该不会在铜城见到我了。"

"你要转学?"

"不,是不念了。"

"为什么?"我很惊讶,程野学习不错,人很聪明,为何选择辍学?

"因为我要去找田原。我的事你应该知道很多了吧,我的家庭,我爸爸的事,所以你该明白,我在铜城是没有任何留恋的,没有亲人,没有朋友,说得矫情点儿就是,没有我爱的人,也没有爱我的人。我的世界里只有田原,只有追随田原,才是我人生唯一的意义。"

我目不转睛地看着他,心中仇恨的坚冰渐渐融化。他很平静,像我刚见到他时那样,没有任何锋芒。现在想来,他与我打斗时的那种狂傲，确实有演戏一般刻意的感觉。

　　小武和露西走上楼梯，见我和程野相向站立，以为我们俩又要打架，赶忙喊我的名字跑过来，拉住我的胳膊，待见到我和程野的表情，知道我们俩并没有针锋相对，才放下心来。程野友好地冲小武和露西分别笑笑，抬脚朝教室门里走去。

　　"你们在说什么？"小武好奇地问。

　　"没什么。"

　　"有好事儿。"小武急切而神秘地冲我笑。

　　"什么好事儿？"我被小武拉着往教室里走。

　　"坐下。"小武把我按在座位里。

　　露西笑着从包里拿出一叠打印纸，轻轻放在我的书桌上。

　　我拿起那叠纸，是《铜城晚报》的复印纸，上面的日期位置赫然写着1999年。我激动得差点站起来，紧紧地抓着报纸。

　　"是我要找的那期？"我惊喜地看着露西，"真给找到了？"

　　"废话。"露西撇着嘴，很是骄傲。

　　关于这张《铜城晚报》的来历是这样，那天晌午我和小武等人在阳阳快餐店里吃午饭，露西吃饭时手握一瓶花生露，见我们有阵子都不说话，就无聊地问我是不是为了打听三眼怪婴的事，特地在周末时去了趟甫阳市。当然，我的事她必然都是听小武说的。我说是，她又好奇地问我有什么发现。我疲惫地摇了摇头，给他们简单讲了我在黑塔村打听到的事，然后发出遗憾的感慨，说要是能搞到1999年的《铜城晚报》就好了。

小武的建议是去农村找一找，因为农村有的人家会用报纸糊墙，没准能找到1999年这种多年前的老报纸。而李小钰的建议是去报社，她说报社应该会有类似档案室的地方，对以往出版过的每期报纸进行存档，以便在必要的时候进行调阅。我们听了后觉得李小钰的话挺有些道理的，但很担心报社那边会不会理睬我们。这时露西兴冲冲地拿起手机，说要打电话帮我问问。原来露西的一个表姐在铜城电视台工作，她表姐认识的人多，没准会认识报社的人。露西给她表姐打了个电话，得到的答复是，她的表姐答应帮她问问报社的朋友。当时我很兴奋，还调侃了露西一句，说这体现了贵族阶级的优越性，办事就是方便。

我打开报纸，急切地寻找，很快寻找到那则关于三眼男孩的新闻，迫不及待地阅读。报纸上写道，一个叫林国峰的老人在1999年的劳动湖公园里发现了一个有三只眼睛的男孩。林国峰说那个男孩大概有十多岁的年纪，是在公园的小山后面意外撞见他的。当时他破衣烂衫，蓬头垢面，看起来与街头乞丐没什么两样。可与乞丐不同的是，他的额头上还有第三只眼睛。林国峰一再发誓说他绝对不会看错，就算他的眼睛再花，那眼珠子能滴溜溜转的跟正常眼睛一模一样的眼睛他是不会看错的。当时记者去采访林国峰，被老人带去了发现三眼男孩的地方，可是他们没有找到那个男孩，除了老人，其他经常来逛公园的人也都没有看见过。

我读这个新闻时一见到"是在劳动湖公园的小山后面发现"的字样，身体立时打了一个激灵，感到头皮有些发麻，仿佛有静电打在我的头上。看来劳动湖公园里确实有三眼怪婴，确切地说，应该叫他三眼男孩。

我眼睛盯着报纸上林国峰老人的照片，虽然图片里的老人看起来很模糊，但因为图片很大，还是能轻易看出他的五官和轮廓，嘴里不禁兴奋地说道："这周末我要再去劳动湖公园，找到这个林国锋。"

周六早上，我早早给小武打去电话，把他从睡梦中吵醒，让他赶紧收拾好自己，陪我去劳动湖公园。他在电话里痛苦地叫嚷，说我是个变态，这么早就给他打电话，耽误他在梦中与露西的甜蜜。所幸他不是个磨蹭的人，很快便和我碰面，我们马不停蹄地赶到劳动湖公园。

我把手里从报纸上复印下来的林国峰的照片折叠向外，一走进公园便问一个正拄着拐杖往公园外面走的老头，是否见过此人。老头年岁大了，眼睛花得厉害，看了好一会儿才嘴唇直哆嗦地说没有见过。

"这么多年了，能打听到吗？"小武很没有信心。

"总来这公园的上了岁数的人里一定有认识林国峰的。"我则信心满满。

我们继续在公园里打听，连问了好几个人都说不认识林国峰。问着问着,走着走着,我们来到了小山跟前。我指着小山对小武说,楚满就是在那里看见三眼男孩的。小武仰起脸朝山上扫了一眼,然后开始踩着石阶往上走。我们俩来到山后面,依然是以前来这里时看到的那种破乱的景象,只不过好像更乱了,因为树叶凋落殆尽,因为花草枯萎,能够遮掩肮脏与丑陋的植物不再具备藏污纳垢的能力。

"要说铜城有什么地方适合藏人,还真就这儿了。"小武打量着眼前的一切说。

"夏天的时候,估计这里能打一场小型的游击战。"

我们翻过山,又回到山前的方砖路上。

太阳已经升得很高,天气虽然凉飕飕的,但因为接近中午,太阳的威力依然不可小觑。小武加快脚步往公园门口的方向走,说嗓子快渴得冒烟了。

我和小武站在公园门口的劳动者铜像前喝可乐,不时向经过的人打听林国峰。

又一个上了岁数的大妈从眼前经过,我客客气气地喊了她一声,把手里林国峰的照片给她看。大妈正盯着照片看的时候,一个推自行车经过的大个子男人停下了脚步。他有五十多岁的年纪,戴着眼镜,是个骨架很大的人。他听到林国峰的名字似乎有点惊讶,让我把照片给我看看。我赶忙把照片递给他。他接过照片一看就肯定地点头,说自己认识。我问他是不是能够肯定,他如被冒犯般说林国峰是他们小区的,怎么可能认错。我和小武兴奋起来,急切地问他住在哪个小区。他警惕地打量我和小武,问我们俩有什么事。我们解释说找林国峰有点事,是他朋友的孩子。他困惑地看着我和小武,费解地说:

"可他都死好些年了啊?"

"死了?"我和小武面面相觑,"什么时候死的?"

"记不住什么时候,反正很多年了。"

"怎么死的?"

"好像是犯心脏病死的。"

我短暂地想了一下,问男人说:"那你能告诉我们他住哪儿吗?找他的家人也行。"

"他家房子一直锁着没人住的,他本来就是一个孤老头子,儿子听说在南方做生意,几年也不回来一次。"男人打算离开了,推着车子继续朝前走,扭头对我们说,"去他家也白费,很多年没有回来过人了。"

男人就这么走了,剩下我和小武站在原地有些不知所措,希望从出现到破灭持续的时间太短了,让人措手不及。我一时还有些缓不过来神,费这么大力气弄到的报纸,难道它的使命将要就此结束吗?真是没有高潮与结尾的悲剧。

小武拍了我的胳膊一下,说走吧。我看了他一眼,心有不甘,可不走又如何?我们走出劳动湖公园,站在惨白的阳光下,站在悲凉的秋风里,茫然无措。我问他去哪,他说不知道。我想了想,说好久没见到何蓝了,正好她家离这里不远,不如把她叫出来聊聊天吧。于是我给何蓝打了电话,问她有无吃午饭，约她一起吃午饭。何蓝高兴地答应，说马上就过来。

何蓝的动作果然很迅速，没多久就找到我和小武，我们三个人在护城河边走了走，咸的淡的说了些话，到处都是萧瑟与凋敝的景象，城市了无生趣，对话便也无甚趣味。后来大家都饿了，打算找个地方吃点东西。何蓝说这附近新开了一家米线店，最近很火。

我们一起走进那家米线店，里面的顾客很多。

何蓝吃米线的时候听到我和小武讨论三眼怪婴的事，忽然提到她最近发现班里有个叫穆非的男生，也对三眼怪婴感兴趣。

男生都爱给女生讲奇诡的故事，有一天晚自习时，临时换座位成为何蓝同桌的穆非，跟何蓝提到了三眼怪婴，说他当年看过《铜城晚报》上关于三眼怪婴的报道后，特别感兴趣，经常去劳动湖公园里寻找，希望自己也能遇见，还说他当时倒并不害怕三眼怪婴的诅咒。

"他那儿好像有些你不知道的发现，跟魏宁不一样，他知道的不是关于香村那件事儿，我想你应该会感兴趣的，本想等放寒假的时候给你介绍他，看你弄了份报纸，这么着急地了解三眼怪婴的情况，不如现在就介绍给你吧。"何蓝说。

"廖宇你不孤独啊，原来这个世界上还有跟你一样对三眼怪婴感兴趣的人。"小武笑。

我也跟着自嘲地笑，问何蓝："他都讲什么了？"

何蓝挺直身体，歪着脑袋想了想，很快泄气地弯了脊背：

"算了,我还是把他叫来吧,让他亲口跟你说,我嘴笨,说不好。"

穆非当时正在家里跟他老姨家的弟弟一起用电脑看电影《生化危机》,接到何蓝的电话后立即赶来米线店。家离得不远算,他很快就蹬着车子赶到了。他长得瘦小,戴副眼镜,性格却很热情开朗,一见面就说自从他听何蓝提到我也对三眼怪婴感兴趣,就很想见到我。

我跟他客气地聊了几句,很快进入正题,问他所知道的关于三眼怪婴的事。他用纸巾擦擦汗,喝了几口汽水,语速很快地说起来。

"我对三眼怪婴感兴趣,是从看了1999年《铜城晚报》上关于林国峰在劳动湖公园里见到三眼怪婴的报道开始的。之后隔三差五地跑到劳动湖公园里寻找一下三眼怪婴,后来连公园值班室的杨大叔都认识了我。他一见我来就大声冲我说,嘿你这个小兔羔子,又来蹅摸三只眼睛的人是不是?赶紧回家。他不愿意让我来公园找三眼怪婴,说危险,是为我好,担心我出事。后来干脆禁止我来公园找,甚至连公园的门都不让我进。

"有一天大清早,我溜进公园后,转悠到没人去的小山,看见了杨大叔。杨大叔拎着一个塑料袋,塑料袋里装着什么东西我看不清,只见他翻过小山坡朝小山后面走去。我奇怪杨大叔这大清早的拎点儿什么东西去小山后面是干啥,就在后面偷偷跟着,跟着跟着,我闻见了炸刀鱼的香味。清早的空气那么清新,这炸刀鱼的味道特别明显。我这才知道,杨大叔的塑料袋里装的是炸好的刀鱼。这就更奇怪了，他拎着炸好的刀鱼到小山后面是干啥呢？我蹑手蹑脚地爬上小山坡，探头往山后瞧，你们猜怎么了？何蓝别说话。"

我听得正着急，没想穆非突然跟我卖了个关子，只好说："三眼怪婴？"

"哪儿呀，是被杨大叔发现了，没想到他的反侦察能力还挺强。他一把揪住我的衣领，把我薅到一边，大声问我，为啥跟着他。我说，我没有跟着你呀，我是逛公园，怎么的？谁规定小山这地方不许别人来？他气呼呼地瞪着眼睛看我，没说什么，让我赶紧离开。我躲开他两步，问他，那你为啥来这地方？还拎着刚炸好的刀鱼，要给谁吃的？杨大叔说，不给谁吃，是喂猫的，这一带有很多野猫。这倒是事实啦。

"我想不起来我当时有没有信他的话，后来我寻找三眼怪婴的热情渐渐消退了，又忙着学习，就不怎么来公园了。我再次来公园找三眼怪婴已经是几年后了，那时公园里出现打晕游客抢走衣服的变态，我猜想很可能是当年林国峰发现的那个三只眼睛的男孩，而且我还想，如果真是的话，那肯定有一个人比谁都清楚关于那个变态的事，你们猜是谁？"

"杨大叔。"我猜测着说，"杨大叔常年住在公园，没人比他对公园更了解。后来发生命案，警察在小山后面的井盖下面发现了那个变态的住处，如果变态就是当年的三眼男孩，那么这两年来杨大叔一直住在公园，应该是有所觉察的。你刚才又说曾看见杨大叔拎着炸好的刀鱼去后山，那么应该是杨大叔不但有觉察,而且还时常照顾那个男孩。"

"你说得太对了,我就是你这么想的。"穆非满意地点头,点头使眼镜有点下滑,他忙推了推眼镜,"所以我开始密切地关注起杨大叔来,当然是偷偷的,是暗中的。"

"有什么发现?"我们问他。

"有天晚上,我和几个同学去网吧上网,回家时已经很晚了,正好回家要经过劳动湖公园前面的那条路,我就拐向公园方向。我悄悄摸到公园门口,发现公园值班室的窗户是亮着的,就蹲着移动到窗外,偷偷听里面的动静。我听见了杨大叔的声音,还有一个特别难听的男孩的声音,这两个人在进行对话。我慢慢直起身体,想隔着窗玻璃往里面看,因为遮挡着窗帘,只能通过窗帘的缝隙看进去。我看见一个年纪大约有十八九岁的男孩,坐在一张陈旧的木桌前,正拿着笔在一个大本子上写字。而杨大叔则端着一个大搪瓷缸子喝水,站在男孩的身后,一边看男孩写字,一边夸男孩聪明,说男孩是个神童,不管学什么都一学就会。"

"男孩到底有没有三只眼睛?"我打断穆非,激动得声调有点颤抖。

"有。"穆非肯定地看着我。

"真的?"我感到汗毛倒竖,"你亲眼看见他额头上的第三只眼睛了?"

"那倒没有,但我看见男孩的额头上贴着胶布,可贴着胶布就证明是有那第三只眼睛的嘛,不然为什么要贴胶布?

这叫此地无银三百两啊。"

"还不许人家在额头上贴胶布了?也可能是额头受伤了。"小武说。

"可额头中间那种地方怎么会受伤?"

"什么可能都是有的呀。"

"你说的倒也对。"穆非不甘地应道。

我心里特别着急,像有无数蚂蚁在爬:"你接着说。"

"也没什么好说的了,我只在杨大叔那儿看到过一次那个男孩,后来再没有见过。"

手 机 里 的 视 频

　　晚上时候，我买了水果与补品，来到楚满家，看望楚满的妈妈。她刚下班不久，一个人坐在客厅里，捧着碗，边吃挂面边看电视，见到我来，喜出望外，热情地把我让进门。我把手里的水果等递给她，边脱鞋，边跟她打招呼。她抬了一下手里的水果，亲切地责备我，让我下次来一定不要买东西，还唠唠叨叨地说些我只是个学生又没有挣钱乱买东西实在没有必要之类的话。

　　家里没有了楚满后，这个家最后的阳光便消失了，这空间便成了一个没有任何生命力的空壳。我觉得这里的气氛湿漉漉的很沉，说话时有意让声音极力显得明亮，故作随意地坐在沙发里，故作快乐地笑看她那张憔悴黯然的脸。她转过身，把孤寂萧瑟的背影给我，端起面条碗匆忙往厨房走，嘴里解释说，一个人在家懒得做饭，下点面条对付着吃口。

"学习怎么样？能跟上吗？"她回到客厅，手里是一个洗好的桃子，递给我。

"还可以吧，能跟上倒是能跟上。"

"最后一年了，高考是人生无数次考试里最关键的一次，加把劲儿啊。"

"同学们在班里的名次基本已经固定了，很难有大的进步。"我尴尬地躲开她的目光，我的心思并没怎么放在学习上，成天琢磨的可都是找她的儿子楚满。

"好好学习啊。"她刚被我点亮的神色又黯淡下去，目光有些呆滞。

一个中学男生，面对一个可怜的中年妇女，之间的联系者楚满又是不能碰触的禁忌，所以可聊的话题实在有限。我有点恐惧面对这种尴尬而凄楚的气氛，站起身说要走。她愣怔一下，似乎回过神来，拉住我说："别，刚来，急什么。"

"是这样，我晚上还没吃晚饭，父母正在家里等我呢，想早点儿来看你的，可知道你应该不会下班，晚些来看你吧，又怕打搅你休息。"

"那你等等。"她跑进楚满的房间，少顷，拎着楚满的书包出来，递给我，"这里有些楚满的东西，你先拿回去，看什么能用就用，他还没回来，在家里扔着也是扔着，浪费了。"

"不用了，你留着吧，我什么都不缺。"

她硬把书包塞在我的手里："东西多总比少好，不用的话浪费。"

我有点鼻子发酸，与她道别。

回到家里，我把书包里的东西倒出来，大多是文具、水性笔和习题册什么的，有一块电子表，还有一个手机。这个手机是楚满一直使用的，直到给田原买的红色手机没有送成，才被红色手机给替换下来。

我靠着床头，坐在房间的床上，将手机开机，电池还有电，只是里面没有电话卡。随便翻了翻，看到一些照片，有大合唱比赛时照的，有运动会时照的，有平常的自拍，还有对班里同学的各种偷拍。忽然发现一个视频，我点开播放，发现拍摄的角度很隐蔽，应该是偷拍。视频里有两个在激烈争吵的女生，一个是苗馨，一个是杨媛。

我不禁坐直身体，目光死死地盯住手机。手机里，杨媛先是说苗馨不够朋友，既然一起追求程野，那就光明正大地追，不要搞那些阴谋诡计。苗馨开始叽叽喳喳地说杨媛，说杨媛装正经，表面淑女，其实是个卑鄙无耻的小偷。

"这个时候偷偷跳窗户来教学楼里，除了偷窃还能干什么？你说呀，被我跟踪逮个正着，还有什么好说的？"苗馨高声大嗓，气势汹汹。

杨媛脸色极为难看，虚弱地矢口否认："我来取东西。"

"别狡辩了！既然你跟我翻脸，那就别怪我不客气，你偷窃的事儿下周开学后我保证每个人都知道，到时候不但全班同学包括程野鄙视你，警察没准还要找你呢，全世界都会知道，你就像过街老鼠，出现在哪儿都会被人追打。"

"你敢胡说八道我让你好看！"杨媛情绪激动。

"你不求我，竟然还敢威胁我，这是你自找的。"苗馨推开走廊的窗户，把身体探出去，试图大声喊杨媛是小偷，可因为弯着身体，窗台顶住肚子，她的声音并不大。

杨媛弯身从后面抱住苗馨的双腿，猛然用力挺直身体，瞬间就把苗馨给推到窗外。

我的天，原来苗馨是被杨媛给推下去摔死的。看完视频，我吓出一身冷汗。

苗馨与杨媛同时追求程野，因此之间出现矛盾。杨媛时有偷窃行为，周末潜入无人的校园偷窃，被处心积虑的苗馨捉贼捉赃（大概是想以此为要挟，让杨媛别再跟她抢程野）。苗馨要把杨媛偷窃的事公布出来，杨媛自然无法接受，冲动之下将苗馨推出窗口。

当时约我和小武来学校打篮球的楚满，先一步到达学校，因为什么原因（也许是到水房洗脸吧），跳窗进到教学楼里，意外地听见了两个女生的争吵，然后偷偷拍下了杨媛把苗馨推下楼的画面。杨媛是小偷这件事给了他灵感，而渴望钱的本性给了他动力，他决定用这段视频威胁杨媛，让杨媛给他偷钱。杨媛则一边是偷窃的巨大压力，一边是杀人后的恐惧，普通女生的那颗心，终于无法承受，选择跳楼。

我紧握楚满的手机,因为这个视频出现得太突然,一时间不知该怎么办。报警吗?不,不能贸然做出对楚满不利的事,毕竟楚满只是失踪,还未必死。于是我决定给小武打去电话,准备把他约出来,跟他商量商量这件事。

"什么事儿啊?电话里说呗。"小武对此时出门有抵触情绪。

"不,你出来,是很要紧的事儿。"

"现在这么晚了,外面又黑又冷,要不明天到学校再说嘛。"

"快出来,非常非常重要的事儿。"

"唉,好吧,去哪儿啊?"

"护城河公园吧。"

"哪个护城河公园啊?"

"当然是青年大街那里的。"

因为急切,一结束通话我就匆匆忙忙地离开家,骑车去了护城河公园。青年大街夹在我家和小武家的中间地带,护城河横着从青年大街中段穿过,我赶到桥头时,小武还没到。我有些气喘,俯身桥栏,等待小武。冷风吹走衣服里的所有热量,瑟瑟发抖。看着桥下沥青一般的河水,忍不住拿出楚满的手机,再看一遍那段视频。视频结束时,自己的手机响了,于是我将楚满的手机放在桥栏上,掏出手机看,见是小武打来的。

"我妈不让我出去。"小武怨气冲冲地说。

"你就说是我找你有事儿。"我焦躁地大声说。

"我说了,我妈说这么晚了,有什么话不能在电话里说?有什么话不能明天到学校说?她肯定以为我是撒谎呢,以为我要出去抽烟。"

"那你就说我已经等在你家楼下。"

"那我妈肯定让你上来。"

我越加焦躁:"那你等我,我去你家。"

"到底什么事儿啊?"

"见面再说。"

我挂了小武电话,把手机往裤兜里揣的同时,另一只手去抓桥栏上楚满的手机,没想手指刚一碰到手机,手机便掉下了桥栏。我大惊,慌忙扑上去,双手去抓,没抓住,眼见手机掉到桥下的河里。

这下可是糟糕透顶。我从桥头跑下去,来到河边,看着河水焦急万分,决定下水捞手机。刚把一只鞋子脱掉,忽然想到河里垃圾多,兴许有什么碎玻璃之类的东西,容易割伤脚,还是穿鞋下水吧,大不了回家后刷鞋,于是穿着鞋子出溜进河水。

河水瞬间湿透鞋子和膝盖以下的裤子,冰凉如同刀刮,极为难受。所幸护城河的水哪一段都不深。踩着淤泥,深一脚浅一脚地慢慢朝手机掉落的大致方位移动,总算走到差不多的位置。捋起衣袖,双手在河里摸索,小臂上的皮肤立时有种被万针刺穿的感觉。

能摸到半截砖头，能摸到啤酒瓶子，更多时候摸到的是软乎乎的淤泥。不过因为河水基本是不流动的，所以那个手机不会被水裹挟走，很快就被摸到。我拿着手机，按了两下，屏幕亮了，但马上变成黑的，再没有反应，该不会是坏了吧。

我急着上岸，却无法移动，脚陷在淤泥里拔不出来，脚不断在淤泥里晃动，慢慢地拔出来，却在转身的时候，因为重心不稳，整个人摔倒在河水里。污浊的河水灌进我的口鼻，我湿淋淋地爬起来，大声咳嗽，干呕欲吐。

我浑身湿透，走上河岸，冷风一吹，像裸身穿着冰做的衣服，冷极了。

回到家，我妈见到我的样子既惊讶又愤怒，好一顿数落我。我快速洗了澡，换了干爽的衣服，跑进房间处理楚满的手机。先把后盖揭开，把电池取下，用纸巾吸干里面的水珠，再用我妈的吹风机把手机吹干。

小武给我打来电话，问我怎么还没有到他家。

"不去了，我的手机掉河里了，刚捞上来回家，可能坏了。"

"没事儿，捞出来后别乱按就行，那样会烧毁主板，要立即拆掉电池弄干，一般不会出问题。"

"哎呀，我好像按过，按完后屏幕变黑了。"

"那完了，烧坏了。"

"好了，先不说。"

我挂掉电话，赶紧把楚满的手机组装起来，发现根本不能开机。可能真的烧坏了。我给小武打去电话，说应该是主板烧坏了，里面的视频还能不能取出来。

"存在什么地方了？是手机的内存，还是内存卡里了？"

"手机的内存，这手机没有内存卡。"

"哦，我想是取不回来了吧，也就是说视频在主板里，可主板烧坏了呀。"

我一屁股跌坐在床上，手里握着手机，整个人变成了一截没有生命的木头。

这天夜里，我又发起高烧，到了第二天，因为重感冒卧床不起。我妈狠狠地数落我，大半夜的出去瞎逛，结果掉到河里，天这么冷，还能不冻感冒？她只得给老刘打电话，为我请假。老刘在电话里说，为什么廖宇这么爱发烧？而且一发烧就是高烧？是不是身体缺什么元素？最好到医院彻底检查一下。我妈连说是，说会带我去好好检查的。

周日午后，李小钰和小武突然敲响我家的门，前来看我。我打开门，让他们进来，一脸轻松地说："只是发烧感冒，没什么严重的，周一就能回学校上课。"我显然是为宽慰他们俩，可他们俩竟然都没有说话，也没人回应我。观察他们的脸，发现他们俩各个神色凝重，脸色极为难看，而且眼圈都很红，好像哭过，并且曾哭得相当厉害。

我让他们俩坐在客厅的沙发里，打开冰箱门，拿出两瓶易拉罐的可乐，递到他们手里。他们俩都没有喝饮料，而是把饮料放在茶几上，默不作声。

"外面一定特别冷吧？我妈说这几天都飘雪花了。"气氛怪异尴尬，我找话说，"冬天毕竟是到啦。"

他们俩还是谁都没有反应，落寞不已地坐在那里。

"你们俩怎么了？发生什么事儿了吗？"我满腹狐疑地问。

小武的眼睛里忽然就流出了泪水。我大吃一惊，急问他怎么了。这时李小钰深深地叹息一声，似乎有些困惑地问我："廖宇，你不知道吗？"

"知道什么？到底怎么了？"我迷惑不解，极为不安。

"我们班的露西……死了。"

"啊？"我惊得像躲避猛兽的攻击似的往后退，"什么时候？"

"你生病请假的这几天。"

"这几天？怎么……死的？"

"……"

那天是雨夹雪的天气，天空始终阴沉，有些瞬间，像是黑夜已经降临。下晚自习后，露西没有像往常那样回到家里，而是失踪了。平时她不像其他同学那样结束晚自习后骑自行车回家，而是打车。因为听过小武的话，我想她不骑车上学恐怕跟她的身体也有关系。她家算比较有钱的家庭，小武说她的父母本想开车接送她上学的，但她无论如何不同意，说是怕同学更加跟她开玩笑说她是富家小姐。

那晚她的家人找她到午夜，正准备报警时，露西的爸爸接到一个电话，说他的孩子被绑架了，让准备二十万的赎金。二十万对露西家来说倒也不算什么，所以露西的父母没有急着报警，而是在商量后，打算乖乖用赎金换回自己唯一的孩子。

露西的爸爸按照电话里的指示，于第二天的晌午，独自开车将刚从银行里提出的二十万现金带到交钱的地点——西城红砖楼小区的锅炉房。

走入空荡荡的已经不剩几家住户的老旧不堪的小区，找到红砖已成黑砖的锅炉房，绕到锅炉房后。继续走，进入锅炉房后墙与小区围墙所夹的一米宽的窄道。走到窄道中间，有一把湿漉漉的普通学校里用的那种木条椅子。他将钱袋小心翼翼地放在椅子上，不敢东张西望，匆忙转身离开。

电话里的人说，把钱在十二点前放到椅子上后，要立即回家，天黑之前，露西会完好无损地回到家里。可是露西的家人等到午夜也没有等到回家的露西，精神几乎崩溃再也无法忍受的露西父母终于报警。

警方查询绑匪的电话号码，发现来自铜城大学西门口马路边的一个电话亭。那是附近的唯一电话亭，当时为方便学生打电话安装，也是铜城大学附近唯一还能使用的电话亭。由于此处较为偏僻，平时没什么人走，所以暂时还没有安装监控。因为是半夜，所以更不可能有附近的居民留意那个使用电话亭打电话的人。

警方去往露西爸爸交钱的地方，找到那把椅子，钱已被拿走。通过现场的地形和附近的脚印推测，很可能露西的爸爸在放钱的时候,取钱的人就站在围墙的后面。

警方连夜追查,通过走访附近的住户和商铺,获得极为重要的线索,通过线索,于夜里十一点半钟发现绑匪窝藏露西的地方——郊外一个停产已有两年的小加工厂的厂房里。

加工厂的老板对有人在自己的加工厂里实施绑架一无所知,说自己用锁把厂房的每一道门都锁死了,并且自己已经好久没有去那里查看过。

发现露西时,露西已经死亡大约有九个多小时,身上多处是伤,推测死前与人发生过扭打,而死亡的直接原因是物理性窒息,从脖子上的痕迹来看,应该是被双手卡死的。

露西的尸体旁边还有一具男尸。男性死者的身份很快得到确认,名字叫杜伟,铜城人。杜伟的死亡原因为钝器连续击打头部致死,死亡时间与露西相同。

绑 架 案

周六晚上,与家人边吃晚饭边看电视。

这一段日子我的心情很糟糕,是受到露西之死的影响,确切地说,是受到小武的影响。小武虽然没有对露西大胆挑明他对她的爱恋,但他对露西的那种暧昧和朦胧是班里的任何人都清晰明白地看在眼里的。

有件事我记忆深刻,发生在前些时候。有天,露西无意中注意到了我们班大树的钥匙链,上面有一个子弹壳,是步枪子弹,黄铜色的,磨得很亮,当装饰品用,很是好看。露西拿在手里喜爱地看了会儿,其实无非就是一个子弹壳,没什么了不得,露西家那么有钱,想要什么没有?只因为她是小女生，容易少见多怪，以前没见过子弹壳，突然见到，觉得新奇。新奇在她的脸上和眼睛里绽放，被一旁的小武给敏锐地捕捉到。

小武偷偷把大树叫到一边，问他从哪里搞到的子弹壳，他也要弄些。大树说是他哥给他的，究竟从哪里弄到，他得问他哥。大树问了他哥后，说他哥是十几年前和同学偷偷翻山潜入武装部的靶场上捡到的，现在那里已经无法弄到子弹壳。

有几天，我陪着小武满铜城打听哪里能弄到子弹壳，后来从一个卖工艺品的店老板那里找到一个用几十甚至上百个子弹壳做成的坦克模型，极为精致漂亮，但是价格对于那时的小武来说，简直贵得惊人。老板见小武肯定买不起，就用聊天口气随口说道，要是喜欢子弹壳，可以去捡，铜城南郊瓦河大桥的桥下有很多子弹壳，前几年还总有人去桥下的河水里摸子弹壳呢，有时候运气好，能摸到手枪的子弹壳，手枪的子弹小，精致，不是绿色，是金灿灿的颜色，很好看。

小武周末的时候，连着两天到桥下摸子弹。那时已经是秋天，水很凉，为了不弄湿衣裤，他特地在长裤里面穿了平角裤，外套里面穿了背心，这样到了河边，把衣裤一脱，穿着背心裤衩下河，河水冰凉，秋风凄冷，他体格再好，也冻得两排牙齿打得咯咯响，一摸就是一整天，超人的毅力。河里除了会握住人脚的淤泥，最多的是石头，是生活垃圾，寻找到子弹，在岸边的我看来，那也无异于大海捞针。

周六那天，我在岸边陪了小武半天，后来实在又冷又累，就回家了。周日那天我没去，他自己在桥下摸。功夫不负有心人，两天的辛苦寻找，让他有了收获，摸到三枚子弹壳，两个绿色的步枪子弹壳，一个金色的手枪子弹壳。

他哆哆嗦嗦、腰酸背痛地回到岸上，首先发现衣裤旁边的那双让他平时打篮球时感到骄傲神气的名牌运动鞋不见了，然后摸裤兜，发现手机也不见了，肯定是有路过的人趁他摸子弹壳时给偷走了。

他光着脚走回家，当他的父母看到狼狈不堪的他出现在面前后的心情，不难想象，他爸气得几乎要用裤带抽他一顿。

他用砂纸仔细打磨，把三枚子弹壳上的脏污和锈迹打磨掉，打磨得光滑闪亮，一枚自己留着，一枚送给我，那枚最漂亮的手枪子弹壳当然送给露西了。那天当露西接过金灿灿的子弹壳时，喜欢得几乎跳起来，一旁的小武别提多高兴了。

很快，小武为摸子弹壳弄丢了手机和鞋子的事，变成了经典的笑话在朋友间流传，终于传到了露西的耳朵里。露西听后跟着大家一起取笑小武，却在第二天带了一双新买的运动鞋（与小武丢的那双一模一样，前一天晚上露西给我打过电话，问我小武的鞋号，我说可能是43号）来学校，把鞋子扔给小武，大大方方地说，本小姐从不白拿别人东西，吃人家嘴短，拿人家手软，不允许自己白要你的子弹壳，给你双鞋作为交换，你可别嫌少啊，不算完呢，等过几天，再送你个手机。小武当然拒绝，但露西很强势，不收不行，小武只好心里面热出了整个盛夏般高兴地收下。

小武一直没有穿那双鞋，露西总让他穿，他笑嘻嘻地说舍不得穿，背后对我说了实话，说那鞋买得小了一号，穿着挤脚。我很惊讶，这何必呢，拿去换双大的不就得了。小武说他偷偷去过那家店（铜城是北方经济落后的小城市，那款鞋只有德惠商场里的一家店里有卖），店中人员告诉他，这双鞋，每个号只有一双，最大号是44号，之前被小武给买去了，露西买的是43号的，小武要换，只能换双41号的，42号的也已经给卖掉。小武问他们什么时候还能进这款鞋。店中人员撇撇嘴说，遥遥无期。后来有一场班级间的篮球比赛，小武穿过一次那双鞋，比赛结束后，我观察到小武走路是有点瘸的。

有一次，小武在操场上打篮球，露西在球场边对我说，小武送她子弹壳的这件事，让她非常感动，她想到小武在河里瑟瑟发抖地撅着屁股摸子弹壳的景象，会有种心里面特别温暖的感觉。她说小武真是个开朗善良的好男生。她找人把那枚小小的子弹壳制作成了项链坠子，每天挂在胸前，显眼地放在衣服外面，很神气很骄傲的样子。小武则总说露西虽然是有钱人家的孩子，却一点都不张扬，很亲切，很随和，很善良。他们给对方的评价是相同的，他们都那么好，也许未来的某一天，他们会结婚。

可是谁能想到，会发生这么可怕的事，露西竟然被杀死了。小武受到的打击不难想象，平日里那么活泼那么生动的一个女孩，以一种这样残酷的方式告别世界，任谁也难以接受。

一晃半个月过去了。

参与绑架的四个绑匪，死掉一个，目前还是只抓到一个，其余两个依然不能落网，想来早已经逃出铜城，消失在祖国广阔山河的某一个角落。

今晚省电视台那档最受本省老百姓喜欢的新闻类节目，将播放记者对落网绑匪的采访。昨晚魏宁在家看这档节目时，看到了下期节目的预告，急忙给我打电话，提醒我别忘记观看明天的节目，然后告诉我一个惊人的消息，那个唯一落网的绑匪，她曾见过，就是曾住在香村因为妻子余洁自杀一度失踪的逃犯马吉。

那档节目开演了。

我目不转睛地对着电视，坐直身体。

原来马吉的真实姓名叫蒲力野，是瓦隆镇麦祖乡人。

1997 年 8 月，麦祖乡小学放暑假，校园里搭起戏台，连续三天进行二人转表演。

青年人蒲力野与村里同伴骑车到麦祖乡小学看二人转表演，因为人多拥挤，踩到了青年人麦林的脚，忙微笑道歉。麦林还是推了蒲力野一把，骂蒲力野一句脏话。蒲力野于是与麦林发生口角，并在人群里推搡起来。

开饭店的麦兵九将扭打在一起的蒲力野与麦林及时喝止，避免了双方的同伴参与殴斗。蒲力野与麦林都畏惧麦兵九，没有再动手。蒲力野等人很快离开。

第二天，麦林带人来到蒲力野家找蒲力野算账。当时蒲力野并没有在家，而是跟他的大舅去跑长途运输（往铜城送一车零件），只有蒲力野的母亲独自在家。麦林等人于是用砖头和木棍将蒲力野家的窗户玻璃全部砸碎，蒲力野的母亲上前阻拦，被麦林推倒。

村中邻居听见动静纷纷赶来。

麦林等人担心群情激奋，遭到围攻，匆忙离去。

蒲力野于两天后回到家中，听说母亲被麦林推倒并摔伤了手腕后，独自骑摩托到镇上去找麦林，在镇上一家台球厅找到麦林，与麦林扭打成一团，并将麦林的眼角打破。

麦林的朋友们一拥而上，将蒲力野打倒在地。

麦林高声叫嚷，让大家往死里打蒲力野，还说如果打死了算他麦林的。他的朋友们用台球杆等物对蜷缩在地上没有还手能力的蒲力野继续殴打，直至蒲力野满脸是血，最终被匆匆赶来的台球厅老板黄维德劝止。

麦林给黄维德留下两百块钱，麻烦黄维德叫辆出租车将蒲力野送回家，他则准备离开。离开前特地当着众多围观群众的面，往趴在地上的蒲力野的身上浇了泡尿。蒲力野说他本来不至于对麦林下杀手，是麦林的这泡尿把麦林自己送进了地狱。

"我不能在麦祖乡待了，必须走。"

"为什么？"

"被人家打趴下后往脑袋上撒尿，身为一个男人，我以后是指定抬不起头的，没有女的会嫁给我，我要是继续待在麦祖乡，我一辈子生不如死，连我的家人和朋友都会因为我抬不起头的，所以我必须走，永远不会回来。既然我都永远不回来了，我当然得杀了他，不杀了他我还是男人吗？"

"为了他，毁了自己的一生，你觉得值得吗？"

"我也是没办法不是吗？"蒲力野悲哀地看着采访他的女记者。

蒲力野三天后揣上尖刀来到麦祖乡的镇上，鼻青脸肿地到处寻找麦林，是在晚上九点多钟时在麦兵九的饭店发现麦林的。他隐藏在街对面的阴影里耐心等待，直到十点钟才等到麦林等人醉醺醺地走出饭店。

麦林和朋友们站在饭店门口聊了会儿天，然后各自离开。有一个外号叫八毛子的人与麦林同路，一起沿着街朝西走。蒲力野悄悄地尾随着麦林和八毛子。走到邮局门前时，麦林与八毛子拐到邮局旁边的小胡同口撒尿。蒲力野这时掏出尖刀，快步走到麦林身后，一刀扎进麦林的后心。八毛子转身见到蒲力野后，要抬起拳头打，但是拳头没等抬起，肚子已经挨了一刀。麦林因为被扎了后心，中刀后当即摔倒。八毛子肚子挨刀，又喝了酒，被扎一刀没什么反应，扑上去打蒲力野。蒲力野边往后退，边继续用刀捅八毛子，连捅四刀才把八毛子捅倒。蒲力野扎倒八毛子后，特地来到麦林身边，在麦林的脖子上又补了一刀，在确定麦林活不成后才逃进黑夜，开始了他的逃亡生涯。

麦林被人发现时已经是死的，八毛子当时没死，是在送进医院后死的。

蒲力野给自己做了假身份证，靠给人干力气活打工挣现钱，拿到钱就走，一路逃亡，辗转多地后来到铜城。他留在田家菜馆打工，并结识了田家菜馆的女服务员余洁，很快与她产生感情，租房同居，并且使余洁怀了他的孩子。

由于是逃犯，担心被抓，蒲力野没敢用假身份证与余洁登记结婚，余洁对是否领证这一点并不在乎，这大概与她没有父母、孤身在世间飘零的身世有关。

蒲力野的孩子生下来就有病，很快夭折。蒲力野将死亡的孩子埋掉后不久，妻子余洁上吊自杀了。

"你觉得她为什么自杀？"记者问蒲力野。

"我也说不大清楚，应该是性格决定的吧。"

"她是什么性格？"

"我说不好，她不爱说话，不爱笑。"

记者打断说："内向性格吗？"

"嗯，她心思重，什么事都往特别坏的方面去想。"

"很悲观。"

"嗯。"

"她知道你的历史吗？"

"杀人的事儿吗？"

"是的。"

"她知道，那天晚上我跟她说了，说完她就自杀了。她没有什么亲人,性子沉闷,知道自己以后再不能生小孩,而我又是杀人逃犯,所以对未来彻底绝望了。"

蒲力野在余洁死后继续他的逃亡生活,在各地转了几年后,渐渐琢磨明白一件事,当年恶意造谣的人可能是涂敖(孩子被造谣是三眼怪婴的事他也对记者讲了),所以他又回到铜城,准备找涂敖算账。他在回铜城的长途汽车上,结识了铜城人杜伟,两个人还算能聊得来,很快成为朋友。回到铜城后,他凭借自己拉面的手艺在杜伟的小面馆里打工。

通过杜伟一个朋友的介绍,蒲力野认识了一个叫杨聪的人。杨聪的岁数不大,看起来只是个青年小伙子,二十多岁的年纪。这个杨聪是绑架案的策划者,是主谋。

蒲力野是这样向警察和记者描述杨聪的:额头中间始终贴着一截白色的医用胶布,头上始终戴着一顶帽檐压低的棒球帽,说话时嗓音特别低沉沙哑,而且声调极为古怪难听。对于杨聪,蒲力野说他和杜伟知道的只有这么多。因为杨聪很神秘,也很注意与他们保持距离,他和杜伟跟杨聪交流大都是通过杜伟的那个朋友金宝做中间人。

金宝是与杨聪一起的,跟杨聪年纪相仿,也是二十多岁,看样子是铜城人,对铜城很熟悉,光头。

他们四个是分两头行动的,绑架的实施与囚禁被绑者由杜伟和金宝两人负责,联系露西家人和取赎金等由杨聪和蒲力野负责。这样把两伙人分开组合,能够避免赎金被一伙独吞。

杨聪那天在和蒲力野取完赎金后,回到囚禁露西的加工厂，发现露西已经被金宝杀死，杜伟趴在地上，也被金宝给杀死了。

金宝解释说杜伟要强行与露西发生关系，被金宝阻止后，与金宝扭打起来，被金宝给打死。而露西趁金宝和杜伟扭打的混乱时候，悄悄用一个铁片划开捆住四肢的胶带，企图逃跑。杀死杜伟的金宝赶忙扑向露西，在与露西的扭打过程中，将露西扼死。

三个人分掉钱后，分头逃跑，最后却只有蒲力野被抓。

蒲力野说不知道杨聪和金宝躲到了哪里。

看完电视后，有很多个形象在我的脑海中出现。有楚满看见的三眼男孩；有劳动湖公园里用铸铁管打人脑袋的所谓变态；有黑塔村咬伤奶奶从铁笼子里逃走的三眼男孩；有策划绑架露西的杨聪；有在我被程野打倒后及时救我的神秘人物；有阴魂不散总跟踪我总在我家附近徘徊的黑影，等等等。

这些形象在之后的日子里，每天在我的脑袋中靠近一点，越来越近，越来越近，有渐渐重合成一个人影的趋势。

主 谋

　　古寺广场人影寥寥，与儿童节或者国庆节时的热闹相比，真是天壤之别，即便今天是周末，也无力吸引更多游客。我和小武是从护城河那边绕过来的，从古寺门前经过，奔向巨大的飞天仙女雕像。雕像下面，何蓝与穆非并肩站立，背靠雕像，躲避着强劲的北风。

　　昨天看过采访蒲力野的节目后，我很快接到穆非的电话，他的语调中充满悲伤的兴奋，开口的第二句话就是：杨聪一定就是劳动湖公园里的三眼男孩！第一句当然是问我有没有看这个节目，他知道我会看的，因为他知道魏宁已经将这个消息告知了我。电话里面不方便讨论，我们约定翌日在广场碰面,详细说这件事。这便是在这个寒冷的周日上午,我们四个人在广场碰面的原因。

"魏宁呢?"我问。

"她不来。"何蓝解释,"她那个人你也多少有点儿了解,特别不喜欢人多热闹的场合,也不大喜欢与人面对面交流。"

我理解而有些失落地点点头。

天气冷,总不能四个人缩着脖子傻在寒风里,我们决定找个地方吃些东西。吃什么好?对于我们这些当年的穷学生来说,还能有什么是比大冬天的吃份麻辣烫更合适的呢。于是我们走进古寺广场附近的一家卖麻辣烫的小店。

麻辣烫还没做好,穆非就急切地说:

"主谋杨聪的特征,跟我曾看见的杨大叔窝藏照顾的那个人几乎一模一样,所以他们俩应该是同一个人,其实从名字上也可以猜到,杨聪,男孩的姓随了杨大叔,而名字一定是杨大叔给起的,因为杨大叔觉得他很聪明。"

我想起那个数次跟踪我甚至到医院里"探望"我,以及将我从程野手下救了的人,那也应该是杨聪吧。

"是不是找到杨大叔,就能找到那个恶魔?"小武激愤地握着双拳。

穆非惊愕地看着小武:"那可未必,不过有这个可能。"

"那我们去找他,找那个老杨,我非杀了那个杨聪不可。"小武突着血红的双眼,咬牙切齿,身体硬邦邦的,似乎马上就要捶塌桌子冲出饭馆。

大家决定在吃完麻辣烫后,一起去找老杨。

麻辣烫又辣又烫,快速吃完殊非易事,在吃的过程中,我给穆非详细讲了我到黑塔村打听来的笼中男孩的事,并推测到,黑塔村的男孩有可能就是藏在劳动湖公园里的男孩。

"那是肯定的。"穆非放下筷子,用衣角擦眼镜上的水雾,"你们想,都被认为是三眼怪婴,同样是在1999年,年纪也符合,形象和行为也相似,世界上怎么可能有这么巧合的事,他们肯定是同一个人。等等,我想起个事儿。"

我们都抬着眼睛盯穆非的脸。

"没错,是在1999年,我还是个小学生。"

"怎么啦?"何蓝见穆非冥思苦想,急切地问,"神秘兮兮的。"

穆非认真回想后,点点头:"他们也很可能是同一个人。"

"谁们?"我也忍不住追问。

"狼孩。"穆非戴上眼镜,已然目光灼灼,"1999到2000年,有一段时间铜城闹过一阵狼孩事件,还有人受伤来着,你们难道没有印象吗?"

"好像有点儿印象。"小武说。

我恍然大悟,记忆飞回我读小学的时候:"我记得,虽然记得不怎么清楚,但现在一想,那个狼孩很有可能是从黑塔村逃出来的……杨聪,是的,很可能是他,只不过大家都没能把狼孩和同一年在劳动湖发现的三眼男孩联系成同一个人。"

在记忆模糊梦幻的那年秋天,一个年轻女子被人抢走手提包并摔倒在地磕伤了脑袋。

年轻女子当天在公司加班对账,大约八点半钟才离开单位,和与自己一起加班的女同事一起在公司楼下的烧烤店里吃了烧烤,大概晚上十点来钟才打车回家。

她在小区门口下车,独自往所住的那栋楼走。地面正在铺地砖,没有铺好,坑坑洼洼的,她走得有些吃力。小区里的大部分路灯都被小区里的淘气孩子们给打碎,小区门口的灯光已经无法照亮她脚前破损的路,在准备拐过楼角时,一个黑影突然从一旁的灌木丛里跃出来,因为又瘦又小,且佝偻着身体,女子还以为是附近的野狗冲出来攻击她。

女子尖叫一声,随即被黑影扑倒。

黑影抢夺女子的包,但包被女子的双手下意识地紧紧抓住,于是黑影伸出鹰爪一样的双手卡女子的脖子,瞬间便把女子的叫声给堵在了喉咙里。女子惶恐地用手打黑影的脸,掰黑影的手。黑影趁这机会,一把抓住女子的包,转身就跳进了灌木丛,然后灌木丛里一阵窸窸窣窣的声响,黑夜归于平静。

一楼住户漆黑的窗口亮了起来,居民听见了窗外的哭声,跑出来后,看见女子蜷缩在地上,吓得浑身发抖,并且哭得不能自已。居民把手里的手电照过去,发现女子的脸上流着血,便问女子是谁,然后拨打了报警电话。

女子对警察说抢她包的不像是人,像是一只狼。狼能只为抢人的包吗？狼能不用嘴巴咬人而用爪子卡人的脖子吗？警察当然不信，警察认为抢劫者是个瘦小的男人。

几天后，又有一个女子在夜里的回家路上被那个黑影攻击。这个女子在一家洗浴中心的足疗部门工作，下班晚，当洗完澡，换完衣服，走出洗浴中心时，已经快到午夜。她拎着一个白天从附近蛋糕店取回的蛋糕，准备回家给她今天过生日的男友吃。

她走到检察院后面的那条街上时，被从垃圾箱后面冲出来的黑影扑倒。黑影扑倒她后，伸手抢夺她斜背在肩上的包，一时间拽不去，拉得她的身体一弯一弯的并发出瘆人的尖叫。

她躺在地上，不停地喊救命，同时抡手里的蛋糕打黑影。这时三个不久前坐在护城河边的草地上喝酒的民工，正叼着烟，唱着流行歌曲，摇摇晃晃地走入这条街，听见女子的呼叫后，立即撒腿跑了过来。黑影见状急于逃走，猛然发力，拉断了包带，抓着包拧身逃跑，却被女子抱住了腿。女子不要命地直往黑影的身上扑，大喊着要黑影还她的包。黑影丢下包后，女子才松开手，可是这时三个民工已经冲了过来。

三个民工追着黑影跑，看见黑影像猴子那样灵巧地跑，身体是弓着的，腿是半蹲的姿势，跑的时候偶尔会借用双手，确实不像人，像猴子，像猩猩，像狼。黑影没跑出多远，发现自己跑进了死胡同，愤怒地转身朝将他包围起来的三个民工扑去。

一个民工先被扑倒，但顺手揪住了黑影的头发。黑影无法逃脱，一口咬在民工的脸颊上，民工痛叫之时，他从民工的身体上方一跃而起，却被另两个民工迎头赶上。他扑到一个民工的身体上，搂住民工的脖子，张嘴就咬，第一口咬在民工的额头，第二口咬在民工的肩膀，然后与惨叫的民工一起摔倒在地上。第三个民工抽下自己的裤带，在黑影跳离第二个民工时，用力把裤带抡过去。金属的裤带头啪的一声抡在黑影的背上。黑影一个趔趄扑倒在地，刚一忍痛爬起，裤带头第二次击打在他的头颅，砰一声，栽倒在地，并朝一旁翻滚两圈。黑影愤怒发狂，掉头冲向第三个民工，手脚并用，与民工厮打一处。

　　附近的居民和路过的行人这时都心惊胆战地围过来，有人叫嚷着报警，有人叫嚷着要寻觅工具打死黑影。黑影突然冲向围过来的人群，在撞到一对大学生情侣后，穿过马路，消失在马路对面的黑暗中。

　　穆非紧接着又说："其实我也碰见过那个当时被称为狼孩的家伙，有一天半夜，我们一家人被铝盆掉在瓷砖上的声音惊醒。我自己住在一个房间，当时吓得缩在被子里一动不敢动。因为房门都是开的，能听见我父母的对话声。先是我妈问我爸怎么回事，说饭盆都好好的放在厨台上，怎么会掉到地上。我爸说可能是进小偷了，然后跳下床，迈步往房间外面走。我听见我妈焦急地喊我爸，让他不要出去，但我爸还是跑了出去。

　　"后来我和我妈也走出房间，那是因为听见我爸说家里没人。厨房里明显被翻过,阳台的窗户也是开着的。我妈走到阳台里,探出身体往下看,害怕地说,老穆,你看下面,小偷在下面。我和我爸也都探出身体,看见楼下有一个黑影,在急切地往小区的西围墙方向走,那个黑影是团状的,像人,可走路的姿势像猴子,后来我们认为,那应该就是最近闹得铜城市人心惶惶的狼孩。万幸的是,在清点过家里物品后发现,家里没有丢失什么东西,只是丢了几张我妈晚上时打的糖饼。"

我最后一个吃完麻辣烫,用纸巾擦着嘴说:"当年狼孩事件确实闹得人心惶惶,民工那次我也记得,那是狼孩最有可能被抓到的一次,可惜狼孩跑后消失了,再没有出现过,那次据说他受伤很重。"

"也许是之后遇见了老杨吧,有了老杨的庇护,他不再需要冒险到处去找吃的。"

穆非一说完,小武立时站起身体:"走走走,找老杨去。"

我们四人离开麻辣烫小店,从广场的西侧那边往公交站走,走到公交车站,看见一个少年和一个女孩在吵架。那个少年最显眼的相貌特征是左耳垂上戴着一个耳环,而那女孩最显眼的相貌特征是有一头火焰一样红的男孩般的短发。他们俩的年纪与我们相仿,少年因他的耳环看起来像个不良少年,而女孩因她的头发看起来像个不良少女。少年似乎想解释什么,急躁地拉拽着女孩,而女孩则看起来相当厌恶和愤怒,一边推少年让其滚开,一边用恶毒的语言尖声辱骂少年。两个人拉拉扯扯、推推搡搡、吵吵嚷嚷地纠缠个没完,肆无忌惮的言行举止吸引了所有路过行人的注意,当然包括我们。

"谭晓琳?陈俊杰?你们在干吗?"穆非停住脚,惊讶道,显然认识那两位。

那两个纠缠在一起的人同时转头看向穆非,同时开口:"穆非?"

"你们在干吗?"穆非推推眼镜走上去。

叫谭晓琳的女孩趁着叫陈俊杰的男孩分神,突然用力,猛把陈俊杰推开:"他神经病!非拉着我不让走,我这有急事儿呢。"

"你有屁急事儿!"陈俊杰的手又去抓谭晓琳。

穆非伸胳膊阻拦陈俊杰,好声好气地说:"俊杰,怎么了?"

"你给我闪一边去!"陈俊杰一把给穆非推开,指着穆非的鼻子说:"我告诉你四眼,没你的事儿,赶紧走,哪凉快哪待着去,这是我和谭晓琳的事儿,我和她怎么回事你知道。"

"陈俊杰,你给我听清楚,我和你没有半点儿关系,我们早分手了,你趁早给我死远点儿,别他妈臭不要脸找我骂。"谭晓琳指着陈俊杰厉声道。

"晓琳,咱们换个地方,别在这儿丢人现眼行不行?"陈俊杰上前拉拽谭晓琳。

穆非又挤上去,拦住陈俊杰,憨声憨气地问:"俊杰,你们怎么回事儿?"

"你他妈给我滚!"陈俊杰暴躁地推了穆非一把。

单薄的穆非一个趔趄摇摇欲坠，被我及时扶住。

小武本就满肚子仇恨和怒火，见穆非被推，立时忿怒，大步上前，横在陈俊杰前面，抬手推住陈俊杰的胸口："你推谁推出习惯了？"

比小武稍矮的陈俊杰仰着脸打量小武："你是谁啊？"

"我是穆非朋友，你想怎么样？"小武虎视眈眈地俯视陈俊杰，双拳攥紧。

"你想怎么样？"

"我不想怎么样。"

"靠，有病。"陈俊杰看看我，看看小武，似乎觉得真动起手来寡不敌众必定吃亏，退却了，冲谭晓琳扬扬下巴，"晓琳，回头我给你打电话啊。"

"别他妈给我打电话！"谭晓琳大声说。

陈俊杰没说什么，半尴不尬地走了。

"怎么回事儿？"见陈俊杰走远，穆非问谭晓琳。

"没事儿，陈俊杰就一精神病。"谭晓琳抱着胳膊，说话像她的发型那样爽利，"之前把我给甩了，那件事后接受不了我，我成天哭爹喊娘地追着他求和好，他相当牛气了，根本不鸟我，我心想，那好吧，既然你这么瞧不上我，那我怎么努力都白费，于是我们就分了手。可现在倒好，缓过劲儿了，找到我要跟我和好。我说咱们都分好一段时间了，你当时那么不鸟我，现在又突然找我说要和好，你想干吗？他直给我道歉，让我别记仇，说自己当时糊涂了，现在清醒了，要我原谅他。我说不可能,我就是再贱,我也不能一毛钱不值吧?对不对穆非?哦,想和我好我随叫随到,不想和我好就一脚给我踢得远远的,天底下还有这好事儿?这不,成天对我死缠烂打,烦死了,我这有急事儿呢,说什么不让我走,非拉我去喝酒。"

"当时那事儿,他……"穆非说话很不流畅。

"行了穆非,别说了,谢谢你和你朋友呵,回头我请你们吃饭,我这真有急事儿,我得走了。"谭晓琳打断穆非,见021路公交车开来,着急地跑上了车。

021路公交车开走后,穆非怔怔地朝着公交车开去的方向眺望,我们问他那两个人是谁,他说是他初中时的同班同学。何蓝观察着穆非的表情问穆非,是不是以前暗恋过谭晓琳。穆非竟然没有回避,而是点了点头,给我们讲了一件事。

初三那年,穆非同现在一样,是个普通内向的男生,他深刻地清楚自己的平凡,所以对那些漂亮女生是没有任何谈情说爱的奢望的,因此他并无固定的暗恋对象,而是但凡漂亮的女孩他看了都觉得赏心悦目,觉得好,默默地在心里喜欢。

谭晓琳一直就是个大大咧咧、咋咋呼呼的顽劣女孩。那天下午,她和几个逃课的女生站在校门西侧的马路边说笑打闹,在校园里响起放学铃声时,她们决定做个刺激的老游戏,便是剪刀石头布,输的人,要强吻第一个从她们面前走过去的本校的学生,不管是男是女,是美是丑。剪刀石头布的结果是,谭晓琳输了,而第一个从她们面前走过的,是埋着头害羞到不敢看她们的穆非。

谭晓琳见是自己班里的腼腆男生，反倒感到轻松不少，立即冲上去，搂住穆非的脑袋，用力地在穆非的脸上亲了一口。穆非当时被谭晓琳亲傻了，见那些女生都在看着自己哈哈大笑，忽然意识到自己应该成了一个被捉弄的大傻瓜，就匆匆地走了。

可是穆非回家后，无数遍地回想被谭晓琳强吻的这件事后，忽然有了个谭晓琳可能是喜欢自己的念头，鬼使神差地从被窝里爬出来给谭晓琳写了一封字斟句酌、极为用心的情书，准备第二天偷偷递给谭晓琳。

可是这封情书在偷偷塞进谭晓琳书桌后，恰好被陈俊杰给看见。陈俊杰偷走情书，让一个同学给穆非叫出去，趁穆非不在，当着全班同学的面朗读了这封情书，等穆非回到教室后，在大家的哄笑声中，陈俊杰狠狠地羞辱了一番穆非，使得穆非受到很大刺激。

谭晓琳知道这件事后勃然大怒，在教室里，揪住陈俊杰的衣领，骂他是个无耻混蛋之类的话，然后当着全班同学的面，大声说她答应穆非的追求，从现在起，她是穆非的女朋友，以后谁敢欺负穆非，就是欺负她谭晓琳，一定会要他好看。

穆非同其他同学一样，被谭晓琳激烈突兀的言行给惊住了，惊讶之后是感激，他当然明白谭晓琳的"慷慨牺牲"和良苦用心，完全是为了他。可是他很不安，很烦恼，因为他知道，谭晓琳并不真的喜欢自己。

他在放学后找到谭晓琳,虽然知道对方不会喜欢自己,还是认真问了"你是真的喜欢我吗?"这个问题。谭晓琳直爽地笑着回答,不是真的,但我可以喜欢你,这没什么,我不在乎,而且我还要对你说,你是第一个给我写情书的人,我真的非常非常高兴,非常非常感谢你,这封信给你带来那么草淡的后果,我对你非常非常的抱歉。穆非说,非常感谢你为了我那么做,但这毕竟不是真的,我们还是别那样了。谭晓琳说,行,听你的。然后他们就分手了。

有个女生把穆非主动找到谭晓琳提出分手这件事传了出去,传到了陈俊杰的耳朵里。陈俊杰听了大为兴奋,站在教室前面的讲台上,把话反过来大肆宣扬,说穆非和谭晓琳谈了一天恋爱就被谭晓琳给甩啦之类的话,并又开始嘲笑羞辱穆非。

谭晓琳知道后,又一次怒气冲冲地在教室里揪住陈俊杰衣领,骂他,警告他,并嘲笑他之所以这样做是眼气穆非,是嫉妒穆非,是吃不着葡萄说葡萄酸。没想陈俊杰竟说,对,我是眼气。谭晓琳说,你凭什么眼气?陈俊杰说,我喜欢你。谭晓琳笑说,你喜欢我?怎么证明?陈俊杰说,你说怎么才能证明?谭晓琳想想说,你敢到后河里扎猛子我就信,我还答应你的追求。外面是初冬季节,河面都快结冰了,除了冬泳爱好者,哪个学生敢往里面扎猛子?没想陈俊杰立即说,好,一言为定,我要是不往下跳是王八蛋,今天放学就去,大家都去看。

放学后，呼啦啦的一群学生簇拥着陈俊杰和谭晓琳往后河走，来到河边，北风从河面上吹来，又湿又冷，岸边的人瑟瑟发抖。陈俊杰脱了衣裤，光膀子，只穿一条内裤，哆哆嗦嗦地在岸边活动了一会儿身体，然后跑向大河，一个猛子扎进大河。众人热烈鼓掌，掌声中，陈俊杰湿淋淋地爬上岸，上牙打着下牙，笑问谭晓琳有什么说的？谭晓琳笑说，行，从现在开始，我是你的女朋友。

穆非和其他同学倒是没想到，后来谭晓琳和陈俊杰竟然是真的谈起恋爱，后来初中毕业了，谭晓琳到铜城职专上学，他们都没有分手，直到那件事发生。

初中毕业后就辍学在社会上混日子的陈俊杰，后来认识了一个叫老猫的社会青年，他认老猫为大哥，每天跟着老猫混。老猫见到谭晓琳后，几次背着陈俊杰骚扰谭晓琳，后来他安排了一桌饭，让两个朋友故意灌陈俊杰酒，给陈俊杰灌醉。他和朋友开车先给陈俊杰送回家，然后自己开车送谭晓琳回家，送到半路，借口去劳动湖公园里取东西，把谭晓琳骗进公园，欲强暴谭晓琳时，被那个公园里的所谓的变态给打死了。

听完穆非的讲述，我惊呆了："原来那个谭晓琳就是当时……"

穆非点头："是的，她其实是受害者，可陈俊杰当时无论如何要踢开她。其实也可以理解，陈俊杰那种混社会的人，女友遭遇这种事，成为全市人谈论的焦点，他哪受得了啊。"

翻越雪山

在去劳动湖公园的公交车上,我给他们讲了我发现的楚满偷拍的视频。他们都很吃惊。

"很明显啊。"穆非说,"杨聪与杨媛也许情同兄妹,所以他应该知道杨媛被要挟的事,所以在杨媛跳楼后,必然要找楚满报仇。"

我们很快赶到劳动湖公园。

老杨原来以工作单位为家,与女儿杨媛住在门岗。门岗是个三间的小平房,挨着公园大门的一侧是值班室以及老杨的卧室,在晚上的时候,老杨睡在值班室的长条沙发里。剩下两间一大一小,小的为杨媛的房间,大的为厨房和杂物间。

老杨已经不住这里，一把锁头挂在门鼻上。

穆非家住在劳动湖公园附近，对附近的居民自然比较熟识，他很快就带着我们找到一个经常跟老杨喝酒的可谓与老杨关系最近的男人，从此人嘴里，我们打听到了老杨的消息。

原来国庆节之前，杨大叔因病被送进医院，检查是脑血栓，治疗后瘫痪在床，被给人开出租车打工的双喜给接走了。

"双喜？是那个二十多岁的光头吗？他和杨大叔没什么关系吧？为什么是他把杨大叔接走？"穆非觉得不可思议。

"谁知道呢，我几天前去看过老杨一回，老杨说他也不知道。"男人五十多岁，却满头花白的头发，醉醺醺的。

"他也不知道？人家为什么照顾他，他会不知道？这叫什么话？"

"荒谬？荒谬的事多了。"男人站在超市前的台阶上抽烟。

他本是进超市买烟的，买完烟往外走时被经过的穆非突然叫住。

"我那天去看老杨，跟他半开玩笑半认真地说，我说你穷得叮当响，挣那点儿钱全都喝酒了，连给你女儿交学费都困难，现在瘫痪了，没有老婆照顾，又没有孩子照顾，亲戚都指望不上，你说你还活着干吗？不如喝点儿农药死了算了，真的，你自己活得也痛苦，而且早晚得一点点饿死，病死，冻死，本来嘛，没人管啊。"

"你这不是劝人家死么。"穆非说。

"是开导他。"

"哪有这么开导人的。"

"可这是事实啊,我要是他肯定自杀,早死早超生,都绝路了,还非多苟延残喘那么几天干吗呢。"男人清理喉咙,朝一旁啐了口痰,"你猜老杨跟我说啥?说他有钱,说他住院的钱都是别人给拿的,他的吃喝拉撒花的都是别人的钱。"

"谁呢?不会是双喜吧?"

"就是双喜。"

"双喜疯了?发什么慈悲呢,杨叔有什么遗产?"

"我还不知道他?狗屁也没有。"

离开这个男人,我们当即赶往男人给我们的老杨的住处。车窗外寒风呼啸,看样子似乎一会儿要飘雪。公交车里没什么乘客,再过一会儿,到了下班时间,应该会变得拥挤不堪。我问大家:"你们说,杨聪抢劫的目的是不是为了给老杨治病?"

穆非赞同地点头:"我也是这么想的,至少要弄到一笔钱给老杨养老,毕竟老杨得了脑血栓,以后瘫痪在床。至于那个双喜,他不可能平白无故地照管杨大叔的,他又没疯,假如他自己的父母瘫痪了,以他的性格,都未必会管呢,别说平时八竿子打不着的酒鬼杨大叔。"

"所以说,真正在背后照顾老杨的,是报恩的杨聪。"我接着穆非的话,"还有,穆非,你有没有注意电视里采访马吉时,马吉说金宝对铜城很了解,是光头,会不会是双喜?"

"没错，刚才我就这么想来着，这就解释了双喜为什么会接走老杨照顾，他和杨聪是一伙的，为杨聪做事。"

何蓝说："我只是不明白，杨聪找下手目标，为什么偏偏是你们班的露西？"

小武想到露西，神色凄惶地说："因为杨嫒是我们班的，他常年躲在下水道里，认识的人有限，最可能认识的，只能是听杨嫒讲的我们班里的那些同学。"

"还可能是因为我。"我困惑不安地看着窗外黑暗下来的街道。

"因为你？"小武等人不解地看我。

"我跟你们说过的，我经常被人跟踪，跟踪我的人常在我家附近徘徊，甚至一度在我发烧住院时去病房里看我，我是把那个跟踪我的人推测为杨聪的。"我解释说，"那么很可能，那天露西请我们吃饭时，他是跟踪我的，他一定目睹了露西的富有。我的意思是，通过跟踪我，发现到我的同学露西是一个家庭富裕的人。"

"这只是你的猜测，有点儿牵强啦，我觉得原因还是小武说的那个。"穆非说，"是通过杨嫒，因为只有杨嫒才可能跟他对话，详细地对他说露西家住在哪里，父母是做什么的。单单通过跟踪你，不大可能就去绑架露西。"

何蓝附和道："穆非说得有道理。"

路很远，在城郊，加之天上开始坠落鹅毛大雪，司机的视线受到干扰，所以当车开到目的地时，已经用了一个多小时的时间。雪很大块,不是雪花,是雪团,一团一团地往下落,落得很急,不是飘的,是砸下来的,让人感觉像是走进了迷魂阵。

我们走进城南的一个小区,按照地址钻进楼道,来到二楼。小武用力拍了几下门,门里没有反应,好像没人。

"是不是杨大叔自己在家?他不是瘫痪了么,开不了门。"何蓝说。

小武又拍了几下,大声喊:"有人吗?"

"你们找谁?"对面的门开了,一个老大爷挂着单拐,吃力地把上半身探出门缝。

"我们找双喜。"穆非说,"他是不是住在这儿?"

老大爷说他不认识什么双喜,当听穆非说那个双喜是光头时,点了点头,告诉我们说,对门是新搬来的,两个人,儿子和爹,爹瘫痪在床不能下地,也不能利索说话,儿子白天上班,要晚上回家,但通常不在这里过夜,来给换过纸尿裤和喂完饭便会离去。

小武急于进去,问老大爷是否有房东的电话。老大爷摇了摇头,关上防盗门,消失了自己衰老的身影。

我们失望地走出楼道,站在楼口,看见雪已经迅速把世界给染白了,这么气势磅礴的雪倒是少见,简直像天被炸成了灰。

何蓝和穆非准备回家,小武说他要等那个光头回来。穆非劝他走,说双喜可能要很晚才回来。小武固执地说等一夜他都无所谓。我的心理跟小武自然是相似的，都对前方的目的地有着强烈的渴望，说自己也要在这儿等，让穆非和何蓝先走。穆非和何蓝想了想，回家去了，他们不可能有我们这样的疯狂。

我和小武坐在楼道口的台阶上等待，台阶很凉，怕冻坏身体，不敢久坐，坐一坐，蹲一蹲，站一站，走一走。小武不停地抽烟，我则不停地用手机玩游戏。当夜幕降临，小武的烟已经抽光，我的手机已经因为没电自动关机，外面的雪竟然还没有下完，还在纷纷扬扬，地面上已经厚厚的一层雪。

我们俩讨论过一个必须讨论的问题，就是双喜出现后，我们应该怎么做。之前穆非临走时曾提议，不如我们报警，告诉警察发现了关于露西绑架案的重要线索。但我和小武都觉得还不该急着报警，因为需要清楚一个事实，便是我们现在所知的一切，都只是我们的推理，甚至没有什么直接的证据能够证明这些推理，警察会信吗？会把我们这些中学生在他们看来煞有介事的推理，放在心上吗？所以我们需要更多的证据，而且最好由我们收集，因为惊动警方，也等于打草惊蛇。

我们可以假装别人家的访客，因为主人没回来而站在门外等候。当双喜经过我们时，我们不动声色，然后当他离开时，我们跟踪他，找到他和杨聪的藏身处。可是我们不能确定杨聪与双喜是否知道我们是谁，当然，我想杨聪起码是肯定知道我的。如果这样，双喜一见到我们就会逃跑，或者装傻充愣，总之，我们的计划就会失败。

　　我和小武做出决定，不能死等在楼道口，应该找个更隐蔽的地方，双喜认识还是不认识我们不说，让他连见都见不到我们，我们将像幽灵一样飘荡着他的身后。我们俩在小区里转了两圈，没什么合适的地方，只好走进那个小小的凉亭。凉亭前有树，加之雪大，夜黑，如果我们不乱动，当双喜回来走到楼道口时，是不会发现我们的。

　　"我感觉我的血都要给冻上了。"我哆哆嗦嗦地说。

　　"是啊，小学时候学的课文里说饥寒交迫，现在的体会太刻骨铭心啦，身体缺少热量，要是能吃一顿火锅就好了，对了，你家里不会担心你吗？"

　　我忽然想到自己的手机没电，我妈联系不上我，指不定多急呢，忙用小武手机给家打了个电话，扯谎说晚上在小武家里吃的，如果太晚就住在小武家。我妈虽然很不高兴，但她并没有怀疑我。

　　夜越来越深。我让小武继续盯着，自己去小区对面的超市买了些火腿肠和面包，回来与小武吃。北风呼啸，常常是一阵风雪吹在我们脸上，我们见怪不怪，满脸是雪地咬着沾了雪花的凉面包吃。

　　"快半夜了吧？"疲惫与寒冷实在让我难以忍受，问小武。

　　小武掏出手机看了看，"可不是么，都晚上十点了。"

　　"双喜不会是今天值夜班吧？"

　　"你看，来辆车。"小武用肩膀拱我。

一辆破旧的小面包车缓缓开进小区，掉头后，退到杨大叔所住楼道的楼道口。车熄火，车门开处，一个穿着短棉衣的光头青年跳下车。

"会是他吗？"小武小声问我。

"别急，看灯。"

楼道里的感应灯，先是一楼的亮，接着是二楼的，三楼以上没有亮，看窗口，原本杨大叔所住房子的漆黑窗口很快被灯光点亮。

"是双喜。"我的声音难掩激动。

"这么晚了，今晚他会走吗？"

"应该会，不然不会那么停车，车头朝外，车尾几乎倒进楼道了。"

"可他是开车的，我们怎么跟踪他呢？"

我忽然意识到这个之前未做考虑的问题，有点慌乱无措。我们俩赶忙顶着雪跑向小区大门，还特地经过面包车看了一眼车牌照。跑到小区门口，站在马路边拦车，天气糟糕，夜又深了，情急之下，拦到车的几率有多低可想而知。

十分钟后，我们还是没能拦到出租车，急得团团转。我看见小区里有车灯照过来，提醒小武应该是双喜开车出来，还是去哪里躲避一下吧。小武还在固执地拦车，恰好有一辆出租车经过并停下。我们俩上车的同时，双喜那辆面包车开出小区。

"跟着前面那辆面包车就行。"我轻描淡写地对司机说。

司机没有特别注意这一行为，必定以为我们俩和前面的面包车是一起的，面包车里没有更多空间承载我们俩，我们俩只好另外打车跟随。

这里已经是城南，接近郊区，面包车竟然还在往南开。没多久，出了城市，开在郊外。越来越远，我和小武越来越不安。司机直问我们到底要去哪。我含糊回应说，自己也叫不出那个地名，所以才让跟着前面的面包车。

面包车开到南岗镇时停下了，拐进镇上的一个小区。我松了口气，对司机说："麻烦你等一下我，我去朋友家里取个东西，马上回来，还要坐你的车回铜城。"

我又对小武说："你留在车上等我。"然后下车，跑进小区。

我想，在不被双喜发现的情况下弄清楚他的住处，并非什么难事吧，知道了双喜的住处，今天该做的事就可以结束了，需要赶紧回家休息，至于之后怎么办，要回去和小武好好研究一下再说。正要转身离去，看见双喜又走出了楼道，并且把棉服换成了短款的羽绒服，背着一个大书包，还戴上了线帽。他分明是要步行出门的打扮，而且也确实经过了他的面包车而没有发动。他要去哪？

我跑回出租车，付了车钱，把小武拉下车。

"你疯啦，我们不回去啦？"小武惊讶道。

我冲小武做了嘘的手指，拉他走到附近浴池的拐角，在暗中观察小区门口。

双喜迈步而出。

"我们干吗？"

"跟他。"

"他去哪儿啊？"

"不知道，不跟着怎么可能知道。"

我拉着小武远远地尾随着双喜，由于是大雪天，加上夜深人静，便于跟踪，不容易跟丢，但也因此容易被双喜发现，所以必须要远远地跟着。双喜出了小镇一路往南走，南边是山，远远眺望，大约有一公里的距离，山脚下有零零星星的一些瓦房。山与小镇之间的这一段，大部分是农田，收割后的农田又铺上了一层洁白的雪，简直让一切生物在这个地段都无法遁形。我和小武的跟踪，只能更加小心，与双喜拉开更远的距离。

"他快进村了，再这么跟恐怕要跟丢。"小武说。

我想双喜就算发现身后有人，又怎么知道是不是跟踪他的呢，难道他走过的路还不准别人走了？想到此，和小武几乎小跑起来，迅速朝双喜逼近。

进入村庄，像走进什么历史的遗迹，每个房子都是黑暗的，都是无声的，都是冰冷的，连狗叫声都没有。我们低头仔细地寻找着双喜的脚印，风雪太大，当我们赶到村庄时，脚印早被风雪给抹平。又抬头朝四周看，看哪家住户刚进入过访客，可好像哪家的院门都未曾于不久前开闭。

"你看。"小武抬手朝山上指。

抬头，双喜的背影，背着包，勾着头，顶风冒雪地翻山，已经登至山顶。

"他要去哪儿?"我吃惊不已,"山后好像没有村庄吧?"

"马吉轻松被警察抓住,杨聪却一直没被抓到,躲的地方一定隐蔽。"

"是这样,跟不跟?"我感到体力不足,有些打退堂鼓。

"跟啊。"小武抬脚就朝山坡走去。

我们俩顶着风雪爬白雪皑皑的山,山虽然不高,也不陡峭,但还是很难,当终于爬到山顶,已然个个累得气喘吁吁,汗流浃背。我坐在地上,张着大嘴呼吸,山顶的风更加凶猛,灌入我的口鼻,使我无法说话。小武跪在雪地上,双手撑地,勾着头,像匹负重之下奋力奔行的老马。

"人……人呢?"

小武抬头,目光朝山后坡扫视,来回扫视几遍,没有人影,被雪覆盖的山光得像秃头,按理不该漏过双喜,就算他想躲,也是无处藏身,何况山谷里是条河,他不可能那么快过河并翻过对岸的雪山。

我们俩小心翼翼地往山下走,找不到双喜的脚印,更辨别不出适合步行的小道,一哧溜一滑,好几次差点顺着山坡滚下去。下到一半,终于又找见了双喜的背影,他出现在河流的狭窄处,河流狭窄处有个简陋的小木桥,看样子他是打算过河。

这么偏僻的地方,没有人烟,为什么会有座桥呢?后来我注意到山上种有许多柞树,又想铜城的蚕还算小有名气,猜到这里的山应该被人承包养蚕，养蚕人进山看蚕和干活，势必要过河，所以砍树搭了个木桥。

　　艰难翻过这座布满柞树的小山，看到山谷里有一个房子。这个房子也许是养蚕人看蚕时节夜间留宿用的。

　　我和小武猫着腰滑下山坡，悄无声息地摸到房子前，发现被用塑料布严密封死的窗户里隐隐透出灯光。我感到心脏快要跳出嗓子眼，轻手轻脚地走到窗前，蹲下身体，想看清里面的情况，于是用手指抠窗户上塑料布。不想小武怒火陡然而起，大步走过来，冲动地直接拉开那扇木板的房门。他拉开门的瞬间，一根庄稼人用来叉树枝和庄稼秸秆的三齿钢叉突然刺出来，瞬间扎进小武的肩膀。小武发出瘆人的惨叫声，一下子被那根钢叉刺倒在地。

　　我吓得呆了，惊恐地看着眼前发生的事。

　　双喜将小武刺倒后，从小武的身体里拔出钢叉，又要奔我刺过来。一个戴棒球帽的人这时从后面拉住双喜的胳膊，示意双喜别攻击我。大雪纷飞的深夜，荒无人烟的山谷，这个戴棒球帽的人却面目清秀，神情平静，不似双喜那样狰狞凶狠。

　　我恐惧地呻吟着，连滚带爬地往回跑，跑出去一段距离后，扭头张望，见那个戴棒球帽的人正拎着一把砍刀在后面不紧不慢地追赶我。

　　他是谁？我立即意识到，他不正是杨聪吗？

　　我像只猴子那样，手脚并用，抓着岩石和柞树枝，往山坡上爬。岩石很滑，抓不牢，脚也踩不稳，树枝很脆，容易折断，所以我几次滑倒，趴在山坡上，用尽全力，才稳定住自己没让自己顺着山坡出溜下去。再次扭头，杨聪幽灵似的，轻盈敏捷地跟随着。急切之下我的脚底一滑，摔倒，脸颊磕在石头上，擦破了皮，流出了血。

我钻入一片多年生的高大柞树，跌跌撞撞地拨开树枝，跑到一个比较平坦的地方，那里有块大石头，实在跑不动了，手扶大石头喘得直不起腰。

杨聪依然在轻盈地跳跃着，月光似的穿过那片柞树林。我双腿沉如钢铸，奋力继续朝山顶跑，但因为体力不济，摔倒后顺着雪坡滑下去。眼见滑到杨聪面前，手胡乱摸到一块石头，抓起，猛朝杨聪掷去。杨聪半转身体躲避，石头打在他的肩膀上。他扭头寻找我时，我已经拽住树枝停住滑落，在他转身的同时，我居高临下地扑上去。

我扑倒杨聪，与他一起朝山下翻滚。他的砍刀掉在了一边，同步朝山下滑。

快滑到山脚处，山体上有个凹陷，我们滚入凹槽里时，我感觉头晕得好像整个世界变成了一个万花筒。我恰好在上面，骑住杨聪，左手按他，右手握拳打他的脸。他并不躲避，脸上挨了我几拳的同时，一只手抓住我的脖子，用力捏住，另一只手抓住我的右手腕。他的双手同时用力，手劲大得不可思议，我顿时感到手腕要被捏碎，并且无法呼吸，很快失去攻击他的力气，只剩张大嘴巴，伸出舌头，悲哀地看着他那张近在咫尺的脸,他的额头上贴着一块白色的胶布。

他的双臂用力一推,我便从他的身体上翻滚开,顺着山坡往下滑。我翻滚着滑落一段距离,艰难地停住自己,爬起来,看见他已经抓起砍刀,正大步地往我这边走。我注意到地上有一根长木棍,便捡起来,迎着他冲上去,抡起木棍扫向他的脑袋。他的动作与我相同,把砍刀以同样的方式朝我的脑袋抡来。木棍与砍刀相碰,木棍一下子被打掉,而我的整条右手臂都是发麻的,虎口好像也被震得裂开了口子。

我扭头继续跑。他拎着砍刀,继续不紧不慢地跟随着。

我觉得我是哭了,不是绝望的哭泣,是单纯的恐惧,太可怕了,我从小到大做过的最恐怖的一个噩梦也没有此时此景可怕。我呜呜叫着,边跑边喊救命,沿着山谷跑,脚下无数破碎的山石频频把我绊倒,很快便把我摔得头破血流,浑身的骨头都碎了似的疼。我体验到一种从未体验过的感觉,大概是离身体的极限已经很近,这次重重地摔倒后,再也没有力气爬起来,四肢失去感觉,仿佛失去了意识的控制。

他的脚步声越来越近,是慢慢地走。我转过身,仰面躺着,看见他拎着砍刀站在我的脚前,略歪着脑袋,阴森森地看着我微笑。

"你好啊,廖宇。"他的声音古怪难听。

我无力说话,喘得肺都要爆炸了。他果然是那个人,那个从程野手里救过我的人。

"再见呵。"他慢慢举起手里的砍刀,对着我的脸,准备劈砍下来。

我绝望而乞求地看着他,泪水止不住地往外流。我感到了千刀万剐般的恐惧,是死亡的恐惧,我害怕死亡,我不想死。北风在山谷里冲撞回荡,雪花凌乱飞舞,寒气逼人的黑夜里,我的哭声在风雪的推波助澜下,在两座雪山的煽动下,变得震耳欲聋。他双手紧握刀柄,双肩骤然高耸,猛力把砍刀朝我的脸砍下来。

我惊惧地紧闭住双眼,用尽全身力气发出一声惨叫。

童 年 往 事

商业街北新华书店一楼的音像店里,在一排排货架的西边,那个液晶电视一直循环地播放着徐克最新电影《七剑》的预告片。我独自站在电视机前看那预告片,看了无数遍,眼睛更多时间其实并没有盯着电视,而是留意着店门口的方向。

店门外盛夏的阳光格外凶猛,从马路上反射起来的大片大片的白光晃得外面的路人睁不开眼睛。我进来时后背爬满汗珠,现在那些汗珠已经被音像店里的空调给驱逐殆尽。

魏宁的身影终于出现在店门口。我轻喊她一声,冲她挥挥手。她的目光敏锐地捕捉到我,立即朝我点点头,快步走过来。

　　自从去年我和小武在南岗镇的雪山上出了那件事后，我和魏宁就再没有过任何联系。昨天她突然在网上跟我说话，问我在干吗，当时我正一边吃香瓜，一边在视频网站上看搞笑视频，见她说话，忙回复她正无聊地待在家里。她说她在家里也很无聊，问我明天是否有时间，想和我见个面。我自然十分欣喜，飞快地打字跟她确定见面的地点和具体时间。

　　足有半年时间未见，突然见到魏宁，第一感觉是她瘦了，下颌好像比以前尖了些。

　　"等很久了吧？"她走过来，歉意地微笑。

　　"没多久。"我抬手向上指指，"去楼上吧。"

　　她点点头，跟着我朝扶梯那边走，嘴里说："考怎么样？"

　　"二本应该没问题，一本没戏。你呢？"

　　"一本线应该是能过吧。"

　　高考刚结束不久，成绩还没出来，我们只是刚估算过分数。

　　我们并肩站在扶梯上，简单地寒暄几句后，都不再说话。我们俩的性格一直比较像，都是那种话不多的人，略显不同的是，我的话少给人的感觉是安静，而她的话少给人的感觉是冷淡。

　　我们来到顶楼的休息区。我到饮品吧台那边买了两杯果汁，与她找了角落处一个人少安静的位置坐下。

　　"我一直没联系你，是有原因的。"她喝一口果汁，很郑重地看着对面的我解释，"我一直在跟何蓝打听你的事，她很了解你的情况么,所以我就也很了解你的情况。何蓝说你被警察叫去公安局好几次了解情况,加上你那时身体和精神都受到伤害,整个人很不好,而且后来你决定要参加高考,我就想,你一定特别忙碌,特别厌烦,特别不希望被人打搅,希望自己能静下心来学习,所以我就没敢直接联系你,想着等高考结束后再来看望你。"

我感激地笑了一下,却说不出什么轻松的话来宽慰她,因为那段日子我确实过得太糟糕。

"现在你感觉怎么样?"

"没什么了,一切都恢复正常了。"

"杨聪那边有什么进展吗?"

我郁闷地摇摇头:"警察一直在找,但好像一直没什么线索。"

她遗憾地轻叹一声:"小武怎么样?"

"出院后一直在家里将养,恢复得差不多了。不过因为伤到了肺部,说是以后再也不能做剧烈的运动了。"

魏宁吃惊地看着我:"那以后还能打篮球吗?"

我摇摇头:"当然不能,不能跑,不能跳,只能慢慢地走路。"

魏宁的神色痛苦起来,泪光闪动的眼睛里溢满悲悯:"他那么爱打篮球的。"

"是啊,他……"我把本想说出口的"废人"两字生生咽回肚子,眨了眨热辣辣的眼睛,"他当时伤得太重,被赶到的警察送到医院时,差一点儿没抢救过来。"

魏宁出神地盯着杯子的边缘,沉默了一会儿才又说:"他错过了高考,准备复读吗?"

"说不好,我问过他两次,他都说不复读。他父母和亲戚都希望他能复读,三本也好,大专也好,好歹有个学上。可小武说他不想再念书,要学着做生意。"

"要不,我们去看看他吧?"魏宁抬起脸。

我短暂地犹豫一下,点点头。

我们俩走出新华书店,往台阶下面走。台阶旁的路口,一个满头黄发的男青年站在那里打电话,他发霉土豆般的脸与细高的身形使他看起来像条刀鱼,他的身边有把塑料凳,凳前有个用水性笔写有"收手机"三个字的小牌子。我停住脚,目不转睛地看着那个夹着烟挥舞着手粗声大气讲电话的男青年。

"怎么了?"魏宁扭头问我。

我朝那个男青年扬扬下巴:"他叫黄嘉俊。"

魏宁朝那男青年看:"你以前的同学?"

"嗯,小学时跟我一个学校的,大我两个年级。"

我和魏宁走到路边的公交车站,等了大概有五分钟,要乘坐的公交车姗姗而来,我们俩快步上了车。大概因为夏日晌午时间人们都躲在家里避暑的缘故,车厢里的乘客并不多。我们俩并肩坐在后面,她挨着车窗,我在外面,我这才给她讲起那个黄嘉俊来。

小学时，有一天中午，我在校门外的饼店门前买饼，那是我那天的午饭。黄嘉俊盯上了我手里的钱，把我拽到一旁的胡同里，问我要钱，我当时还没有受人欺负过，便没有屈服他的淫威，拒绝给他钱。他大怒，当着一些围观的学生面，打了我一顿，凶狠的几巴掌加上十几个正踹，把我踹倒在地不敢爬起来，然后他得意洋洋地翻走我兜里的钱。当时楚满站在旁边，带着一种瞧热闹的心情，目睹了黄嘉俊抢我钱的整个过程。

回家后，我把这件事告诉了我父母，我爸勃然大怒，第二天带着我来到学校找我班主任，我班主任立即找黄嘉俊的班主任，黄嘉俊的班主任立即找黄嘉俊的家长。当时我非常紧张，我爸气成那样，我想他在见到黄嘉俊的父母时，很可能会冲动地跟他们大打出手。

临近中午时，黄嘉俊的爸爸来到学校，在那间大办公室里，我爸见到黄嘉俊的爸爸后愣住了，然后怒气全消，态度来了个一百八十度的大转弯，恭敬地叫了那人一声"黄部长"。原来黄嘉俊的爸爸是我爸他们厂的生产部长，亦即生产部的一把手，正管着我爸。我爸对黄部长的"卑躬屈膝"，在场的所有人都看在眼里，包括我和黄嘉俊。

那次见面表面上看气氛很好，黄部长人很不错，当场批评自己的儿子黄嘉俊，并向我爸和我表示歉意，但那只是表面。实际上，那次见面，造成了非常严重的两个恶果。其一是，正处在把爸爸当成罩着自己的那片天的年纪的我，从此没有了安全感，丧失了对爸爸保护自己能力的信任，感到"偶像坍塌"一样的可怕，那之后，无论我遇到什么困难，都再不愿跟父母讲。其二是，黄嘉俊意识到我爸是怕他爸的，所以在之后的日子里，愈加有恃无恐、变本加厉地欺辱我。

我童年的噩梦就是这样开始的，先是黄嘉俊一次次欺负我解闷，然后是那些受到他影响的人，我因为没有依靠和指望，只能痛苦忍受。我的心理问题越来越严重，最后严重抑郁，以致产生自杀的念头。至今我爸都不知道当年我那么惨，只是因为他和黄部长那天晌午在办公室里的那次会面。

我终于决定自杀，那天自杀时被楚满意外撞见，及时将我给救下。他带我去了他家，他家没人，他爸那时已死，他妈在工厂上班。他在楼下的小商店里买了几瓶啤酒和一些鱼皮豆，在他的房间里，他说了很多开导我和安慰我的话，还不停地劝我喝酒和抽烟。我觉得啤酒难喝得不行，但还是就着鱼皮豆强忍着喝了多半瓶，喝到自己头发晕，目发眩，心跳加速，精神渐渐兴奋。

我似乎找到了唯一可以倾诉的人，借着酒精的鼓动，把内心里的痛苦和绝望一股脑地讲给楚满听。他听后豪迈地笑起来，抬起手用力地拍我的肩膀，用那种很让我有安全感的口气对我说，如果我做他的朋友，他以后会保护我，不让任何人欺负我。我立即答应，说要做他的朋友。他很高兴，对着我的脸喷口烟，说我得证明我要做他好朋友的话是真心话。我问他要怎么证明。他举着手里的烟头，让我在胳膊上烫一下。我吃惊地看着他。他微笑着把烟头按在自己的手臂上,算给我做示范。我受到当时气氛的感染,拿过烟头,把牙一咬,便在自己的左胳膊上狠狠地烫下一个烟疤。楚满当时高兴极了,拍手哈哈大笑,说我们各自胳膊上的烟疤就是我们结拜的证明,我们俩以后是最好的朋友。

回忆到此,我抬起左胳膊给魏宁看。

魏宁歪着头认真看我的胳膊,好像吸了口凉气,抬脸看我:"我不明白。"

"你不明白什么?"

"楚满那种孩子,为什么要和当时的你那种孩子做朋友?"

"因为……他渴望有朋友。"

"他没有朋友?"

"没有真心朋友。"

"怎么可能?"

"我是因为我被人欺负而没有朋友,他是因为欺负别人而没有朋友。大家都因为他爸的事儿鄙视他,但因为他不好惹,打人手黑,所以大家虽然都讨厌他,却没人敢欺负他。"

"他爸的事儿是指什么?"魏宁看起来很好奇。

"楚满他爸开了一家羊汤馆,当年在铜城算小有名气呢,挣了些钱,人很得意。有一个外地来的年轻女的,在羊汤馆里打工,据说模样相当不赖的,楚满他爸对人家动了心,每天不遗余力地骚扰人家。

"那女的已经结婚了,是跟她丈夫一起过来打工的,当时她丈夫好像在铸造厂一类的地方上班,他们小两口刚结婚不久,还没有孩子,在羊汤馆附近租的房子住。楚满他爸知道那女的结婚了,还张口闭口管那女人的丈夫叫蛮子呢,根本没把人家丈夫放在眼里。那女的也不知道喝了什么迷魂汤,后来竟然被楚满他爸给勾搭成了。

"有天晚上,那女的说她丈夫夜里不回来,要在厂里通宵赶工,楚满他爸半夜时就去了那女的家。俩人正高兴呢,那女人的丈夫突然回来了,掏钥匙打开门,给屋里那俩人堵了个正着。楚满他爸没跑,也没求饶,反而跟人家拉硬,说他在铜城怎么怎么样,那男的要是敢惹他,他能让那男的死了都没人知道。那男的一点儿都没被楚满他爸给吓唬住,转身去了厨房,拎把菜刀出来,三下两下就把楚满他爸给砍死了。那女的吓傻了,立即给那男的跪下了,那男的没杀那女的,带着那女的连夜逃走了。不到一个月,这对夫妻就被警察给抓住了。"

魏宁吓得瞪圆一对眼睛,直直地看着我。

"那个年代,这件事在铜城这座小城里造成了很大轰动,很多人都谈论楚满他爸,渐渐地,传说楚满他爸的话变了味道,越传越荒诞可笑,最后楚满他爸成了一个笑话,几乎都成了倒霉蛋和窝囊废的代名词了。我们这年纪的可能没什么印象,毕竟我们那时太小。"

魏宁似乎忽然对楚满当年的处境感同身受,不由自主地轻轻点头,理解地说:"所有的人都在歧视楚满,可楚满又是一个高傲的性格非常强硬的男孩,这就使得楚满渐渐变成了一个自卑而愤怒的不会轻易与人交朋友的人,同时也是一个极具攻击性的人。"

"是这样,认识他的这些年,他始终只有我这一个真心对待的朋友,而且一直对别人很强硬很有攻击性。他和小武做朋友,那也是因为有我在中间。"

公交车到站,我和魏宁下车,横穿马路,经过一个路口,来到小武家附近的那个小公园。来之前给小武打过电话,小武说他没有在家,而是在小公园里的篮球场看别人打球。还没等走近公园的入口,便远远看见小武那熟悉的背影站在球场边。

"小武深爱露西,这你知道吧?"我边走边跟魏宁说。

"知道啊。"

"露西的心脏有问题,从小不能做运动,不能跑,不能跳,最大的心愿就是能像小武他们那样,在球场上没有顾忌、痛痛快快地奔跑跳跃。露西只跟班里的小武说过她心脏的问题,就在前面的球场边说的。现在小武接替露西,也成了一个不能跑不能跳的人,只好像当年的露西那样,满心羡慕地站在球场边看别人打球。"

魏宁惊讶地看着我,又把目光投向前面的小武。

小武的身体不像之前那样强健挺拔,瘦去不少重量,脊背也有些佝偻,整个人给人一种晒干水分的黄瓜的感觉。他转过一张苍白而干瘪的脸,冲魏宁疲惫地微笑,带着我们朝一旁的树荫里走。魏宁在后面神色不安地看我,显然小武枯槁的形象出乎了她的预料。

"魏宁考得挺好吧?"小武打量魏宁说。

魏宁露出一个饱含怜悯的笑容:"我还可以,听廖宇说你不打算上大学了?"

小武肯定地"嗯"了一声:"本来也不是学习的材料,我爸在电脑城不是有个店么,我就去我爸的店里帮忙,挺好,卖卖电脑,学学怎么做买卖。大学,也就那么回事儿。"

魏宁似乎觉得这样确实挺好,轻轻点点下巴。

"想过要往哪儿报考吗?"

"考铜城的大学。"

我和小武一样,都有些不解:"铜城这种小城市,也没什么好大学,你的成绩那么好,考铜城的大学不是浪费吗?"

"大学,也就那么回事儿,在哪儿读都一样。"魏宁看着小武笑,然后认真解释,"我的家庭情况你们也知道,我只有个爸,这些年我和我爸相依为命,我去太远的地方,我爸不放心我,更主要的是,我爸近几年身体不怎么好,丢下他一个人在铜城,我更不放心他。"

我和小武理解地点头。

我们说了会儿话,然后目光都不由自主地被球场上的球赛吸引过去。小武指着一个穿红球衫的男青年,羡慕地对我和魏宁说,那个人大家都叫他小春,球打得特别好,在整个铜城都小有名气,人长得帅,家里又有钱,迷倒了很多女孩。

魏宁有些不以为然,冷淡地说:"我看挺一般的。"

小武扭头看魏宁笑:"他要是开着跑车,手捧玫瑰,前来追你,你不高兴?"

魏宁高傲地喊了一声:"我可能会吐。"

我和小武都呵呵笑,倒没想魏宁也有诙谐的时刻。

又过一会儿,球赛结束,球场上的球员熟络地说说笑笑,各自收拾东西,准备回家。小春站在球场边戴上手表等物,拎起装衣服的包,一边打手机,一边朝公园外面走。小武直勾勾地望着小春,我问他怎么了,他说小春刚才戴在脖子上的坠子好像是露西的。

"那个子弹壳做的坠子?"

"对,我送给露西的子弹壳。"

"怎么可能?全世界又不是只有你有子弹壳。"

"吊坠绳也相同,我觉得那就是我的那个,廖宇,你去帮我问问。"

我站着不动,为难地看着小武:"你这太……不可能啦。"

"他要走了,你去帮我问问,我追不上他。"小武急切地推我。

没办法,我只好快步朝公园入口的小春跑去。小春走到他的车前,正准备上车时被我叫住,陌生地打量我和我身后追上来的魏宁,问我有什么事。我只好解释说看到他的子弹壳的坠子很喜欢,想问他是在哪里买的。他低头,把子弹壳捏在手里看了会儿，说：

"我也不知道，我女朋友送我的。"

我盯着那个子弹壳，突然感到心里吹过一阵凉风："可以帮我问问你女朋友吗？"

小春苦涩地看了我一眼，说："她不在了。"

魏宁忽然说："是杨露雨吗？"

小春吃惊地看着魏宁，缓缓地点头："她是你同学吗？"

魏宁说是。

小春神色黯然地上了车。

"天哪廖宇。"魏宁不安地看着我，小声惊叹。

"别跟小武说。"我低声叮嘱魏宁，然后举起手，大声冲正朝我们走过来的小武说，"小武，时候不早啦，我和魏宁这就走了。"

"他怎么说？"

"当然不是了。"我轻描淡写地回答。

我 的 生 日

今天是 8 月 1 号,我的生日,我的父母都要上班,我妈早上临走时给我扔下一些钱,让我白天出去买个生日蛋糕回来。

我起床晚,8 点多才走进卫生间洗漱,给自己热早饭时,接到李小钰的短信,祝福我生日快乐。我感到心里很温暖,又想,家人不算,同学和朋友里能记得我生日并每年都会给我生日祝福的,恐怕只有两个人,一个是认识很多年的楚满,一个是后来走近我的李小钰。

我回复李小钰短信,向她表示感谢。她说还给我买了生日礼物,但是上午有事,要和她妈出去一趟,下午才回来,到时会给我打电话的。我说好。

家附近就有蛋糕店,我到店里给自己订了个水果蛋糕,夏日易寂寥,站在街头想了想,决定乘公交车去德惠商场闲逛一圈。

在德惠商场二楼,意外遇见张晓晓,她独自一人,手里拎着两个购物袋,一见我就高兴地喊我的名字,把我拉到一边,亲热地与我说话,问了些高考成绩如何准备报哪所学校之类的只要与人见面必被问起的问题。

"放暑假了,你怎么还没回家?"

"我打了几天工,准备明天回去,今天特地来商场给父母买点儿东西。"她拉着我的胳膊,往商场里面拽我,"走,反正你也无聊,帮姐买东西。"

我帮她拎购物袋,跟在她的身后,一边跟她说些自己的事,一边对她选择的东西认真发表点自己的看法。很快,她想买的东西都买齐了,她说为了感谢我,要请我吃饭。看看时间,已经快到中午12点,我就没有拒绝,跟着她来到附近的一家快餐店。

"你还在关注那个什么三眼怪婴的事儿吗?"吃饭时,她问我。

"关注啊。"她并不知道我后来和小武在雪山上发生的可怕事。

"上次带着你去了一趟黑塔村不是吗?还去了我那同学吴冰冰的家。"

"对呀。"

"然后吴冰冰的妈跟吴冰冰说了,说我去看过吴冰冰。吴冰冰挺意外,也挺高兴,特地给我打电话。我们在电话里回忆了很多当年的事,还约定好,等我放寒假时,我们要见面痛痛快快地聊。这不,我放寒假后,就和她见了一次面,然后我提到有个朋友,就是你,对黑塔村的三眼怪婴特别感兴趣,她就又跟我讲了些关于她们村季伟民家的事,季伟民你还记得吧?就是那个三眼怪婴的爸爸。"

"我当然记得。"我好奇地盯着张晓晓的脸,"吴冰冰又跟你说了些什么?"

"其实也没什么,都是关于季伟民的。季伟民的爸死得早,是他妈给他拉扯大的。他二十几岁的时候,被村里他的二叔带到甫阳市里打工,他二叔是厨师,他给他二叔打下手,跟他二叔学厨艺。后来好像是跟他二叔闹了什么矛盾,赌气走了,自己找了个小饭店,在里面当厨师。据他二叔的话讲,是他学走了他二叔的手艺后一脚把他二叔给踢开了,所以他二叔管他叫忘恩负义的王八蛋。"

"村里人对季伟民的评价都怎么样?吴冰冰有说吗?"

张晓晓微撇着嘴,摇头说:"吴冰冰说村里人对季伟民的评价都不好,说他冷漠自私,平时不和村里人有什么接触,好像很高傲,看不起街坊邻里。"

"噢,你继续说。"

"关于季伟民在外面的事,大都是他二叔回到村里跟大家说的,他二叔后来虽然不跟他在一个饭店,但毕竟在同一个城市,他二叔平时应该是很关注他的情况的。季伟民后来打工的那家饭店的名字叫老金饭店,是这个名字没错,我记得清楚,因为好记。不久后,季伟民娶了饭店老板的独生女金霞。是叫金霞这名字也没错,因为我有个同学恰好也叫金霞。季伟民和金霞结婚没多久,金霞怀孕,因为金霞也是单亲,只有一个爸爸,她爸还要照看饭店,顾不了她,所以她只好和季伟民回黑塔村待产。金霞生下孩子后,一直和季伟民住在黑塔村,金霞她爸回来看过一次孩子,看完后不久就意外死掉了。"

"死掉了?"我惊讶地想到传说中的三眼怪婴的诅咒。

"嗯,死了。季伟民他二叔说老金的死是一种报应。"

"什么报应?"

"就是老金饭店好像是市里唯一一家做蛇肉的饭店,老金一生杀蛇无数,而且,老金老婆的死,以及老金女儿的死,按照季伟民二叔的说法,都跟老金杀孽太重有关。"

"老金女儿的死?"

"季伟民的孩子逃走后,季伟民他妈也死了,老太太不在后,季伟民卖了黑塔村的房子,和金霞搬到金霞她市里家去住,后来金霞自杀了。"

"为什么自杀?"

"不知道,可能是太想念孩子了吧,毕竟大家都觉得,她对孩子的感情,可比季伟民深多了。再后来,季伟民失踪了,他二叔说没有任何亲朋再有过他的消息,他就像人间蒸发了一样消失了。他二叔说他应该是死了,假如他不死,是不会扔下老金饭店不管的,既没有卖,也没有出租,房子都长草了,这对于季伟民来说不符合常理,所以应该是死了。"

我坐在椅子里不动,长久地思索从张晓晓那儿听到的话,假如那咬伤奶奶逃走的孩子真是三眼怪婴,岂不是见过他的人都发生了不幸?爸爸失踪,妈妈自杀,奶奶死了,姥爷死了,那种吃惊的感觉,简直跟当年听完程野讲香村怪婴故事的感觉是一样的。是不是这里面也藏着一个与诅咒无关的关于人性黑暗的故事?希望赶快再有一个魏宁为我解答。

"想什么呢?"

"你明天几点走?"我抬起脸。

"干吗?又要去看你姥爷?"

"是啊,在家待得无聊。"

"恐怕不单纯是去看你姥爷吧?"张晓晓意味深长地冲我笑。

我也冲张晓晓笑了笑。

与张晓晓吃完饭走出快餐店,已经下午1点多钟,她打车回学校,我则朝附近的公交车站走。站在公交车站等车时,接到李小钰的电话,说要和我见面。我跟她说在劳动湖公园见面,她笑说我每次跟她见面都选择在劳动湖公园。

走进劳动湖公园,一眼看见李小钰,她站在树荫里看木椅上的一个什么东西,走到近前才看清,原来木椅上放的是装着一只毛茸茸小狗崽的小笼子。她一见我，立即拎起小铁笼双手递向我，笑眯眯地说了一句"生日快乐"，原来那只小狗是送我的生日礼物。

"高考结束了，你妈该准许你养小狗了吧？"

"你一直记着这件事呵，谢谢哈。"我接过笼子，歪头看笼子里的小狗。

"可爱吗？"

"嗯。"我点头，"可爱，就是看起来像没睡醒。"

"是太小了而已。以后你可得好好照顾它啊，别让它有个什么三长两短。"

我抬起脸，感激地冲李小钰笑，她已经变成一个亭亭玉立的漂亮女孩。她本来就身材好，容貌其实也不错，只是近视眼镜和牙套遮盖了她的美丽。高考结束后，她妈带她去做了近视眼手术，从此告别近视眼镜，又摘掉了牙套，有了一口整齐洁白的细牙，所以整个人立即有种鲜花绽放的感觉。她见我盯着她的眼睛看，难为情地垂下睫毛，说自己戴眼镜太久，现在不戴眼镜眼睛有些不自然，会很怪。我说这很正常，过段时间就好了。

上次见李小钰时，高考成绩刚出来不久，她的分数比我高了将近四十分，我恭喜她，她看起来非常高兴。现在我们都已经填完了报考志愿，只等录取通知书的到来，我就好奇地问她到底选择了哪所学校，因为当时她好像很纠结，一直不能确定。

"开学时我们一起走吧。"她笑嘻嘻地看着我。

我不解地看着她:"你跟我在同一个城市?"

"我报考时特地去老刘那儿查看了我们班同学的报考情况,我的报考志愿完全是照着你的填的,所以,廖宇,你可千万别掉档啊,不过我估计不能。"

我惊讶地瞪着眼睛看李小钰:"你别吓唬我,你照着我的报考志愿填的?"

"对呀。"

我还是不敢相信,她的分数比我高出那么多,完全可以选择个比我那所学校好些的。"为什么"就要脱口而出,不过马上被我咬在嘴里,咽进肚子。为什么?别人可以不知道,我不能不知道。我感动地看着她,她正用那双干净的眼睛冲我干净地微笑,我却有种千言万语拥堵在胸口说不出话的感觉。

就在我和李小钰尴尬相对时,我的手机响了,是我妈打来的电话。我走开两步接听电话,我妈说她特地提前下班,已经回家,要给我做好吃的,问我人在哪里,蛋糕怎么没有买回。我简单解释了几句,说马上回家。

"跟你说个事儿呗。"我走向李小钰说,"我得回家,还得去蛋糕店取蛋糕,这个狗不方便拿。而且我明天我要去甫阳市我的姥爷家看我姥爷,应该会住几天,把狗拿回去了没人照顾,它又那么小,像小婴儿似的,估计离不开人的,所以想求你暂时带回家去,帮我照顾几天,我一从甫阳市回来就给你打电话。"

李小钰欣然答应:"我帮你这么大忙,有什么好处吗?"

"好处么……大大的有,等着吧。"

我们俩拎着狗笼,说说笑笑地走出公园。

我回到铁锁街,取了蛋糕,回到家,在厨房里帮我妈忙了一阵,然后在客厅里看了一会儿电视,看着看着睡着了,等睁开眼睛时,我爸已经下班回家。

我们全家人气氛温馨地吃了顿丰盛的晚饭,都喝了点酒,最后还切了蛋糕吃。

晚上9点钟时我洗漱毕完回到自己房间,打开电脑上网,登录聊天工具,有一个网名叫"猛犸"的网友请求加我为好友,备注竟然是:你最好的朋友。

我最好的朋友?这么奇怪的备注,究竟是谁?我接受了请求,立即问他是谁。过了大概五分钟,对方回复:你最好的朋友。

我有些不快:"你到底是谁?"

猛犸:"生日快乐!"

我有些惊讶,立时想到什么,快速打字:"小武,我知道是你。"

猛犸:"他连自己的生日都记不住,会记住你的生日还发给你祝福?"

这倒是实情,可他是谁呢?何蓝?魏宁?程野?我实在想不到除了楚满和李小钰,还能有哪个同学会记得我的生日,于是再不敢随便乱猜,只好追问:"那你是谁?"

猛犸:"你知道我是谁,而且你很可能比我自己还了解我自己。"

不知是何缘故,三眼怪婴杨聪突然从我的脑海深处跳出来,戴着棒球帽,英俊的面容,拎着把砍刀,幽灵一样地飘动。

我:"我最后问一遍,你是谁?你不说我就把你拉黑名单了。"

猛犸:"你要是把我拉黑名单,事后你一定会痛苦地意识到,这是你人生中做的最愚蠢最后悔的一件事,我绝对没有危言耸听呵。"

我:"你不说是吗?"

猛犸:"你拉黑我,我无所谓,真的,不过也不必那么急,先看看我送你的生日礼物再拉黑我也不迟。"

对话框立即显示有文档传送过来,我点了接受,默认的保存地址是桌面,所以一秒钟后,我的桌面上多出一个文档来。

我困惑迷茫地点开文档,发现文档里的内容是从聊天工具里复制出来的两个人的网上聊天记录,时间显示是去年春末,聊天的两个网友的名字显示的都是真名(后来聊天工具的对话框不再显示聊天者的名字,只显示头像),显然是经过账号主人细心备注过的。两个聊天网友的名字分别是杨媛和楚满。

杨媛和楚满!我的目光立时像两团用力摔在墙壁上的泥巴,啪的一声,无法完整地收回来了。

聊天内容如下：

楚满：真没想到啊！真没想到啊！（坏笑的表情）。

杨媛：（疑问的表情）

楚满：今天下午你是不是去德惠商场了？

杨媛：怎么了？

楚满：我看见了。

杨媛：看见什么？

楚满：你在正门那偷人家手机和钱包啊，干吗？想跟我装糊涂啊？

杨媛：你瞎说什么呢！

楚满：嘿嘿，别装无辜啦，你和那个戴棒球帽的男的互相配合着偷的，偷了一个年轻女孩的手机对不对？我都用手机给偷拍下来了，你同伙我没拍到脸，不过把你可拍得清清楚楚，不信？我给你看看，你接收一下。

接下来是传输视频文件的记录。

楚满：看没看呢？我没瞎说吧？这只是一小段，我还有好几段呢。

楚满：人呢？怎么不说话？

楚满：人呢？人呢？再不出来，我可把这视频传到我们班的群里去了啊。

杨媛：别。

楚满：（大笑的表情）看不出来，平时在班里看着挺清纯挺文静的女生，竟然是个神偷，真是人不可貌相啊，你是跟谁学的？

楚满：人呢？怎么又不说话？

杨媛：你到底想怎么样？

楚满：别害怕啊，我们可是同班同学，三年的同学，多大的缘分呢，放心吧，我不会乱说的，只要你满足了我的一个要求，我立即把视频都给删了，向你保证绝不留备份。

杨媛：什么要求？

楚满：很简单，八月一号那天，向廖宇表白，说你爱他。

杨媛：你发什么疯！

楚满：我没发疯，我兄弟廖宇对你什么心思你懂，你干吗不喜欢他？他哪里配不上你？你凭什么不喜欢他？你以为你是谁？你以为自己是仙女呢？

杨媛：廖宇是好，可这世界上好的人多了，我都要喜欢吗？

楚满：别跟我说这些没用的道理，你答应不答应？

楚满：说话！

楚满：不说话是不是？好，那就别怪我了，我这就往群里传。

杨媛：楚满，我求你了还不行吗？

楚满：我兄弟那么好的人，我他妈就想不明白，你为什么就不能喜欢他？

杨媛：我可以有别的选择吗？

楚满：好吧，你不是要别的选择吗？行，我给你一个，以后每个星期给我一千块钱。

杨媛：你说什么疯话！我去哪给你每个星期弄一千块钱？

楚满：偷啊，到街上偷去，满世界的去偷，你不是神偷吗？

杨媛：楚满，你不觉得你卑鄙吗？

楚满：你开什么国际玩笑呢？你是个小偷啊，你满大街地偷窃，缺德无耻，你他妈竟然有脸说我卑鄙，我没听错吧？

楚满：怎么不说话了？答应不答应给个痛快话，没工夫跟你在这瞎扯。

杨媛：一个月一千好吗？

楚满：不行！必须一个星期一千。

杨媛：你是要逼我死吗？

楚满：嫌多？嫌多可以在八月一号那天找廖宇表白啊。

杨媛：我明明不喜欢他，要是那么做，不是等于欺骗他伤害他吗？他人那么好，我不忍心这么对他，他是你最好的朋友，你也不该这么对他呀。

楚满：别说没用的，给个答案吧。

杨媛：我给你钱。

楚满：真的？要是有一个星期没完成，我可就把视频公开了啊？慎重啊。

杨媛：就这样。

楚满：八月一号之前，你随时都可以反悔。对了，别妄想偷我的手机听见没有？我已经把视频都转移走了，手机里没有了，偷也白偷。

杨媛：我下了。

"你为什么会有他们的聊天记录?"我问"猛犸","你是杨媛那个会偷东西的远房哥哥吗?"

对方没有回应。

我又问了他一些话,他都没有回应,他的头像黑了,应该已经下线了。

老金饭店与聊天记录

今天一起床就是阴天,而且阴得厉害,姥爷本阻拦我出门的,怕我被雨浇,见我执意要外出,又提出陪我出门,我费了好多口舌才独自出得家门。

一路打听,辗转找到老金饭店。

我站在老金饭店门前呆呆地看了会儿,饭店不大,卷帘门很脏并且贴了很多小广告,门口停着一辆环卫工人运送垃圾的那种推车,玻璃破碎的窗户下面堆着几个不知装了什么东西的大竹筐,这里显然被遗弃许久。

在饭店门口站得足够引人注意后,正打算走进旁边的小超市,天上恰好掉下雨滴。我抬脚往旁边的小超市里跑,跑到门口，见超市里跑出一个三十来岁的女人和一个老头，手忙脚乱地往超市里抢搬摆在门口的货品。我帮着他们俩，把门口的拖鞋墩布塑料盆等展卖的东西搬进超市，他们俩向我表示感激。

我接过女人递过来的纸巾，擦干脸上的雨水，掏出钱买可乐，她递给我可乐，说不要钱，我还是把钱硬塞给她，她和老头便对我印象更好，看我时脸上很多笑容，并且无需我找话寒暄，主动跟我聊起天来。

"看你在饭店门口站半天，是找人吗？"老头跷着腿，坐在超市门口的塑料凳上，用手慢慢地卷着纸烟，在外面沙沙的雨声里问我。

我解释说是外地来的，跟着爸爸从铜城来这里的一个亲戚家住段时间，爸爸以前在老金饭店里吃过蛇肉，说味道不错，特地让我来这里买些菜带回去。

"这饭店黄啦。"老头说，"黄了有些时候了。"

"生意不是还不错的吗？"

"谁说生意不错？"老头面带一丝讥笑，"我95年就在这里做买卖，先是开羊汤馆，后来卖烧鸡，卖过熏肉大饼，还卖过水果，跟老金认识十几年了，比谁都了解他，比谁都了解老金饭店。没那回事儿，只能说生意一般。"

柜台后的女人好像是老头的儿媳妇，接着说："咱们东北毕竟不像广东那边，绝大多数老百姓不吃蛇的，虽然老金饭店除了蛇肉还有很多别的菜卖，但因为那里卖蛇肉，所以大家都忌讳那儿,吃别的菜也不会去老金饭店。想想也是,比如要一盘地三鲜,一想到做地三鲜的锅之前做过蛇肉,哪还有胃口继续吃。"

我恍然地点头:"所以饭店开不下去了,就关门了。"

"倒也不是开不下去,毕竟开了这么多年,甫阳市里有攒下一些爱吃蛇肉的老主顾的,老金又没想大富大贵,要想维持下去是可以的,饭店关门了是因为老金不在了。"老头说。

"可惜了,怎么不在的?"

"他身体不好,总生病,而且血压高,因为突发心梗死的。"

"还不是让他女婿给气死的。"女人愤愤不平地剥着糖皮花生说。

"他跟他女婿不和吗?"我转向女人。

"不和。"女人肯定地说,"总吵架,老金血压高,好几次差点儿给气晕倒。"

"因为什么吵呢?"

"他女婿也是厨师,据说手艺还不错,其实季伟民这人看事儿挺有眼光的,一来饭店就跟老金说这里顾客不多的根本原因是卖蛇肉,劝老金取消蛇肉的菜,并且把店更换名字,重新装修,让人联想不到那个卖蛇肉的老金饭店。但老金不同意,老金觉得这是他苦心经营多少年的心血,而且手艺是祖传的,不能毁了自己的招牌。"

"老金的女婿叫季伟民吗?"

"嗯。"女人语速很快,一旦说起来就有些停不住嘴,

"后来季伟民和金霞结婚,身份不同了,从打工的变成了女婿,对老金的态度就不像之前那么恭敬了,好几次要按他的想法改造饭店,就是取消蛇肉的菜,把饭店改头换面。老金死也不同意,气急了就骂季伟民,爷俩因为这事儿经常吵架。"

"然后就把老金给气死了?"

"我觉得应该是因为那孩子的事儿吧?"女人问询地看向老头。

老头鼻音很重地"嗯"了一声,说:"老金的女儿怀孕后跟着季伟民回老家,孩子生下来后老金去看,那孩子应该是有什么问题,不是正常的健康的孩子,季伟民相当愤怒,说了不少难听的话,说孩子这样,就是因为老金杀生太多遭到的报应。老金回来后找我喝酒,跟我说了这件事儿,特别伤心,说姑爷骂土匪似的骂他,说女儿眼睛漏了似的不停地哭,他心里很难受,死的心都有。我问他那个外孙子到底怎么回事儿,他也没说,后来说过这样的话,说可能他外孙那样真是他杀蛇太多遭到的报应。反正从女婿家回来后,老金的身体和精神状态就不行了,一天不如一天,睡不着觉,吃不下饭,成天晕晕乎乎的,没几天就死了。"

女人说:"季伟民怨不着老金,其实金霞生出个什么玩意都跟他没关,他是自愿要跟金霞结婚的,他答应要娶人家金霞之前是知道人家怀了别人的孩子的,他藏着什么心眼,大家都心知肚明,你既然答应了,就是认了,就是接受了金霞肚子里的别人的孩子,生的是什么都跟你没关系,这会儿气急败坏地怨老金，就好像老金害了他的亲骨肉似的，挺无聊的，爸你说我说的对不对？"

老头"嗯"一声点头。

"金霞怀的是别人的孩子？"我惊讶地问女人。

女人直白地"啊"了一声，说："金霞怀孕了，没敢说，老金一直不知道，等老金发现时孩子已经挺大了。老金要带金霞去打胎，金霞大概是嫌丢人还是怎么的，不清楚，反正死活不去，其实孩子已经那么大是打不了胎的，只能引产。老金要气疯了，问金霞是谁的孩子，金霞说自己是被强奸的，被谁给强奸的不清楚，她说的是真话还是假话谁也不知道，反正是找不到孩子的爹。这时候季伟民挺身而出，说他可以娶金霞，到时候就说孩子是他的。老金巴不得，金霞也很愿意，就这样，两人以最快的速度结了婚。"

老头挺挺腰身，警惕地对女人说道："这话可不能乱说。"

"我知道，这儿也没有本地人，没事儿的。这小伙是外地的，住几天就走。再说，老金家已经没人了，传出去也无所谓。小伙子，你不会乱跟人说吧？最好别说。"

我郑重地摇头："不会。"

女人又转向门口的老头："他季伟民可不傻，一肚子心计，要不是看上老金的家产，他有头有尾的一个大小伙子，能甘心娶一个被强暴了还怀了强奸犯孩子的女的？他一来这儿就看中了老金饭店，一直在打老金饭店的主意。我没说么，那人有眼光，也有些野心的，但是穷，没有成功的本钱，老金饭店就是他改变命运的好机会。"

老头叹了口气:"老金那回跟我喝酒,说过这事儿,他说季伟民现在就是变着法地要气死他,好霸占他的家产。"

"你看看,老金心里明镜似的。"女人见有顾客拎着雨伞进门,闭了嘴。进来的顾客买了包烟,转身走了,此时外面的雨已经停歇,女人一见顾客走,立即又说:"金霞为什么自杀?那分明就是狠毒的季伟民给逼死的。金霞那性格,爸,你也算看着金霞长大的吧?"

"嗯,那孩子从小就……胆小悲观。"

"说白了就是窝囊,被强奸了不敢说,怀孕了还不敢说,真不知道她到底怎么想的。老金死后,季伟民带着金霞回到老金饭店住,他每天在家里骂金霞,打金霞,折磨金霞,你说金霞本来就那性格,她爸死了,孩子也丢了,精神本来就处在崩溃的边缘,哪能经受得了季伟民这样虐待,我当时就说,爸你还记得我当时的话不?我当时就说,我说这样下去,用不了多久,季伟民就得折磨死金霞,果不其然,老金死后没多久金霞就自杀了。"

"那季伟民现在在哪儿?"我适时发问。

"不知道,那年带着老金家的钱离开后一直没回来过,除了这个空饭店,老金家值钱的都让他给卖了,还有老金攒下的钱,都让他给带走了,当时走的时候好像说是要去做生意。这个家伙可真狠啊,气死老金,逼死金霞,金霞刚死,他就卷走老金家的财产逃了。"

"确实是去做生意,我站在门口问的他,他亲口跟我说的,说是去铜城做生意。"老头笑着指指我,"就是去你们铜城做生意。"

铜城?为什么是铜城?这么说,假如我之前的推理是正确的话,季伟民逃走的儿子杨聪后来出现在铜城,并不是偶然,而是为季伟民来的?

昨天回到铜城是晚上9点多钟,之前李小钰给我连发数条短信,一再叮嘱我回到铜城后务必第一时间给她打电话,所以走出火车站时虽然已经9点,我还是给她打去电话。

李小钰接听电话,急切地叫了一声我的名字,我觉得这急切可能是出于她对我的挂念与担心,心里又感温暖,便用愉快的声调说:"我回来啦,刚下火车,第一时间给你打电话,你在干吗?睡觉了吗?"

"廖宇……"她欲言又止,声音里有种备受煎熬式的痛苦。

"怎么了?"

"我有急事跟你说,见面说,我们能马上见个面吗?"

"今天?今天不方便啊,我父母正在家里等我等得心急呢,而且都这么晚了,你出门不也不方便吗?有什么事在电话里说吧。"

"不,我……还是要见面说。"

听她的声音,显然她有什么很重要的事要跟我说,但女孩从来都是小题大做的,尤其李小钰这种单纯柔弱的没经历过什么世事的小女孩。"明天吧。"我说。

"那好吧，明天8点，8点行吗？在劳动湖公园。"

"好，8点。"我觉得8点未免有些早，但只能积极答应。

"8点啊，我等你，你一定要8点到啊。"

但是今天我8点时并没能赶到劳动湖公园，因为7点半我走出小区，来到铁锁街上时，看见了楚满的妈妈，她拎着满满一塑料袋蔬菜迎面走来，应该是刚从早市走回。

我和她站在街边说了一会儿话，互相关心了一下对方的近况。我说我最近想去看她的，可连着几天晚上给她家里打电话，她都没有接。我说的这些话都是实话，因为自从网友"猛犸"在网上发给我过楚满和杨媛的聊天记录后，我就心急地惦记起楚满的电脑来，也许能在他的电脑里找到些什么有用的信息。楚满的妈妈解释说她最近半个月都在上夜班，我打电话的时候她没有在家，而且回家后，她也没有看座机的来电显示的习惯，现在她是刚下夜班，顺路到早市买些菜，准备回家休息。

我立即提出想去她家用下楚满的电脑，理由是有一些楚满帮我拍的照片在那电脑里，想拷出来。楚满妈妈听了后立即热情地让我去她家。我想夜里她要上夜班，白天她要补充睡眠，恐怕这时间是去她家的最佳时间，于是便没有多想地跟着她走了。

我来到楚满家，进入楚满的房间，打开楚满的电脑，先是在硬盘里翻找一气，没有找到楚满所说的偷拍下的杨媛偷窃过程的视频，也没有找到别的什么值得在意的，便去尝试登录他的聊天工具，他是个懒人，聊天工具不出所料地设置成"保存密码"的模式，所以我立时成功地登录了他的账号。

很多未读消息一一点开，没有重要的，直接到好友列表里找杨媛，点开对话框，翻看他们俩以前的聊天记录。他们俩聊天的次数很少，百分之九十的聊天都发生在楚满目睹了杨媛的偷窃行为之后。除了"猛犸"发给我的那些，我还发现了一段他们俩后来的一次聊天记录。

聊天记录如下：

楚满：你真行，宁肯疯了似的满世界偷钱，也不肯向廖宇表白。

杨媛：因为我不想伤害他，你根本不懂，其实你这样是在伤害他。

楚满：你说的都是幼稚的屁话，没那回事。其实我知道你为什么不向廖宇表白。

杨媛：为什么？

楚满：你喜欢程野，对不对？

杨媛：对，我就是喜欢他，就是不喜欢廖宇，怎么样？

楚满：你明明知道苗馨喜欢程野。

杨媛：可程野根本不会喜欢苗馨。

楚满：我最鄙视你这种人，抢朋友的东西，无耻。

杨媛：你才无耻。

楚满：我说得不对吗？谁都知道苗馨是你朋友，你对得起朋友吗？

　　杨媛：苗馨不是我朋友，我们只是平时经常在一起。再说，我和苗馨公平追程野，是她卑鄙无耻，先使用阴谋诡计的。

　　楚满：你根本不懂什么叫朋友。

　　杨媛：像你对廖宇这种才叫朋友是吗？

　　楚满：你这种人就不该同情你，懒得跟你废话，我的钱呢？

　　杨媛：一分钱不少你，顿顿喝酒吃烧烤，够吃死你的。

　　楚满：别废话了，这个周末，我在学校和你见面，你把钱给我。

　　杨媛：学校不让学生周末去学校。

　　楚满：跳后墙进去，我在教室里等你。

　　杨媛：你精神病吗？我怎么进教学楼？

　　楚满：一楼东边数第三个窗户，我给你打开，你跳窗户进去。

　　这次看完楚满和杨媛的对话，我依然像上次看完"猛犸"发给我的他们俩的对话后一样，内心里的那种感觉根本无法形容，是惊愕？是荒诞？是哭笑不得？是扼腕叹息？是感动？是悲哀？是怜悯？都是，也都不是，是一种前所未有过的复杂感受。如果非要用一个词语来概括，我只能用"难受"二字，是的，我感到难受，内心里无比的难受。

　　这时我的手机响了，是李小钰打来的电话，忽然意识到她还在劳动湖公园里焦急地等我呢，赶忙接听，手机却突然黑屏自动关机，再也开不开机。我的手机没电了，昨天下火车时就已经不剩多少电量，到家后已经很晚，又是吃东西，又是跟父母"汇报"，然后匆忙洗澡，再然后疲惫不堪地把自己摔在床上睡觉，彻底忘记给手机充电。看一眼显示器右下角的时间，已经快到9点，难怪李小钰着急。

我准备离开，又在最近联系人的列表里注意到了苗馨的头像，她的头像紧挨着杨媛，显然当时楚满跟杨媛聊过后，又跟苗馨聊过。于是我赶忙点开楚满和苗馨的对话框，翻看他们俩的聊天记录。他们俩倒是平时一直有交流，聊天记录非常多，只不过百分之九十九的对话，都是楚满在和苗馨无聊地扯皮。他们俩的最后一次聊天，发生在苗馨死前。

聊天记录如下：

楚满：为你感到不值啊。

苗馨：怎么了？神神叨叨的。

楚满：你怎么看杨媛？

苗馨：什么意思？

楚满：她是你朋友吗？

苗馨：废话，谁都知道我们俩是好朋友。

楚满：等下，我给你截个我和杨媛聊天记录的图，你看看。

楚满把他和杨媛的聊天记录进行部分截图，直接贴到对话框里。他所截取的部分如下：

楚满：你喜欢程野，对不对？

杨媛：对，我就是喜欢他，就是不喜欢廖宇，怎么样？

楚满：你明明知道苗馨喜欢程野。

杨媛：可程野根本不会喜欢苗馨。

楚满：我最鄙视你这种人，抢朋友的东西，无耻。

杨媛：你才无耻。

楚满：我说得不对吗？谁都知道苗馨是你朋友，你对得起朋友吗？

杨媛：苗馨不是我朋友，我们只是平时经常在一起。再说，我和苗馨公平追程野，是她卑鄙无耻，先使用阴谋诡计的。

苗馨看过楚满的截图后，立即说：杨媛真他妈的，原来是这种贱人，我这就给她打电话，看她怎么说，我不会放过她的。

楚满：不急，我还有好东西给你看。

接下来，楚满给苗馨发送了一个视频文件。

苗馨：原来杨媛是小偷！

楚满：怎么样？刺激吧？你能想到真实的她竟然是这样的吗？

苗馨：我靠，我被惊呆了啊。

楚满：给你出个主意，你别给杨媛电话，你找个机会让她知道，你已经知道她是个小偷，然后拿这个威胁她，让她离程野远点儿。你没发现吗？程野喜欢看课外书，杨媛也喜欢看课外书，他们俩趣味相投，杨媛真要是再主动点儿追程野，很可能他们俩就成了。到时候你呢？全校都知道你在追程野，最后却让自己的好朋友给追到手，你成什么了？你成了三高中最大的笑话，成了三高中有史以来最大的傻逼了。所以你一定不能让杨媛接近程野。

苗馨：我靠，真的呢，你说得对啊，我回头就拿这个视频让她看。

楚满：那不行，那你不是出卖我了吗？到时候事情闹大，学校追究起来，很可能会查到是我偷拍的这个视频，我不想被牵扯进去。

苗馨：那怎么办？

楚满：这样吧，我帮你设个套，等周末时我故意让杨媛知道，我有个非常非常值钱的东西落在教室里了，我估计杨媛肯定会在周末时偷偷潜入没人的学校里偷。我们俩周末时在学校里面守着，她一旦上套，你就给她来个捉贼捉赃，现场拿住，吓傻她。

苗馨：（竖起大拇指的表情）太牛了！就这么干！

到了这一刻，我终于知道了杨媛与苗馨坠楼的全部真相，原来这一切，竟然是楚满为准备我的生日礼物给杨媛和苗馨设的套，是楚满为了我害死的她们俩。

子　弹

　　等我赶到劳动湖公园时，并没有发现李小钰的身影，问路人打听时间，已经快上午 10 点半钟，也许她久等我不到，又给我打电话联系不上，以为我有什么事来不了，便回家去了。附近的小超市倒是有公用电话，可我没能记住她的号码。

　　我在公园里绕着人工湖慢慢地转，算是找李小钰，也算是继续回味刚从楚满电脑里看过的那些聊天记录。绕湖一圈，心中依然感慨万端，烈日灼人，浑身汗珠，心里却寒冷，皮肤上的汗便成了冷汗，整个人好不落寞，只好回家去。

　　到了家里，给手机插上充电器，第一时间给李小钰打电话，她却挂了我的电话，等了十分钟再打，她又把我电话挂掉。

过了会儿，手机响了，跑过来拿起，发现是小武打来的电话。他问我在哪，怎么不接李小钰电话。我简单解释一下，问他为什么会知道我没接李小钰电话的事。他说李小钰大约一个小时前给他打过电话，他当时立即给我打，但我是关机。

"李小钰给我打电话时哭得可厉害了。"

"她哭了？为什么？"我很惊讶。

"她说她给你买了只小狗当生日礼物，然后你去甫阳市，让她帮忙照顾，可那只小狗出了问题，不吃不喝，睁不开眼睛，奄奄一息的样子，带去兽医诊所，兽医说那只狗应该买来时就是有病的，李小钰有可能被卖狗的给骗了，现在那狗已经死了。"

"这样啊，她哭是因为小狗死了。"

"应该跟小狗死了有很大关系，但我觉得不是全部。"

"什么意思？"

"她给我打电话，哭着把这事儿说完，然后用那种很……怎么说……冷淡坚决的语气跟我说，让我转告你，让你再也不要找她，说以后跟你谁也不认识谁，说她再也不会理你，因为你的眼里根本没有她，她在你那儿一点位置都没有。"

我既惊讶又哭笑不得："小狗死了，她太难受，急着见我，我却没有急着见她，还不接她电话，她就生气了，真是像小孩子一样。"

"廖宇啊，李小钰可不像小孩子，她要真像小孩子早不搭理你了。从楚满失踪到现在，这一大段时间以来，她怎么对你的，对你什么心思，只要不是瞎子都看得出来。她可是一个女生，能对你那么执著，那么忍耐，我觉得非常的了不起。可你呢？你怎么表现的？你到底喜欢不喜欢人家啊？喜欢不喜欢都得给人家一个鲜明的态度不是吗？说你喜欢吧，你还直回避，说你不喜欢吧，你不是放学送人家回家就是经常在公园和人家约会见面。李小钰每天默默地爱着你，你却麻木不仁地折磨人家，你站在她的角度想想，她该多难受啊，我觉得你就跟玩弄她没什么两样。"

小武的话让我大吃一惊，他越说语调的起伏越剧烈，想来他早看不惯我的"麻木"。我就像是在黑暗里没心没肺、糊里糊涂地行走，直到一束强光穿透黑暗把我照亮，我才如梦惊醒般感到黑暗带给我的浑噩与光芒带给我的刺痛。

我无声地挂掉小武的电话，放下手机，一个人坐在客厅的沙发里久久不动。

寂寞的晌午时光，我孤坐发呆。已经午后1点多钟，我打算热点午饭吃，却没有胃口，就只吃了点西瓜和饼干，然后带上手机出了家门。

我去小武家找小武，他在楼下的小公园里等我。

"你每天都在这里看别人打球吗？"我走过去，在小武身边坐下。

小武坐在长椅里，眼睛看着篮球场方向，现在那里没有人打球，阳光把水泥地面照得白亮刺眼。"是啊，你去甫阳的这几天，魏宁每天都来这里陪我看球。"他说。

"魏宁每天来陪你？"我吃惊地看着小武。

"是啊，今天还陪了我一上午呢，晌午时候走的。"

我觉得不可思议，性格那么被动的魏宁每天来陪小武。一定是出于同情，是的，为露西险些丢掉性命成为废人的小武，却没有得到露西的爱，这种悲哀足够让最铁石心肠的女生为之感动和同情。

小武扭过脸看我："魏宁还说你呢，说你这么对李小钰，她觉得很难受，很遗憾。"

我羞愧地偏过脸。

"对了，廖宇，那件事我知道了。"

"什么事？"我抬起脸。

"就是露西和小春的事。"

"魏宁跟你说的？"

"不是，当时我让你去帮我问小春那个子弹壳挂坠的事儿，你没忍心告诉我实情，后来我发现小春几乎每天都和朋友来这儿打球，就主动跟他说话，他大概总见我在一边看球，也就把我当熟人，很熟悉地跟我说话。我们这一聊天，我才知道，原来那个子弹壳的挂坠正是露西的那个，有一次他见露西戴，觉得很好看，露西就送给了他；才知道，原来他经常来这里打球，而露西的姑姑并不住在附近，露西是专门来看他打球的；才知道，原来他和露西一直在背着各自的家人悄悄地联系，其实是情侣关系。"

我看着小武的脸，心脏似乎在扭曲，不知说什么。

"你别可怜我。"小武看我,苦涩地笑了一下,"听到了这些话,我虽然很伤心,但其实挺平静的,真的,肯定跟你以为的不一样。你也知道,我明明那么喜欢露西,又不是个懦弱的人,却一直不敢跟她表白,为什么?因为自卑呗。其实我压根就没奢望过有一天能和她痛痛快快地爱在一起,那对我来说,是个遥不可及的美梦。就像那话说的,期望越高,失望越大,可我根本没什么期望,那又哪来的失望呢?跟小春聊天,我感觉挺舒服的,觉得他是个很不错的人,绝对不是那种有钱人家的嚣张跋扈的公子哥,性格啊,相貌啊,家境啊,甚至球技啊,都明显比我强,所以露西和他在一起才叫般配。他们是情侣,我一点都不嫉妒,一点都不吃醋,可以说心服口服,真的,我只会感到欣慰和替他们高兴。"

　　看着小武,我忽然觉得很感动:"你有告诉小春你对露西……"

　　"没有,那太恶心人了吧,他根本不知道那子弹壳是我从河里捞的。"小武看着球场方向,一脸轻松地说,"家里开着铜城第一金楼,他完全可以用金子打个纯金子弹壳戴嘛。"

　　在我跟穆非与何蓝见面的一个星期前,铜城发生了一件几乎成为全城人聊天话题的犯罪事件,这件事还使我与小武牵扯其中,被警察叫去公安局,再一次被问话和被要求协助调查。这件事便是逃犯双喜持枪抢劫小春家开的铜城第一金楼,那是一家在铜城相当有名的金店。

抢劫发生在上午9点钟,是金店刚开门不久店里顾客寥寥的时间,双喜戴着假发和面罩,左手拿着拎包,右手举着手枪,冲进金店后直奔当时在店中的小春妈妈,将枪顶住其头,命令店员往包里装钱和金饰。

当时小春恰好也在店中,见自己妈妈被用枪顶住头,激动之下做出一些危险的举动,激怒了精神高度紧张的双喜,双喜对着小春开了一枪,子弹险些打到小春。双喜放了一枪后,大概是因为恐惧和绝望,放弃了抢劫,直接逃出金店,但在十分钟后便被追捕的警察给按在地上。

因为我和小武去过公安局,所以知道一些普通市民短时间内还无法知道的关于这起案件的详情。此刻在古寺广场,面对着眼巴巴看着我的何蓝与穆非,我便成了关于这起案件的绝对知情者。

双喜:本名李双喜,小名金宝,铜城市人,绑架案发生之前的职业是出租车司机。

根据双喜的讲述,他是因为追求邻家女孩杨媛,而认识另一个逃犯也即是绑架案的主犯杨聪的。他家离劳动湖公园不远,所以很多年前就认识住在劳动湖公园里的杨媛。杨媛上高中后出落得越发漂亮,他偶尔在马路边看到,次数多了,渐渐对杨媛动心。

双喜故意接近杨媛,尝试着约杨媛出去看电影和吃饭,但杨媛总是对他爱理不理,这样的态度让他很是气愤,觉得受到了侮辱,所以在一次喝醉酒后遇见杨媛时,就硬拉着杨媛去唱歌。杨媛拼命挣扎，挣脱的时候还尖叫喊救命。他的心底怒火腾起，用力推了杨媛一把，把杨媛推倒，然后扬长而去。

双喜并没把这件事放在心上，对他来说，这算是不值一提的小事，但他没有意识到，对柔弱的女孩杨媛来说可不一样，这算是一件很受刺激的大事。

杨媛有个远房亲戚，是个小青年，杨媛叫他哥，便是后来的杨聪，当时双喜并不知道名字，也从没在铜城见过，总之杨聪很神秘，是突然冒出来的。有一次双喜与朋友喝酒后走路回家，当时是晚上10点多钟，他被杨聪堵在了半路，杨聪自我介绍说是杨媛的哥哥，警告双喜不许再骚扰杨媛，并把双喜狠揍了一顿。双喜完全不是杨聪的对手，被揍得很惨，事后越想越觉得不可思议，最后认为是自己喝多了，不然不可能不是杨聪的对手。

双喜于翌日上午怒气冲冲地来到劳动湖公园，找到老杨，要老杨把那个杨聪叫出来，老杨说压根没有杨聪这么个亲戚，双喜不信，在公园里大闹了一通才走。

当天深夜，双喜独自在家里睡觉，睡得迷迷糊糊，听见有人喊他，睁开眼睛，看见杨聪戴着棒球帽，额头上贴着白胶布，站在床边直勾勾地看着自己，差点吓死。杨聪一只手卡住他的脖子，一只手里拿着一把尖刀，把尖刀抵在他的脖子下面，用极为古怪阴森的声音凶狠地警告他，如果胆敢再骚扰杨媛，一定杀死他。这次恐吓确实把双喜给吓到了，双喜因为担心以后自己睡觉时真被杨聪给杀死,又是为杨媛这么个黄毛丫头,实在犯不上,以后就没有再骚扰杨媛。那之后,他再没见过杨聪。

过了一段时间,双喜处了一个女朋友,在德惠商场里的一家服装店当售货员。两个人进展迅速,很快同居。有一天双喜拉一位乘客去城郊,意外看见了女朋友,女朋友和另外两男一女从一辆吉普车里下来,走进一家路边的农家院饭店。他觉得奇怪,给女友打电话,女友没有接,挂了他的电话,他坐在车里等了一会儿,再打,又被挂,三分钟后,收到一条短信,短信里说顾客多,不方便接,晚些时候再打给他。

双喜开回市里,直接来到德惠商场,到服装店里问店员他的女友去了什么地方,店长说今天没来,请了假。他出了德惠商场,又一次给女友打,这次女友已经是关机状态。

他开车来到城郊的那家饭店,本想直接冲进去,走到门口站住,犹豫一下后又回到车里,决定先观察一下。

一个小时后,两男两女从饭店里勾肩搭背地走出,上了吉普车。双喜开车在后面远远跟随,跟到铜城嘉同酒店,在两男两女走进酒店大门后,他快步跟上去,一把揪住了女友的衣服。女友大惊愣住,他竟然一拳把女友打倒。与女友一起的两个男人见状同时出手,把双喜打倒,打得一度爬不起来。过了会儿,从外面进来四个男子,将双喜架出酒店,塞进一辆面包车,拉到城郊的一栋私人的小二层楼里,一番恐吓后才给放走。

双喜这才知道，那两个男人都是铜城有名有号的地痞流氓，有钱有关系，自己根本惹不起，报警也没用。

晚上时，双喜的女友在两个男子的陪同下找到双喜，留下一万块钱，说了些抱歉的话，辩解说双喜误会了她，其实并不是双喜想的那样，不过虽然双喜误会了，她还是决定和双喜分手。

女友走后，双喜越想越觉得自己窝囊，越想越气得发疯。一个大男人，连自己的女人都被人家给明火执仗地抢走了，还有什么颜面活着，于是他决定要报仇，要杀死抢他女人的两个男人。

双喜开出租车这几年认识了很多人，一个偶然的机会，认识了一个自称会做手枪的人，他找到那个人，给其一大笔钱，买了一把手枪。

那天他带着手枪去德惠商场，准备去杀那两个男人中的一个。要杀的那个男人在德惠商场有十几家店，有的往外租，有的自己做生意，平常大多数时间都和几个朋友在商场顶楼的酒店里打麻将。双喜来到顶楼时，忽然发现藏在外套内兜里的枪不见了，丢了，他惊呆了，仔细回想，恍然大悟，应该是在商场门口时被人给偷了，那里进商场的人和出商场的人拥挤在一起，是最适合小偷下手的地方。他在顶楼发了会儿呆，就回家去了。

这天夜里，双喜在家里喝酒看电视，门铃被按响，心里奇怪，这么晚了门外的人会是谁呢，打开门，是杨聪站在门外。杨聪掏出手枪递给双喜，说了些劝双喜别冲动的话。那天夜里，两个人聊了很多。后来，杨聪又主动找过双喜几次，不过双喜一直不知道杨聪平时住哪，也无法找到杨聪。再后来，杨聪找到双喜，突然说自己要干几件大事，想拉双喜入伙，说了许多煽动鼓舞的话，比如保证能让双喜变成有钱人，从此抬起头做人，不再被人瞧不起以致连老婆都被抢走，还保证未来会给双喜报仇，干掉双喜的两个仇人，等等。双喜正处在绝望愤怒的状态，当即答应。在跟杨聪商量后，他还找来自己的老友杜伟入伙，后来杜伟又介绍蒲力野入伙。没多久，他们绑架了铜城三高中的杨露雨。

双喜说，他在山上刺倒小武后，是和杨聪分开逃走的，之后就与杨聪失去了联系，所以现在他并不知道杨聪在哪。至于他抢劫铜城第一金楼，是因为已经弹尽粮绝。

"杨媛仅仅是被双喜骚扰，杨聪就可以为杨媛做出那样可怕的事，大半夜像猴子一样爬到双喜家，拿刀子警告双喜，又殴打双喜，可以想见，楚满害死了杨媛，杨聪会怎么对付楚满。"穆非坐在古寺广场那个动物形状的石头椅子上，感叹地说。

"其实杨媛真的挺可怜的，从小失去妈妈的爱，有一个那样的酒鬼爸爸，生活在那样一个贫穷的家庭，却偏偏长得好看，惹来那么多人喜欢，假如她长得不那么好看，恐怕也不会有那么不幸的结局了吧。"何蓝比穆非更加感慨。

"这不就叫红颜薄命吗？"

穆非与何蓝只顾在那儿感慨，完全没有注意到站在一旁的我。长相漂亮怎么可能是女孩命运悲惨的原因呢，她的死分明是因为我对她的爱。我罪恶感深重地把脸扭到一边。

"杨媛和杨聪应该是一对恋人吧，感人的爱情。"何蓝说。

"怎么可能？"我把眺望广场尽头的目光转过来，"杨媛是迷恋程野的，这一点确定无疑，要不是因为对程野的在乎，她不可能在又惊又急的失控情绪下把苗馨推到窗外啊。"

"如果杨媛和杨聪相爱的话就好了，那多浪漫，像武侠小说里的情节一样。"何蓝既遗憾又充满想象，"我还是觉得杨聪是深爱杨媛的。"

杨聪爱杨媛，我忽然想到小武爱露西。

"杨媛自杀，老杨自杀了，要想知道真相，只能问杨聪了。"穆非轻呼一口气，"其实老杨也够可怜的，醉生梦死半生，然后得了脑血栓，成了废人，本以为可以靠着干儿子杨聪安享晚年，谁想杨聪成了逃犯，他一绝望，就喝了床头的农药。"

有一点我觉得有些困惑，为什么搬了新住处并且瘫痪在床的老杨床边会有一瓶农药？为什么他早不喝农药，晚不喝农药，偏偏要在我和小武追踪双喜到雪山那晚那样"及时"地喝下农药，解除了逃犯杨聪与双喜的后顾之忧？

阳光照着广场，像有无数条白鱼抖着腹部的鳞片快速往复穿梭，我们顶着阳光，踩着鱼群，慢慢朝公交车站的方向走，因为天太热，准备各自回家。我看到一个女孩的背影，拎着什么东西，快步上了前面进站的几辆公交中的021路车，背影有些眼熟,是谁呢?却一时怎么也想不起来。走到广场西侧,有人隔着马路喊穆非的名字,看过去,是陈俊杰跑向这边。

"四眼,看见谭晓琳没?"

我忽地想起,那个上了021路公交车的背影是与之有过一面之缘的谭晓琳。

"谭晓琳?没看见啊?怎么了?"穆非问。

陈俊杰气恨地咬咬嘴角,白银耳环闪闪发光,他一边掏出烟用打火机点,一边东张西望地说:"这个谭晓琳,我在跟踪她。她甩了我后交了个男友,我一找她,她就让我滚,说她男友才是真男人,说看我就像看狗屎。妈的,说我像狗屎,敢这么侮辱我,她谭晓琳是蝎子粑粑毒(独)一份,我能让她好过?我天天纠缠她,折磨她。那天夜里,说啥不让她回家,终于给她那真男人的男友给逼出来了,我当时喝了点酒儿,晕得厉害,要不绝不会吃亏,让那小子占了便宜。我咽不下这口气,非找到那小子不可,找到他后你看我怎么收拾他的,妈的,大夏天的戴着口罩和帽子,跟我玩什么神秘?"

"什么?戴口罩和帽子?"我一惊,忽地想到谭晓琳曾在劳动湖公园差点被强暴然后被"变态"给救了那件事,又是一惊。

"怎么?你认识吗?"陈俊杰歪着脑袋,喷着烟雾,不怀好意地上下打量我。

"不不,不认识。"

"跟你说四眼,我今天差点儿就找到她男友,知道怎回事儿不？我好几次看见谭晓琳买一大堆东西从对面的超市里出来。"陈俊杰抬手朝马路对面的超市指，"不用说，那些东西肯定是给她男友买的。她家附近就有超市，要买东西没必要来这儿，来这儿买东西是因为她男友的住处应该在这附近。我刚才跟踪她，眼瞅着就要成功，可穿马路时差点儿被车给撞死，就这么一分神的工夫，跟丢了，不知道她去了哪儿，我估计是上了出租车，不然这广场一带这么开阔，我不可能瞧不见她。"

穆非像是面对着世界上最让他为难和难受的事，以近乎恳求的语调对陈俊杰说："俊杰，你还是别再那什么……"

"你管呢。"陈俊杰瞪了穆非一眼，用力把烟头摔在地上，抬脚走了。

狩 猎

我觉得谭晓琳的男友很有可能就是杨聪,回到家后,天马行空地进行过一番脑补后,越发觉得这正是事实。

第二天上午,我带着一种见证奇迹般的急切心情来到古寺广场,坐在西侧的飞天仙女雕像旁的长椅上,猎豹一般盯视着公交车站的方向。

等到临近晌午,忽然接到一个电话,是陌生号码,接听后,竟是田原打来的电话。田原久违的声音听起来一点都不遥远,好像那溪水一样清亮的笑声昨天还在耳边响过。她说她回到铜城散心,正在李小钰家,问我在干吗,要和我见个面。我说正独自在古寺广场打发时间,让她们俩来广场见面。田原说好，结束通话。

  一个小时后，出现在古寺广场的是田原自己，从前那个不是穿校服裤子便是穿牛仔裤的女孩，今天穿了一条色调明亮的连衣裙，整个人看起来像阳光下的霜花。

  "李小钰生你的气啦。"她一来就笑吟吟地大声说。

  我窘迫地冲她笑。

  我和田原并肩朝冷饮店方向走，边走边聊起高考的事，让我感到吃惊的是，田原竟然报考了铜城大学，她的解释是，不喜欢到陌生的地方生活，并且她很喜欢铜城这个安静的小城。

  "李小钰为了你，跟你报考同一所大学，你就那么不喜欢她吗？"田原偏过脸，目光灼灼地盯着我的眼睛。

  我无法回答她的问题，困扰地挠头，反问了她一个问题："程野为了你辍学，跟着你到一个陌生的城市，你明明爱过他，却非要跟他分手，你就那么不喜欢他了吗？"

  田原一怔，立即笑说："我喜欢他啊，当时分手是因为距离的现实，在某些方面，我看事还是相对理性和长远的，后来他为我追到我的家乡，还放弃读书，距离的问题没了，心里的感动也更多了，你说我会怎么样？我当然继续和他一起了。"

  "是吗？"这倒有点出乎我的意料，"你们最后没有分手？那他人在哪儿？"

  "在我们国家最有名的烹饪学校上学呢，没有时间陪我来这儿散心看望老朋友。"

"烹饪学校？"程野留给我的印象永远是那个冷漠忧郁的少年，我更容易想象到他从事文艺类的工作。

"是我的建议，因为我觉得西餐大厨很酷的，也很符合他的气质和性格，我觉得他的性格不适合从事那种需要与人打交道的工作，白领啊销售啊或者机关单位啊，这些工作都不适合他，他适合技术型的工作，又能有创造性和艺术性。"

"你想事情在某些方面确实挺……贴地气的呵。"

我们俩走进冷饮店，点了些东西，在靠窗的位置坐下，看着窗外吃冷饮，说起别的。我跟她讲了她转学离开铜城后发生的一些事，发生在我身上的，发生在小武等人身上的。田原听得直吸冷气，感慨不已。

"对你和程野挺抱歉的。"我真诚地说，"当时的我简直……唉。"

"没什么，怪只怪程野的性格。他的家庭情况你也知道，这使得他从小就像只刺猬。他当时为了转移你的误解，特地给你讲了三眼怪婴诅咒的事，因为他恰好知道发生在香村的这件事，又恰好那天楚满在学校宣扬他在公园里见到了三只眼睛的人。"

"后来我想到了他特地讲那件事的用意。"

"你知道吗？其实程野没有你们以为的那么又冷又硬，他后来跟我说过，现在不敢回忆他爸，觉得很可怕，心里特别愧疚难受，也很后悔当初那样对他爸。他为我离开铜城后，主动联系了他妈妈,试图努力修复他们母子疏远断绝多年的关系。"

"是嘛,他妈特别高兴吧?"

"那是当然的,她特地过来找程野,还叫上我,请我们吃饭。吃饭时,她又激动又感动,回忆往事,解释自己当时的困境,不停掉眼泪。她要带程野走,但怎么劝程野,程野都没有同意,她就无奈地自己回去了,临走前说会经常回来看我们,又要求我们只要有时间就去看她。他们娘俩现在经常通电话,我觉得这真好啊。"

"是啊,真好。"

"我现在越来越明白,人小的时候心也小,容易恨一个人,恨上就是满心的恨,没有余地,长大后,心也大了,能装下很多东西,不会轻易被一种恨占满,也不会轻易被一种爱占满,能够宽容了,懂得理解了,学会原谅了。"

"是的,你说得对,是这样。"

"你别笑话我,反正文摘看多了,就懂很多这样的道理。"她有些自嘲地笑。

我们俩走出冷饮店,田原说要去电脑城看看小武,我们俩就打车来到电脑城。乘坐扶梯来到二楼,走到小武家的店,这时间店里没有顾客,只有小武和魏宁在店里,两人的脑袋亲密地靠在一起,对着笔记本电脑开心地看着什么。见到我和田原走进,魏宁立即窘迫地站起来,往一旁退了两步,跟田原和我打招呼。

"武老板，挺好呀。"田原跟小武打招呼。

"哎呀，田原喔，你什么时候来的铜城？"小武极力想提高音量，但声音听起来还是显得很轻。而在我看来，他好像比前几天更虚弱了，离曾经那个强壮矫健的少年更远了。

大家互相问了些近况后，魏宁提出回家，我和田原再三挽留，她不为所动，执意要走，我们只好送她到店外。

"她怎么在这儿？"田原感到不解。

"小武受伤后，她每天都来陪小武。"我说。

小武本来听到田原的话就尴尬，听到我的话更加尴尬，别扭地笑说："高考结束了，也不用学习了，在家无聊，到我这儿帮帮忙，也挺好。"

关于魏宁的话题让我们看起来都有点不自然，因为大家心里都清楚，我其实是对魏宁有点好感的，现在小武和魏宁走这么近，小武和魏宁面对我时都有点做了亏心事一样的感觉。

"魏宁应该是喜欢上你了。"我突然说，主动把手中利刃砍向那团尴尬。

小武一怔，忙摇头摆手："你瞎说什么哪！怎么可能。"

"有人喜欢自己是件很了不起的事儿，要珍惜。"我颇有感触地说，好像是对小武说，其实也是在对自己说，"希望喜欢我的人，还会继续喜欢我。"

上午，古寺广场，我坐在飞天仙女雕像旁的长椅里，有些激动地等待着李小钰的到来。昨天与田原分别时,我对田原说,让她明天把李小钰带到古寺广场,我有重要的话对她说。田原明白我的意思,看起来很兴奋,说一定把李小钰带来。等到晌午,田原才姗姗而来,还是一人出现的,李小钰没有在身旁。

"她说什么也不来,这个李小钰是怎么了,怎么变这么固执。"田原看起来很沮丧。

"她一直就挺固执的。"我失望地笑了笑,"可能是对我彻底失望了吧。"

"你别这么想,李小钰不会的。"

田原安慰我一会儿,我们之间可说的话,昨天已经说得差不多,再在一起有相对无言的尴尬,她比我更能敏感地意识到,陪我坐了会儿,起身回了李小钰家,最近她住在李小钰家里。田原走后,我没有离开,决定死守广场,非要等到谭晓琳不可。

等到下午,我看见了楚满的妈妈。她神情落寞地蹒跚在广场上,像被猛烈的阳光压得抬不起头,像被一万辆马车艰难拖动的重石。我起身迎着快步上前,问她怎么来了。她说下了夜班回家睡觉,睡了两个钟头后,怎么也没法再睡着,就出门到广场转转。她太孤独了,我能感受到她所过的那种被遗忘或者被流放般的生活。

"贴楚满的寻人启事吗?"我注意到她拎在手里的一袋寻人启事。

"是啊，希望他能早点儿回来。"

她坚信楚满还活着，因为如果楚满被人杀死，尸体应该早就被找到。楚满是个身强体壮的少年，又不是小孩和女孩，基本不可能出现被拐卖的情况，所以楚满一定会回来。

我帮她在广场附近贴了几张楚满的寻人启事，然后到树荫里坐下歇息。她拧开矿泉水瓶，小口地喝了几口水，跟我悠悠忆起遥远的往事。她讲她小时候，住在外婆家，一场洪水是如何夺走她父母的生命的。她讲她失去父母，被大伯家抚养，整个成长期青春期的压抑和痛苦，是如何把她变成了一个遇事战战兢兢、胆小怕事的女孩的。她讲她失去丈夫独自拉扯楚满的辛酸与艰难，又讲她失去楚满后对生活的失望和绝望。她跟我说了很多，好像从出生到现在就没有说过话，要把几十年的话一次性说完。直到午后四点钟，她才起身离开。

楚满妈妈走后，我独自坐了会儿，想了些事情，掏出手机给李小钰打电话，她拒绝接听，我好容易通过自我催眠悬浮起来的心瞬间便跌到谷底。站起身，耷拉着脑袋横穿广场朝公交车站方向走。走到车站，一抬头，看见谭晓琳的背影，拎着一塑料袋什么东西，正往021路公交车上走。我愣怔一下，立即抬脚追上去，尾随着她上了公交车。

上了021路车，车上乘客较多，我站在离谭晓琳稍远的地方，去年曾与她仅仅有过一面之缘，相较楚满，我又从来存在感很弱，所以她当时必然不会对我留有印象，我和她同乘了将近二十分钟的车程，期间她并非没有把目光扫到过我，但她始终面容平静,神情疏懒,显然她是不记得我的。

公交车一路向西,很快开到城郊,车停在西郊站时,谭晓琳拎着东西下车,而我当时正在接听我妈问我何时回家吃饭的电话,见谭晓琳下车,赶忙挤到门口,在车门关闭前跳下车。

谭晓琳迎着夕阳大步朝前走,听见我在后面讲电话,扭头看我一眼,我赶忙停下脚步,等与她拉开一段距离后,才继续尾随。

前面有条小河,河对面是一个很大的煤场,桥头的栏杆都染了很重的煤黑,河水也是黑的。她没有过桥,而是沿着河朝北走,经过一个已经停业许久房前台阶都长出了杂草的二层建筑,建筑上面写有"龙泉洗浴中心"字样的牌匾已经破损褪色。

越走越偏僻,我不禁更加紧张起来。再往里走,出现一个红砖围墙特别高的院子。谭晓琳走到黑色的院门前,放下东西,掏出钥匙,打开一把大锁,拎起东西,推开大门右半扇上的小门,走进去,转身把小门从里面仔细插好,才继续往院子里面走去。

我四下看看,走到大门前,趴在门缝往里面看,看见一个小院子,中间是水泥的四五米宽的通道,两侧原本应该是菜地,但现在荒芜着,前面是一个大概有六间的新式瓦房,地基高出地面足有一米多。谭晓琳拉开房门直接走进去,说明房门并没有上锁。看不清房子里的情况,只好绕到院子后面。

我爬上后围墙，探头往里面看，看见是后院，后院的面积竟然比前院大，院东边有葡萄架，院西边有一个类似仓库的平房，院里有杏树，有枣树，有樱桃树，有梨树，有山楂树，还有那棵因为最高大而最显眼的孤傲挺立在院中间的海棠树。这些树的树枝彼此交缠，树叶茂盛，把我的视线完全遮挡住，更是什么也看不清。既然已经找到这里，便没有立即打道回府的道理，想到此，我爬上围墙，一个轻盈的翻身，跳进一片杂草。

我猫着腰，躲躲闪闪地顺着西边的围墙朝前潜行，行至平房门口，突然听见有脚步声从房西侧的过道里传来，赶忙闪身躲进身旁的平房，平房的破木门是虚掩的，我动作还算敏捷，从门缝挤进去时没有产生声响。平房里光线很暗，一时间看不清这里都存放着什么，何以会有一股浓郁的酸臭味道放肆地弥漫，呛得我几乎咳嗽起来。

我透过门缝往外看，看见谭晓琳拿着个小盆来到后院，走到杏树下面，捡了几颗刚落不久必然是熟透的但是完好无损的杏子，很快离开，回到前院。

我松了口气，正想离开平房，忽然听见有声音从黑暗的角落里传来，像正在被蛇往肚子里吞的青蛙所发出的那种类似酒鬼打嗝一般的声音：呃，呃，呃，呃……

我感到全身的毛发瞬间全都竖了起来，僵立原地，不敢动弹，继续静听，那声音似乎变得大了些，清晰了些，好像电影里那种将死之人的呻吟声。这时我的目光也敏锐了起来，注意到前面不远处有光线从地下面射上来，而那呻吟声正是来自光射出来的地方——地下。

我胆战心惊地慢慢朝前挪动双脚，把自己挪到那射出光线的地方，弯腰低头看，是一扇一平米大小的方形木板，木板上有可以拉起的把手。抓住把手，扭头朝门口看看，低头往缝隙里看看，把耳朵递过去听听，然后把牙一咬，用力拉起木板，拉高，翻过去，轻轻放倒在一旁，一间被低瓦数灯泡照亮的地下室就这么出现在眼前。

我没敢贸然顺着垂直的铁梯下去，而是趴下来，把头探下去看，看到一个十平米左右的空间，空间里空荡荡的，只有一个灯泡，以及墙边堆放的几个纸箱和几个铁锹铁镐等农具。又往门口看看，犹豫挣扎一会儿，我才顺着铁梯慢慢把自己送到下面。

来到下面，看见正前方有一扇木门，木门关着，但没有上锁，而是有一根细铁丝穿过锁鼻后拧在一起，起到同锁一样的作用。走到木门前，那青蛙垂死嚎叫般的怪声更大了，一门之隔的距离不可能听错，绝对是人的声音，是一个人因为凄惨和痛苦而发出的阴森的声音。我发现我的双手在抖，像被火烤着，犹如我几乎被火烤焦的咽喉，拧开铁丝，往后退步的同时一把拉开木门。

没等看清门里的情况，一股恶臭如充满房间的数百吨的血一样黏稠沉重莽撞有力地冲出来，瞬间顶在我的脸上，立时呛得我咳嗽干呕起来。

"救命!"然后是声嘶力竭的声音。

我直起腰,拉起衣领遮挡口鼻,看过去,看见又是一个十平米左右的小房间,里间像外间一样只有一盏低瓦数的灯泡。房间里幽暗,但可以看清一切细节。房中那个大铁笼子赫然在目,里面关着一个像巨大的野狗一样的人。笼子外面的食物残渣与笼子里面的新旧混杂的屎尿共同构成一个肮脏恶心的背景,而笼子中那个瘦如干尸、满身烂疮、近乎赤裸的人,在这样的背景里,双手抓着铁条,把骷髅一样的脸紧紧挤在铁条间的缝隙里,瞪着被漂白过一般的硕大眼球,惊恐无比地看着我。他咧开污浊的看不清牙齿的破烂大嘴,急促地哑着嗓子含糊不清地跟我喊着什么。

"救命……"勉强能听清是"救命"二字。

我被眼前的景象给惊呆了。

"救命……"他还在一遍一遍地喊。

"你……是谁?"我小心翼翼地朝前移动。

"救命……"他笨拙地一下下张合大嘴。

"你是谁?"我走近看他,他没有头发,头皮破破烂烂,能看清他的脸。

他说什么,我没有听清,继续问他。走近他时有一个瞬间还以为他是楚满,可细看之后,确定他不是楚满,虽然他瘦得皮包骨,面容已经严重脱相,但我还是能认定他不是楚满,因为显然他的年纪要比楚满的年纪大。

"季…伟…民……"他艰难地把声音从喉咙深处吐出来。

季伟民！我吃惊地看着他，他就是季伟民？

他还在喊救命，像是在用最后一点力气呼喊。

"你等着，我去找警察。"我转身欲走，刚转过身，看见谭晓琳站在我的身后，眼神阴冷、表情凶狠地看着我，不知道她什么时候下来的，手里握着一把砍刀。

我刚想说话，谭晓琳突然挥起砍刀，一刀劈砍在我的脸上。我立时一个趔趄摔倒在地，双手捂着脸，痛苦地翻滚嚎叫。谭晓琳上前一步，举起砍刀还要砍我，这时一个声音从头顶的入口处传来，极其古怪难听，但是听得出来相当的急切。"别！"那声音在制止谭晓琳，一如当时制止程野继续攻击我。是杨聪，我知道。

"可他发现了，怎么办？"谭晓琳的声音。

"没关系，我们走吧。"

然后他们就走了，谭晓琳临走前还在杨聪的示意下拿走了我的手机。

猛 犸

    大一这一年很快就要结束,学校的管理并不算严格,对自己要求不高的我,也便把大学的生活给过得浑浑噩噩。

    期末考试即将开始,考试结束便是上大学后的第一个暑假。这些天,我和李小钰像其他同学那样,每天泡在教室里上自习,毕竟还算新生,还是很怕挂科的。

    我是前天晚上突然接到的程野电话,他说要回铜城看田原,然后两人会在铜城住段时间,想顺路到我这儿看看,然后方便的话与我和李小钰一起回铜城。我自然说好,并且因为自从高中他辍学后就再没有见过他,所以对再次见面,也还是充满期待的。预计今天下午3点钟左右,他乘坐的火车会到达火车站,现在是上午 10 点,我还有好几个小时可供发呆。

下午两点多的时候,我和李小钰走出教室,准备打车去火车站接程野。我去卫生间洗脸,让她在教学楼门口等我。站在卫生间外面的洗手池前用力搓手和洗脸时,听见卫生间里有几个男生在毫无顾忌地大声说笑,有个男生提到李小钰的名字,引起我的注意。

"听说李小钰是你们系的系花呢?"

"系花倒排不上,在她的班里算班花吧,咋的?不会你也看上了吧?她有男友的。"

"我知道,不就那个刀疤脸吗?平时总冷着脸不怎么吭声那个,好像挺内向。"

"对,很阴沉,很孤僻,不知道李小钰看上他哪儿了?"

"他们俩原先一个学校的,听说高考成绩李小钰比那个刀疤脸成绩高很多,是为了追刀疤脸才来这学校的,唉,现在的女的审美都怎么了?白瞎了。"

"是啊,好白菜都让猪给拱了。"

几个男生掀开半截的帘子走出来,与我撞个正着,都惊得愣住,有个男生还吓得做出要往后跑的姿势。我无视他们的存在,漠然地转身朝卫生间外面走。

李小钰比高中时稍稍饱满一些,但绝对不是变胖,那是一种类似干旱季节的植物突然遭受一场好雨后的饱满,当然,也与年纪的增长有关。她的穿着打扮还是高中时的纯朴简洁风格，没有像其他女生那样浓妆艳抹追求恶俗。我走向她时，她正低头看手机，见我走来与我并肩朝楼梯下面走。

"到底还去不去看《功夫熊猫》？"她认真地问我。

我们俩本计划期末考试结束后先不急着回铜城，要去看这个最近很热门的电影的，但程野的突然到来，有点打乱了我们俩的安排。

"回铜城看也行啊。"

"噢，那就回铜城看吧。"她走了几步，补充说，"我都有点儿迫不及待了呵。"

"动画片有什么好看的，你都多大了。"

"人家那是给大人拍的，我看预告了，很可爱。"

我们边有一句没一句地说话，边往校门口走，走出校门，拦了一辆出租，直奔火车站。

等了大约有半个小时，才终于在出站口看见程野，他剪掉了高中生时的那种比较长的头发，现在留的是只比光头多点头发的卡尺头。

"都快认不出你了。"李小钰笑说，"刚还俗吗？"

程野爽朗地笑，摸摸头说："强烈向廖宇推荐这发型，舒服极了。"

"那我的形象更凶恶了，现在这样在校园里女生们都怕呢。"我指着脸上那道又长又狰狞的谭晓琳留给我的刀疤。

"听田原说了点儿你的事儿，没想到这伤疤这么长，不过没事儿,挺酷的,男人的形象不是那么重要,重要的是味道。"

程野冲李小钰挑挑眉,"是不小钰?小钰不嫌弃就行。"

我们说说笑笑地打车回到学校,这感觉让我恍惚,回想当时和程野的打斗会感到很不真实,或者很遥远,像在传说中发生的八百年前的事。

"杨聪和那个叫什么谭晓琳的都还没抓到吗?"下车后,程野问。

我摇摇头:"人海茫茫,彻底消失了。"

"那个杨聪到底是不是三眼怪婴呢?"

"有看见的,比如楚满,比如当年黑塔村的小孩,但究竟有没有看错,或者撒谎,或者他们跟杨聪到底是不是同一个人,还都说不好,反正我是没有亲眼看见。"

"肯定是同一个人啦,那不很明显么,当年季伟民把他囚禁在笼子里当动物养,后来他把季伟民囚禁在笼子里当动物养,这不就是经典的复仇方式么。"程野跟着我漫步往校园里走,"那个季伟民是怎么说的?"

"我被砍倒后,好一会儿才爬起来,捂着冒血的脸,往梯子上爬,爬了半天才爬上去,那时候杨聪和谭晓琳早已经带着该带的东西逃走了。我跌跌撞撞地走到马路边,拦住路人报的警,被送到医院后,警察去了杨聪租的那个院子,找到季伟民,把他救出来,送到医院后不久他就死了,什么有价值的话也没说出来。"

我和李小钰带着程野在校园里简单逛了逛,给他介绍我们的学校。李小钰比高中时开朗了一些,遇见熟悉的人更是爱说爱笑，逛校园时基本都是她在跟程野说话。

我看着李小钰的脸，最近总是感觉越看越美，与其他男生不同，他们看李小钰的脸看到的是美丑的美，而我看到的是美好的美。我想起我被砍伤后李小钰跑来找我时的情景，她脸上的那份焦急，那份担忧，那份心疼，那份悔恨，让我看了心里面是既怜惜，又欣慰。

她对我似乎在内心深处总有种愧疚，觉得出这事那天下午，如果接了我的电话，就不会发生这样可怕的事，所以我的毁容，跟她不接我电话有直接的关系，我怎么解释说这是一个必然，她都固执地不肯接受，不肯释然。我们俩因为我的毁容可以说是立即爱在一起，而且爱得非常有默契，仿佛我们已经谈了几年的恋爱了。

晚上吃饭时，我和程野喝了些酒，酒劲喷涌上来，各自的情绪都开始变得难受控制，说起话来越发滔滔不绝，追忆往事时频频动情，他说了很多一直以来对我的印象和看法，我也说了很多对他的印象和看法。他很能理解我因为找不到楚满也找不到杨聪的那种挫败感，以及被毁容后内心深处悄然生长的自卑感和孤独感，连他都看出我有"作茧自缚"将自己的心渐渐封闭起来的趋势，所以他说了很多宽慰我、鼓励我的话。

我和李小钰考试的那几天，没有与程野见面，他一直住在学校附近的旅馆里，每天白天到这个城市里的每个值得一逛的地方散心。

期末考试终于结束，我们三个一起回到铜城。

傍晚时我们走出铜城火车站，看见田原站在出站口对面的路边等我们。我们在路边简单地聊了几句，然后按照事先与小武约定好的，直接打车去往电脑城附近的那家川菜馆。我们在火车上时，小武打电话给我，说要和魏宁请我们吃饭，我说挺累的，想明天再说，可他说等不及，执意要我们回到铜城后立即跟他见面。

我们赶到川菜馆时，小武和魏宁已经等在那里。小武的气色看起来相当不错，好像马上就要好到当年那个可以驰骋球场的少年。魏宁还是那个魏宁，看起来永远没有太大的变化。

大家在川菜馆里就座后，七嘴八舌地说话。虽然魏宁已经成为小武的公开女友，面对我们时没有必要回避什么，可她看起来还是有些拘谨，坐在小武身边，只静静听我们说话，从不主动吱声，而如果谁要是主动跟她说话，她必会积极认真地作出回应，以表现出对问话者的重视和尊敬。

我想魏宁之所以看起来有些不自在，一定是因为与我们这伙人（除了我与小武）不算很熟悉，她熟悉的是何蓝与穆非他们那些二高中的人，所以我提出要把何蓝和穆非叫来。小武失礼似的直拍额头，连说"对呀，怎么把何蓝跟穆非给忘了"，于是赶忙拿起手机给何蓝打电话，又给穆非打电话。

二十分钟不到，何蓝与穆非便打车来到了川菜馆。

我们八个人围桌坐好，说说笑笑，畅想未来。置身其中，我忽然有些感动，心想他们都是我的好朋友，而平凡无奇的我竟然有这么多的好朋友,所以我似乎真的不应该像在大学校园里时那样,感到孤独和落寞。

难得大家聚齐,我们麻烦服务员,给我们拍了几张合影。

这顿饭吃得很痛快,大家无论男女都喝了酒,气氛很是热闹。这是一次让人难忘的聚会,也是一次很有意义的聚会,这之后,我们再没有过这样人员齐全而气氛欢闹的聚会。

夜渐渐深沉,我们疲惫而不舍地走出川菜馆,道别,各自打车回家。

回到家后,又跟父母聊了好一会儿,聊了些在大学里的学习生活情况,聊了些小武和程野这些老同学如今的情况,聊着聊着提到了楚满,进而聊到楚满的妈妈。我妈说她前段时间在铁锁街上遇见了楚满妈妈,很是憔悴,老得相当快,五十岁还不到,头发已经花白,身体看起来也不好,人瘦得都有些脱相,而且因为身体的原因,已经没有足够精力继续上班,现在辞职在家,打算过段时间找个物业公司上班,做些打扫卫生之类的工作。

我妈叹气摇头,对我说:"孤零零的一个人过日子,看见她心里面很难受,小宇你哪天去看看她,楚满没失踪时你和楚满最好,楚满的同学朋友里楚满妈妈也只对你最好。"

我心里其实比我妈更难受,也更能体会到楚满妈妈的痛苦。人活在这世界上,如同他说的每一句话,做的每一件事,总归都需要一个理由。一个人如果活到不知道自己为什么要活着的地步,那是多么悲惨多么可怕的事。如果楚满还在,她哪怕疾病缠身,哪怕饥不果腹,都能干劲十足地挣扎着活下去,因为她有活下去的充足理由,便是抚养楚满,那是为了孩子,那是伟大的母性,那是生命伟大的意义。可是现在呢?她为什么活着?她也许能真切地感受到,自己正在变成一具没有灵魂的行尸走肉吧。

潦草地洗漱后,我回到自己房间,想起楚满妈妈来,心情非常低落,虽然醉酒,虽然疲惫,却毫无困意,辗转反侧无法入眠,只好爬起来,打开电脑上网。

登录聊天工具十分钟后,那个黑暗了一年的网名叫"猛犸"的头像忽然闪动了,他在跟我说话,我慌忙点开对话框。

猛犸:"好久不见,这么晚了还不睡吗?"

我几乎是颤抖着双手打字:"你到底是谁?你是杨聪吗?"

猛犸:"你好像很了解杨聪,说说他是谁?"

我:"黑塔村被季伟民囚禁在铁笼子里的怪婴,逃到铜城到处抢劫的狼孩,劳动湖公园里打人后脑的变态,绑架露西的主谋,一个叫杨聪的有三只眼睛的人。"

猛犸:"你觉得我是个残忍可怕的野兽吗?"

我:"这还用问吗?只有野兽才会用嘴咬人。"

猛犸:"也是,从来都是狗咬人,很少见到人咬狗,可你说说,这世界上,每年有多少人被狗咬死,又有多少狗死在人手?"

我:"……"

猛犸:"我从出生到现在,好像只咬过一个人。"

我:"季伟民的老妈。"

猛犸:"是的。从我有记忆起,我就知道季伟民和他的老妈时时刻刻想要弄死我。我是从我妈的身体里出来的,所以只有我妈爱我,只有我妈保护我。季伟民和他老妈一次次伤害我,是我妈在一次次救我,威胁他们,如果他们再伤害我,她会报警,他们因此恨我妈恨得咬牙切齿,他们斥骂我妈,虐待我妈,殴打我妈。可以说,我妈是在用她的生命保护我,这些我早早就看在眼里,所以,我长大后,有能力驱使自己的身体攻击人时,攻击的第一个人就是季伟民,那是要为我和我妈报仇。"

我:"结果呢?"

猛犸:"结果,当然是没有成功。季伟民大怒,要打死我,多亏有我妈死命阻拦,他才没有得逞,但他给我关进了笼子。从此,我像个动物一样,被囚禁在铁笼子里,过着暗无天日的可怕生活。我虽然被他们变成了动物,可我并不是动物,我的眼睛能看见,我的耳朵能听见,我的脑子能把眼看到和听到的一切都想得清楚想明白。那天季伟民说他要到市里办些关于我姥爷遗产的事情,必须得我妈也跟着去,就带着我妈离开了黑塔村。季伟民临走时偷偷给他老妈留下一盒药,说是毒药,嘱咐他老妈在他和我妈离开后毒死我。他们俩以为我没听见这些对话,其实我全都听见了。到了晚上,季伟民的老妈果然带着毒药和水来到笼子前,骗我说是药,说我病了,要吃药,想要毒死我。我假装不知道她的阴谋,在她打开笼子门的瞬间突然冲出去，咬伤她，逃离那个地狱一样的地方。"

我倒没想他会打这么多字跟我如此详细地回忆当时的情况。

我："然后，你来到铜城，不，你发现你妈被季伟民逼自杀。"

猛犸："还没那么快。那天夜里，我逃出去后，害怕被季伟民他们抓到，拼命跑，可以说是翻山越岭地逃。因为我从来没到过外面的世界，突然来到外面，有各种的不适应，更分辨不清方向，很快就迷失在山林里。我在山林里靠吃些野果野菜之类的东西充饥，吃坏了肚子，病倒在山坳里，差点没命。后来我被一个上山采蘑菇的老头发现，喂我喝他带的水，喂我吃他带的豆沙包，然后把我背下山，背到他的住处。他是个老兵，没儿没女，也没什么亲人，独自住在山脚下河边栗子园里的一个房子里。我在他那儿住了一小段时间，养好了身体，还学到了很多关于外面世界的知识。他很同情我的遭遇，要我留下跟他生活，我说我还要去找我妈，没有留下。"

我想杨聪此刻会不会正躲避在那个山脚下的栗子园呢？

我："然后你去了市里。"

猛犸："是的。可是等我找到市里的老金饭店时，发现我妈已经死了，被季伟民这个恶魔给逼自杀了。季伟民为了霸占我姥爷的家产，气死我姥爷，逼死我妈，我发誓要给我妈和我姥爷报仇，天涯海角也要找到季伟民，要亲手杀了他。

我辗转打听到季伟民的去向，他在本地有个联系较多的厨师朋友，名字叫李京，他去老金饭店当厨师就是那个李京推荐介绍的。李京跟季伟民说他在铜城有个朋友，计划在铜城开一家稍微大点的饭店，正缺合作伙伴，不如他们俩去铜城找那个朋友，总投资大约30多万，每人拿10万，以后可以不再烟熏火燎地当厨师，直接当老板。季伟民动了心，就跟着李京去了铜城。"

我："所以你就也来到了铜城。"

猛犸："是的，来到铜城，可我是那样的一个废物，没有挣钱的能力，也不敢见人，只有黑夜里出来，翻翻垃圾桶，或者偷点什么东西吃，同时漫无目的地寻找季伟民。有时候饿急了，我会直接抢路人手里的财务和食物，次数多了后，铜城的人都开始传说我，恐惧我。"

我："还管你叫狼孩。"

猛犸："我活得可一点都不像狼，更像是一条野狗在悲惨地挣扎着活命。有一天夜里，饥肠辘辘的我在检察院后面抢那个女的手里的蛋糕时，被三个民工追打，受了很重的伤，逃到劳动湖公园的小山后面，疼痛与饥饿折磨着我，我在第二天时发了高烧，这次我真的绝望了，觉得自己一定会死的。这天晌午，杨媛独自出现在小山附近，在一个僻静处，自己在那儿可怜地哭，发现了我。"

我："她为什么哭？"

猛犸："因为本来捉襟见肘的生活已经难以为继。她大概是听到了被烧得迷迷糊糊的我的呻吟声,来到山后,在树丛后面找到我。她见到我后,很害怕,立即逃开,过了一会儿,带着她爸我杨叔找到我。杨叔给我带到他的住处,和杨媛一起照顾我,给我治病,然后在问清楚我的身世后收留了我。"

我:"从此,你开始住在杨媛家。"

猛犸:"没有。因为杨叔的公园值班室太小,更因为我那时的精神状态和性格,不适合跟他们一起住,所以后来一直是独自住在小山后面的管道里,秘密生活在劳动湖公园。"

我:"之后你开始用铁管打人脑袋。"

猛犸:"我以前被关在笼子里,没怎么穿过衣服,也没怎么吃过美味的食物,所以我逃出来后,对好看的衣服和美味的食物充满强烈的渴望。而且我因为没有受过教育和外面生活的影响,在满足自己欲望的时候就缺少道德和法律方面的约束,所以对暴力抢劫这种行为根本没觉得是什么不该做的坏事。之前因为抢蛋糕被民工打伤后,我对被抢者有了很深的戒备和仇恨,所以再抢劫时就比以前下手凶狠了。我找了一根铁管,先去打倒他们,然后再抢他们东西,对我来说,这样安全合理,是科学的。"

我:"次数多了,铜城的人都开始管你叫变态。"

猛犸:"我抢过美味的烧鸡,抢过好看的运动服等,后来杨叔和杨媛严厉责备了我的这种行为,给我讲了很多道理,我就决定不再做这种事。后来我之所以出手攻击老猫,并且冲动之下将老猫打死,是因为老猫想要伤害那个女孩,也就是谭晓琳。我是为救谭晓琳才那样做，所以我并不感到后悔，唯一的遗憾就是不能再在公园的小山后面住下去，只能逃离公园。谭晓琳和陈俊杰以及老猫他们的事，你应该从穆非那里打听得很清楚了吧？"

我："你逃到了哪里？"

猛犸："我逃离公园后，昼伏夜出，有一天深夜，看见谭晓琳和一个男孩在护城河边争吵，悄悄走过去，躲在树后面看。原来那个男孩叫陈俊杰，之前是谭晓琳的男友，老猫被我打死后，陈俊杰要和谭晓琳分手，可是谭晓琳死活不同意。两个人争执了很久，也很激烈，陈俊杰粗暴地怒吼，谭晓琳楚楚可怜地哀求，我越听心里越气，很可怜谭晓琳，也为她感到不值，想冲出去打陈俊杰，强忍着才没有冲出去。陈俊杰将谭晓琳推倒后，绝情地走了。谭晓琳爬起来喊着威胁陈俊杰，说要跳河，见陈俊杰没有理睬，就跳进了河里，可陈俊杰也只回头看了一眼，依然没有回来，脚步匆匆地走没了影。我见陈俊杰走了，快步跑到河边，将浑身湿透的谭晓琳给拽到岸上。她一眼认出我，见到我后吓得呆了。我要走，她喊我，问我是不是公园里救她的那个人，我说不是，她就追着我问，我吓唬她说要伤害她，她才没敢再追过来。从此以后，谭晓琳每天深夜都独自翻劳动湖公园的后围墙，到公园里等我，连等了三夜。我一是惊讶于她的胆量，别说她那么个女孩，纵然是男子也未必敢在午夜时发生过命案的公园里待着，二是感动于她要见我的执著，于是就在第三天夜里露面了。"

我:"她还真是个胆大到不可思议的女孩。"

猛犸:"我和谭晓琳坐在深夜的公园里,聊了很多,她一再诚恳地求我躲避到她家里,因为她的父母常年在外省打工,家里没人,我当然没有同意。之后我们又数次在深夜的公园里会面,次数多了,我渐渐对她有了信任,给她留了我的联系方式。我们经过多次联系后,我更加信任她,在她的再三请求下,我把她带到了我很久前就在城郊租住的那个农家院,就是你跟踪找去的那个西郊站的院子,也让她见到了那个囚禁季伟民的铁笼子。"

我:"你说这些我知道的有什么用?你一直在回避你的那些恶行。"

猛犸:"是么,呵呵,那我就说说我的那些恶行,先从哪说起?"

我:"随便。"

猛犸:"你要知道,杨叔等于是我的父亲,杨媛是我的妹妹,因为他们,才有我杨聪,不然我只是狼孩,只是变态,所以为了杨叔和杨媛,我可以做任何事,哪怕是死。这是一切你所谓的恶行的大前提,无比的重要,你一定要时刻意识到这个前提的存在。"

我:"我现在只想知道楚满到底怎么了?"

猛犸:"杨媛出于好奇跟我出去偷窃,不巧被你的好朋友楚满发现,然后被逼死。我痛苦不已,真的,觉得是自己害死了杨媛,如果我不带她出去偷窃,她就不会被楚满偷拍,不会被威胁，不会真的成了小偷，不会被苗馨威胁，不会失控下把苗馨推到楼下，不会因为杀人的恐惧而自杀。我恨我自己，更恨楚满，我一定要找到楚满为杨媛报仇。我在劳动湖公园里对楚满下手，事后发现他的手机掉落在公园里，回去找手机，看见你在小山附近出现，以为你捡走了他的手机，所以有一段时间，我总在跟踪你，观察你，调查你，还救过你。"

我："你把楚满怎么了？"

猛犸："当贫穷的杨叔得了脑血栓后，我没有选择，必须得为他弄到一笔钱，抢劫与绑架，我经过反复斟酌，决定用相对更安全一些的绑架。绑架目标是个大问题，我因为跟踪你认识的杨露雨，也就是你们的露西。经过调查，知道她是被父母格外宠爱的独生女，如果索要的数额不大，他们报警的可能性会很低，所以就绑架了露西。我发誓我只是想为杨叔弄到一笔活命的钱，绝对没想过要伤害露西，即便绑架失败，我也绝对不会撕票的。可是事情出现了意外，超出了我的主观预料，露西不幸丢了性命，我们也因此成为逃犯。"

我："我问你，你把楚满怎么了？"

猛犸："我让双喜帮我转移走了杨叔，杨叔对双喜说，他已经是个废人，而双喜和我是逃犯，终究是没法再照顾他，他让双喜别管他，又让双喜帮他买瓶农药，说如果双喜和我被抓，他也就完了，不想被活活饿死，要用来自杀。双喜被杨叔说服，晚上送饭时给他带去一瓶农药，叮嘱他不到万不得已时一定不要喝。当时我和双喜躲避在南岗镇的山上。藏身地点是双喜找的，山是他爷爷家的山，他大伯和二伯多少年在那山上养蚕，为养蚕方便，特地在山上建了个简易的小房子住，冬天时，那房子自然是空的。你和小武跟踪双喜找到我们后，双喜是在激愤的状态下刺伤小武的，我个人是绝对没想伤害你和小武的，所以我为小武受到那样的伤害感到抱歉。我和双喜意识到情势变得更糟糕，决定分开逃跑，他认为逃得越远越安全，去了外地，我则觉得越危险的地方才是越安全的地方，所以回到我囚禁季伟民的那所西郊的民房，从此不再出门，全由谭晓琳照顾我。我万没想到，你会找到我，我也对谭晓琳恐惧震惊下将你的脸砍伤而感到万分万分的抱歉。"

我："你就是不肯说你把楚满怎么了是吗？"

猛犸："我由衷地敬佩你，你寻找失踪的朋友楚满竟然会这么执著。你满世界调查我，琢磨我，我想也许你已经比我自己更加了解我的身世。而我通过和你的数次'接触'，也对你的品性有了很深的了解。我想我们俩在某种意义上，也算是一对好朋友的。我的身体衰败得特别厉害，自觉自己的生命已经不长，所以我想我们之间的追逐也应该有个结果了。我决定把你一直追寻的那个答案给你，然后，我们俩的故事就算结束了吧。听好了，答案在我囚禁季伟民的那所民房的后院，具体位置是那棵海棠树的树下。该说的已经全部说完，从现在起，猛犸这个账号将再不会被登录，而我们将永不会再见。你再不要试图找我，我特地把一切说得这么细，就是为了一个彻底的告别。"

夜 游 神

夜已经很深了,没有星星,没有月光,是个满天乌云的漆黑夜。晚间的空气很凉,毕竟快到中秋节了,站在马路边,凉风不停,把我的短袖吹得冰凉冰凉的,我觉得我的身体像被两大块结冰的厚铁板给用力夹着,五脏六腑都动得僵硬麻木了。

不远处,寝室楼的所有窗口全黑了,已到熄灯时间,学校给强行断电,那些参加完一整天军训的大一新生应该因为疲惫而沉沉地入睡了吧。我羡慕他们,有旺盛食欲的人和可以轻松入睡的人是幸福的人,我不幸福,因为我已经连续好长一段时间夜不能寐,我可以用来睡的那些觉都被一只幽灵的手给偷去了。

  我一个人穿着短袖在秋天的深夜里漫无目的地乱走,走到证券交易所的门口才停下,那头巨大的牛好像在怒视我,我拍拍它的腿,在它脚边的台阶上慢慢坐下,欣赏地看着眼前的街道,街道上没有车辆,没有行人,阒寂无声的世界,一切都像假的。

  姜志新终于来了,瘦削的长脸,凌乱的头发,裹着一件黑色的长外套,一副没睡好又很怕冷的模样。他走到我面前,咳了一声,我看他一眼,示意他坐下,他便在我身边坐下。

  "你怎么才来?"他坐下后,我有些厌烦地问他,"我都在这附近转悠半天了。"

  "是你来得早,你为什么每次都比约定好的时间早那么多呢?"

  "因为我睡不着。"

  "你需要吃点儿安眠药。"

  "我吃了,李小钰的同学有办法买到,给我买了很多,我每天睡觉前吃两片,可还是睡不着,一点儿困的感觉都没有。"

  "那药一定是假的,李小钰怕你真吃安眠药形成药物依赖,年纪轻轻的,对健康不好,所以弄些钙片维生素片什么的冒充安眠药。"

  我同意地点头:"没错,就是这样,我问过她好几次,她都指天发誓地说我吃的是真安眠药,我不信,但为了安慰她,我假装相信了。暑假时发生的那一系列事儿，让她为我吃了不少苦，我不该再让她为我操心，为我受苦。"

"你说得对。"姜志新从外套兜里掏出烟来，叼在嘴里一根，却没有点，而是在出神地看着对面，可对面除了夜色与路灯好像什么也没有。

"我背着李小钰从网上买了一瓶安眠药，最多时我一次吃四片，可还是一点困意都没有，所以你知道，李小钰给我吃的是真安眠药也好，假安眠药也好，都无所谓了，因为我的身体出了太大的问题，我睡眠的功能彻底失灵了，就是说坏了。"

"你应该吃得再多些试试。"

"不敢，因为我怕我会死，忘了吗？楚满的妈妈就是这么死的，很可怕的。"

想到楚满的妈妈，我的眼前出现了一个女人的形象，憔悴，虚弱，孤零零地沿着街道走。

放暑假的第一天，我夜里在网上跟"猛犸"聊天，他终于告诉了我那个我苦苦追寻的答案。第二天一大早，我早早离开家，打算去西郊的海棠树下挖掘答案。

我边在铁锁街上走，边想象我不久后挖掘答案的景象，忽然想到一个问题，便是那海棠树那么大，树下的面积也大，没有具体的位置点，恐怕我得绕着大树挖很多土，所以我想到找个帮手。

我先是打算给小武打电话，刚要呼叫，立即意识到他的身体恐怕是挖不动的，便给程野打去电话，程野非常爽快，都没有听我解释，立即答应，并带着田原赶来与我汇合。

我们三个人打车来到西郊站，然后由我带路，直奔那个院子。我在那里受伤后，警察来到这里后对这里进行过封锁，他们救走季伟民，寻找过杨聪的线索后，这里便解除了封锁，但房主依然没有回来，所以这里现在是空的，不过院门是锁着的。

我带着他们俩绕到后院，翻墙进入，到仓房里取了两把铁锹。我与程野一人一把，走到海棠树下，一人一边，开始往下挖。这时的他们俩已经在路上听过我的解释，所以此刻都相当的紧张和好奇，不知那个答案到底是什么。是什么？我们三个都没有出言猜测，不过各自的心里恐怕都有一个相同的答案，只是那答案太可怕，都没敢说出口。

挖了很久，没有挖到什么，我和程野都感到了明显的疲累。站在一边的田原也早不如最初那样紧张了，变得有些百无聊赖。就在我要提议歇会儿的时候，程野突然拔高音量来了一声："挖到了！"我一激灵，拎着铁锹跑过去，见是两只运动鞋，鞋底全都冲上。

我扔掉铁锹，让程野往一旁站，噤若寒蝉地缓慢跪下，用两只手轻轻挖鞋边的土。这时程野也扔掉铁锹，跪下来，双手在我挖的那只鞋的旁边挖。

我挖得快些，很快让那只鞋子全部暴露。可以说，我认识这双鞋，楚满便有一双这样的球鞋，而他失踪那天穿的正是这双鞋。我高高悬在喉咙的心瞬间跌落下去，狠狠地砸在我的躯壳里，就像一个传国玉玺往无底深渊里无情坠落。

我双手捂住那只鞋，用力往上一拉，鞋子掉了，露出一只穿着袜子的脚。脚烂了，袜子也烂了，与其说那是脚，不如说是一团泥巴。我一屁股跌坐在地上，恐惧而痛苦地看着那只露在外面的腐烂的脚。

程野默默地站了起来，已经没有必要继续挖了。他看着惊呆的田原，无力地说了一声："报警吧。"田原愣愣地看着程野，像是不懂程野的话，好一会儿才反应过来，声音颤抖地拨打了报警电话。

警察赶来后，我和程野他们都不被允许进入现场，并被带到公安局。

埋在海棠树下的尸体经过鉴定后，确定是楚满。楚满是被钝器击打头部致死后，以倒立的姿势给垂直地埋在海棠树下的深坑里的。

楚满的妈妈在得知了楚满的死讯半个月后，在一个晚上，吃了大量的安眠药。她的死亡是一个多星期后才被发现的，发现的人是我。我接连三天去探望她，每次去都不在家，后来从门缝里闻见了尸体腐烂的恶臭味道，这才引起怀疑，然后跟邻居说了这个发现，邻居们商量后，报了警。

楚满的妈妈为什么死？我再清楚不过，因为她对生活彻底绝望了，她活下去的最后的一丝希望，是有一天楚满能够回家，可惜我发现了楚满的尸体，楚满确定已死，那个"楚满某一天能够回家"的支持她活下去的最后一丝微弱的希望,也便因此支离粉碎了,她只好选择以死亡的方式来告别人世的痛苦。

挖到楚满的尸体,本已经给我造成极大的刺激,楚满的妈妈又因此自杀了,我自然觉得是我害死了她,于是巨大的悲伤与负罪感再一次对我造成极大的刺激。我终于承受不住,被这铺天盖地的刺激给击伤,无法入睡,无法面对阳光与人群,变成了鬼,在每个死寂的夜里,独自在街上飘飘荡荡。

"我们是时候去甫阳市了。"姜志新忽然说,转过脸看我,目光变得锐利。

"甫阳市?"

"对,你不是说杨聪现在躲避在甫阳市吗?"

"是的,但这只是我推理出来的,根据杨聪在网上跟我说的那些话,他说他当时咬伤季伟民的老妈逃走后,逃进深山,在快饿死的时候,被一个采蘑菇的老头给救回家,那个老头住在山脚下的栗子园里,是个孤寡老汉,救了他,照顾他,当时还想收留他来着。所以很容易想到,对于杨聪来说,这世界上恐怕没什么地方比那里更安全,山脚下的栗子园,与世隔绝的孤寡老人,是不是够安全的?"而我却有些动摇,"但是现在想想,他倒未必会在那儿,杨聪太狡猾了,他如果真的躲避到那儿,在网上跟我说话时怎么可能提到那个细节呢?还有,听了你之前的话……"

"一个戴棒球帽和口罩的形象,说明不了什么。"

我点点头:"不过我暂时真的不方便出门,李小钰看我看得很紧,我跟她提过好几次要去甫阳市,她都不让我去,还威胁我,说我要是去,她就告诉我家里。你知道,为了我找楚满的事,我妈和我爸承受了太多的压力和对我的担心,我不能再让他们受刺激。"

"可也许这是找到杨聪的最后机会,也是最后的时刻,你想放弃吗?"

"不,我不可能放弃的。"

"那我们现在就走。"姜志新站起来,态度坚定。

"你怎么又跑到外面乱走!"李小钰沿着街道往我这边跑,又急又气地大声说。

我摇摇头,叹口气,小声对姜志新说,你看,去不成的,李小钰看得太紧。我没有动,也没有回应,静静地看李小钰跑过来,看她跑到我面前,气喘吁吁地质问我。

"我睡不着。"我理直气壮地回答。

"睡不着我陪你,别一个人在外面乱走啊!"李小钰指着我的胳膊,居高临下地说道,"你看你还穿这么少出来,你想冻死自己吗?"

"你回去睡觉吧,挺晚了。"

"你也回去。"她抓住我胳膊,用力往起拉。

我掰开她的手,不快道:"你明知道我回去也是睡不着,跟囚犯似的,不是更遭罪吗?你想让我精神崩溃发疯吗?"

她的手又抓过来,用力往后拉我,固执地说:"跟我走,回学校。"

我一把推掉她的手:"我说你怎么回事儿啊?你听不懂人话吗?"

"你自己坐这儿干吗!那不冻出病了吗!"

"我和姜志新说会儿话,你回去吧,我又不是小孩。"

她气得脸通红,忽然扬起手,拔高音量冲我嚷道:"哪有姜志新啊!成天姜志新姜志新的,那是你幻想出来的人,你别闹了行不行啊!"

"我幻想出来的?我疯了还是你眼睛瞎了?这是谁?"我把姜志新拉到我身前,指姜志新的脸,质问李小钰。

"那是谁?"

"姜志新,我们铜城人,是我们俩的老乡啊。"

"我告诉你廖宇,那什么都没有,是空气。至于你说的什么姜志新,你还记得楚满刚失踪的那个夏天吗?我们俩站在公交车站看那些贴在电线杆上的小广告,有楚满的寻人启事,还有别人的寻人启事,有一张寻人启事就是姜志新的,你还随口念了出来。"

"哪有那么回事!你竟然说此时此刻站在我手边的姜志新是空气,你真的是疯了。"我拽着姜志新转身怒气冲冲地走,"咱们走,别搭理她。"

"往哪儿走,你给我回来!"李小钰喊叫起来,追上来拽我衣服。

我一扭身,在她肩膀上推了一把,她趔趄一下,跌坐在地上。

"别跟着我!"我指着她怒声呵斥。

她从地上爬起来,无声地跟在我的后面走,跟了几百米远,还是不说话,也不肯回去。我气得再无法忍受,转过身,又要去推她,但被姜志新给拉住胳膊。

"你别跟着我听见没有?"我几乎要大声喊。

李小钰的面部肌肉微微颤动,盯着我的眼睛,眼泪滴滴答答地掉出来:"你别这样,廖宇,你不知道班里的同学都说你疯了吗?他们还要报告辅导员,让学校通知你的家里给你带走,还要把你送进精神病院呢。是我极力阻止他们不要那么做的,不能让学校知道啊,更不能让你的家里知道啊,难道你真想被送进精神病院吗?"

我指着她的脸,气得说不出话。

"你别总是自言自语的假装旁边有个叫姜志新的人行不行?你到底是真看见一个叫姜志新的人站在你身边,还是故意想象出来的,又或者是吓唬我们呢?我求你了,你别这样了,我知道你受了很多的打击,可你要坚强啊。这一切全都不是你造成的,不是你害死了楚满,更不是你害死了楚满的妈妈,你就不能振作一点吗?"

我的手指向下,一下一下用力地往下指地面,情绪激动地大声说:"姜志新说在这附近看见过杨聪,戴着棒球帽和口罩,声音古怪,千真万确是杨聪。我是在打猎你懂吗?打的是杨聪这个猎物,你当我每天来这里是赏月呢吗?你成天粘着我胡言乱语，在这儿大吵大嚷，惊动了杨聪，又会让我错过他的，你知道你坏了多大的事吗？你赶紧回去！"

"等什么杨聪啊！他已经死了！"

"他没死！"

"他死了，谭晓琳已经把一切都跟警察说得清清楚楚了。"

"谭晓琳撒谎！杨聪没死，要是死了的话他的尸体在哪儿？这是杨聪耍的把戏，是他指使谭晓琳那么说的，我比谁都了解杨聪。"

发现楚满尸体不久，谭晓琳来到公安机关投案自首，讲述了她认识杨聪和帮助杨聪躲避公安追捕的经过，以及我找到杨聪躲避处后她砍伤我的事和她跟着杨聪逃走后发生的事。

她和杨聪逃走后，赶到铜城长途车站，没有目的地选了辆可以最快离开铜城的车，买票，上车，然后离开铜城。

他们俩找办假证的人办了假身份证，专门找那种又小又破的旅馆住，白日不出门，到了深夜才由谭晓琳出去买些食物和用品。两人每到一个地方都会停留，但不会停留太久，始终在逃亡的路上。

杨聪的身体打一年前开始出现问题，健康状况越来越差，我跟踪谭晓琳来到西郊他的躲避处时，他的健康状况已经非常糟糕，那天傍晚，是被谭晓琳搀扶着走到马路边的。这样的逃亡，一直持续到他们逃亡到湖南省。

到了湖南后，杨聪的病情加重，不敢看医生，自己在网上按照自己的病情搜索治疗的方法，吃了很多药，但不见好转，并且开始出现短暂昏厥的情况。他意识到自己恐怕时日不多，特地在网上把他的事情详细地讲给我听。

按照谭晓琳的说法，杨聪觉得等死是件很无聊也很痛苦的事，他不想等死，所以决定自我了结，可他不想让任何人看到他的尸体，更不能容忍自己被法医们解剖研究，所以决定以让自己消失的方式来进行自我了结。

那天深夜，杨聪和谭晓琳往洞庭湖里划船，划了很久，划到岸边的一切都消失了才停下。杨聪用一张渔网把自己仔细裹住，渔网上捆绑了很多石块，所以他一跳到湖里，就沉了下去，也没有挣扎，湖面很快就平静了。

谭晓琳划到岸边后，眺望黑夜里茫茫无际的湖面，纵然有再大的本事，也无法找到杨聪投湖的位置了。

后来铜城警方去过一次湖南，雇佣打捞船打捞过一次杨聪，但没有找到。

对于杨聪是否真的投湖，大部分人都持怀疑态度，但谭晓琳一口咬定她是陪着杨聪划船到湖里并亲眼看着杨聪沉入湖里的。

警方问过谭晓琳那个我特别关心的问题，便是杨聪到底有没有第三只眼睛。谭晓琳的回答是不知道，因为杨聪的额头上无时无刻不贴着一块白色胶布，临死都没有撕下来过。

"他本人死也好，没死也好，反正不会再在你的生活里出现了，那是什么意思？对于你来说，那不就是死了吗？从他在网上跟你的对话看也看得出来啊，你们的故事结束了！"

"没结束！我不认输！我要找到他,你回去,别跟着我。"我拧身往前疾走。

"不行！回来！"李小钰拉我的胳膊。

我转身双手推她,狠狠地把她推倒。她啊一声坐在地上,立即往起站,我迈步上前,又推她,她又跌坐在地上。她一尝试站起来,我就把她推倒,一遍又一遍,她连着四五次要站起来都被我给推回去。她狼狈不堪,悲愤至极,呜一声就哭了。我见她哭了,也不挣扎着要站起来了,便转身继续大步朝前走,心想她不会再追上来了,可是一转头,她正一边抹着眼泪,一边在后面默默地跟随着。

她真固执啊,我想。

我不忍看她的模样,她让我怜惜至极,又气恼至极。我大叫一声,冲到路边,挥起拳头用力击打路灯的灯杆,一下又一下,用力击打。她大惊,跑上来一把将我推开。

"你干什么！"

"我想死！"我冲他大吼,忽然心里一阵绞痛,像一条从水桶里捞出的湿毛巾被两只有力的大手拧着,拧出哗哗的水,可那不是纯粹的水,而是委屈愧恨与痛不欲生。

她抓起我的手,关切地查看我的拳头。

我起伏的情感如惊涛骇浪里摇摇欲坠的破船,大声道："你知道吗？你知道杨媛为什么会死吗？是因为楚满逼她爱我,是因为我；苗馨为什么会死？不是因为杨媛想杀她,是我把杨媛逼到那地步的,是因为我；露西为什么会死？是因为杨聪通过跟踪我知道的她,也是因为我;楚满为什么会死?是因为我;楚满的妈妈为什么会死?是因为我;小武为什么会残废?是因为我……你能感受我心里的痛苦吗?我在背负着多少条人命苟活?我凭什么还有脸活下去?我活下去,就是因为我得给他们报仇,我得杀掉杨聪,不然我怎么活啊?我和杨聪,不是他死,就是我死,你懂吗?"

"我懂!"

"你不懂!"我吼叫着,又挥起拳头,拼命击打路灯。

她扑上来,紧紧地抱住我:"你别这样!我求你了……"她吓哭了。

我也哭了,我抱住她,紧紧地抱着她,越哭越伤心,在宇宙般的黑夜里,简直泣不成声。

无 梦 之 夜

秋冬时节,坐在温室里,隔着玻璃看外面的阳光,你不会知道外面有多冷。

我建议那些像我一样睡眠生了怪病的人,假如夜不能寐困扰着你,不妨找一个人气旺的大学自习室,在阳光明媚的白天,坐在靠窗的位置,让透过玻璃的阳光充分地暴晒自己,趴在那些努力学习的人群中,枕着手臂,会感到无比的安心,也会很容易睡着。

虽然是姿势不舒服的睡眠,虽然是做噩梦的睡眠,可那总比没有睡眠要好得多吧?假如失眠以来,我每天都不来这间自习室里补充一点睡眠,坚持硬扛,我想我早就因为身体的崩溃而重重地摔倒了。

做梦,各种各样的梦,频繁地梦回往昔。

今天,我梦见楚满为我报仇痛打黄嘉俊的那个夏日午后。

那个午后,在菜市场后面的小胡同里,我们算准了时间,算准了路线,堵在了黄嘉俊回家的必经之路上。那是个喧闹却死寂的时刻,城市被烈日烘烤得灰突突的,所有生命都躲避起来,四处张望,看不见一个人影,死寂得像一座死城,可感觉上,又很喧闹,那些炸肉串炸鸡排的味道,饭店厨房排气扇吹出的油烟味道,瓜果梨桃腐烂的味道等,纷纷在空气中放肆地飘荡,营造着城市的喧嚣。

楚满张开胳膊拦住黄嘉俊,让他给我道歉。黄嘉俊说,小逼崽子,给我滚蛋。楚满说,你道歉不道歉?黄嘉俊说,我道你妈歉。黄嘉俊先动的手,抬脚踹楚满。楚满敏捷地躲避开那一脚,然后跳跃着扑上去,双手揪住黄嘉俊的头发,用力往下压,把他的头压得比他的背还低,他就动弹不得了,撅着腰,也不能抓到我们,也不能踢到我们,丧失了还手之力。

楚满示意我打黄嘉俊,但我没敢动,他就自己打,用脚踢,用巴掌扇,折磨了一气,又向我示意。我鼓起勇气,助跑几步冲上去,飞起一脚踹在黄嘉俊的胯骨上。黄嘉俊身体一歪,跪坐在地,哎呦一声呻吟,继续唠唠叨叨地咒骂。

楚满松开黄嘉俊的头发,劈头盖脸地打黄嘉俊,打得黄嘉俊抱起脑袋蜷缩在地。我在楚满的示意下,再次上前打黄嘉俊,踢足球似的踢他,踢肩膀,踢肚子,踢后背,踢大腿,但其实并没能狠下心使大力踢,更像催眠自己的表演与对黄嘉俊的恐吓。

黄嘉俊始终没有屈服于我们,在我们放他离开时,他让我与楚满有种别走,他要找人把我们俩给废了。楚满说他在吹牛,但还是带我走了。

我们各骑一辆自行车,比赛似的朝前猛蹬,简直有要起飞的感觉,一口气飞驰出城市,飞驰到城北的大河边,飞驰让我们大汗淋漓,我们脱掉衣服,跑进河里,我因为不会游泳,只在水浅的地方玩水,楚满会游泳,往河心的方向游。

楚满突然哎哟一声,开始在水里胡乱扑腾。我惊恐地大喊问他怎么了,他说脚抽筋了,在水里痛苦地挣扎,脑袋一浮一沉的。我急得直跺脚,喊了几声救命,四处张望,没有半个人影,只好在河水里往楚满方向挣扎着迈步。

楚满的脑袋沉到了水里,没有再浮上来。我疯了一样大喊,嗓子因为用力发出了让自己特别陌生的声音。我不停地喊楚满的名字,让他坚持,说我马上过去拉他。楚满的脑袋突然从我面前钻出来,用一只手抹着脸上的水,哈哈大笑。我愣住了。他搂着我的肩膀,往河岸方向走,笑着说他在逗我玩。

我们俩疲惫不堪地躺在沙滩上,天空湛蓝,白云悠悠在眼前飘移着,猛烈的阳光照在脸上,晃得我睁不开眼睛,但感到浑身上下是说不出的舒坦,像躺在晒得发烫的新棉花里。

"刚才我的脑袋要是没有冒出来,你怎么办?"楚满把一条胳膊搭在额头上,跷着腿,躺在沙滩上一动不动地问我。

"找你呗。"

"要是找不到呢？"

"一直找到把你找到为止。"

"对，这才够朋友嘛。"

接着，我又开始做那个可怕的噩梦。

梦见一个空旷巨大没有尽头的隧道，无论怎么跑都跑不出这条隧道。被大火焚烧的楚满痛苦地哀嚎着在地上爬行，朝我爬，不停地喊我名字，喊廖宇啊，我太难受啦，太疼啦，你救我啊。我急得围着楚满不停地跑，看着他的惨状大哭落泪。我喊救命，来人救命，在隧道里跑，跑不到尽头，找不到帮手，只有无尽的黑暗。我不停地跑，累得精疲力竭，眼见就要昏倒，可始终没有昏倒，永远处在要昏不昏的最痛苦的状态。还是在跑，楚满还是在嚎叫，还是要昏倒不昏倒的状态，无限循环。

有人在身后推了我一把，我终于摆脱了这种循环，倒下了，摔在地上，然后从噩梦里惊醒，回到现实。

现实中，那充满阳光的自习室里，那些刻苦学习的同学们都在好奇地看着我。

"没事儿了，没事儿了。"把我推醒的人是一直守在我身旁的李小钰，她的手在轻轻拍我的背，在我醒后，那拍的动作变成了抚摩。

我往后靠在椅子里，满脸大汗地呼哧呼哧喘气。

"又做那个在隧道里跑的噩梦了？"李小钰从塑料袋里拿起事先准备好的凉凉的湿毛巾，凑过来温柔地给我擦脸。

"我渴。"我虚弱地说。

她放下毛巾,拿起一瓶凉茶,拧开盖子给我喝。

"程野快到了,我们该去火车站接他了。"她说。

我一口气喝下多半瓶饮料,点点头。

昨天程野给我和李小钰分别打过电话,说这段时间不忙,要回铜城看田原,像上次一样,想顺路在我们这里停留一下,看看我和李小钰。

李小钰热情地一再劝程野多吃菜。这家连锁饭店是新开的,最近很火,菜的味道也确实不错,至少相当符合李小钰的口味。

刚到晚上8点钟,饭店里食客正多,我们旁边那桌的五个人是一家的,带个四五岁的男孩,男孩很是吵闹,要不是程野说话分散我的注意力,我真有可能烦得忍不住呵斥那孩子。

一瓶啤酒下肚后,我才跟程野讲起我最近在本市发现了杨聪踪迹的事。

"杨聪?他不是死了吗?"程野吃惊地蹙着双眉。

李小钰坐在我旁边,偷偷给程野使眼色,并快速摇头,示意程野别聊这个话题。我看程野那与李小钰暗暗交流的眼神以及表情,猜到李小钰在干吗,这情景可不是第一次出现。我转头,怒视李小钰。李小钰低头玩手机,玩几秒后抬起脸,装出一脸的无辜,问我干吗。程野赶忙叫我,说要是他回铜城开饭店的话我有什么建议。

"用不着故意岔开话题。"我懒得跟李小钰说什么,对程野说道,"杨聪没死,怎么能证明他死了?谭晓琳说他死他就死?死要见尸,或者得有证据证明。"

"廖宇,那个恶魔死还是活,都跟咱们没关系,总想他干吗啊?"

"怎么没关系?楚满是怎么死的?"

程野叹了口气:"事情都过去了,死掉的已经不在,活着的还得继续活下去不是吗?"

"是得活下去,我得为楚满报仇呢。"

"什么叫报仇?"

"你知道吗?那你说说什么叫报仇?"

"我说?我说报仇就是,你应该为楚满越活越好,不应该为他越活越糟,那样的话,楚满死不瞑目,最后得意的还是杨聪不是?你说,杨聪希望你过得好,还是过得不好?他死也好,活也罢,你说,他是希望你记得他,在乎他,还是不记得他?不拿他当回事儿?"

我无法回答程野的问题,躲开他的目光,低头看手中的空酒杯,看了会儿,抬起脸,已然把他刚才的这番话给忘得一干二净,继续严肃地说:

"我最近新认识一个朋友,叫姜志新,在他的帮助下,我在我们市发现了杨聪的踪迹,他经常在我们市的证券交易所附近出现,我最近总在夜里去那儿埋伏,已经好几次亲眼看见他的身影,不信你问李小钰,每次她都在场,她都看见了。"

程野无奈地摇摇头。

李小钰冷淡地说:"我是看见了,但那不是杨聪。"

我看着李小钰冷笑一声,仿佛听见了这世间最幼稚的话:"是不是杨聪,你凭什么判断?你又没见过,我才是见过杨聪的人,我当然能确定那是不是杨聪。"

李小钰绷着脸不语。

我把身体稍稍朝前探,凑近程野,神秘而谨慎地压低声音:"那天夜里,我跟踪杨聪,但因为李小钰弄出动静,被这个狡猾的王八蛋给发现了,他要跑,我赶紧追上去,他突然出手攻击我,下手依然非常凌厉凶狠,几拳把我打倒。李小钰见我挨打,冲上去保护我,那个王八蛋连李小钰也不放过,一把给小钰推倒在地上。"

"把你推倒了?"程野关切地问李小钰。

"没事儿,没受伤,那不是杨聪。"李小钰解释,"大半夜的廖宇跟踪人家,人家还以为是抢劫的或者变态呢,当然要跑了,见廖宇追,一气之下就动手打了廖宇。"

"我跟你说,那就是杨聪。"我瞪着眼睛,一字一字地对李小钰说,"他即便戴着棒球帽和黑口罩只露俩眼睛,我也能一眼把他从人群里给认出来。"

李小钰不看我,把脸扭向另一侧,不吭声。

"要不再遇见他时,你就报警吧,这样太危险。"程野说。

我遗憾地叹口气:"他又不傻,那次之后,我一直没有再看见他。"

"廖宇,我这次来看你,其实是有事想求你的。"程野看起来很犹豫。

"什么事?"

"你不是说你姥爷住在甫阳市吗?你以前经常去甫阳市,对那儿我想应该比较熟悉,最近两年你不是为了三眼怪婴的事儿还特地去过几次吗?我没去过,现在想去那儿,但人生地不熟的,合计让你陪我去呢,帮我找个人。"

"找个人?找谁?"

"找李京。"

"李京?这名字怎么好像听过呢?甫阳市的李京……"我咕咕哝哝地回想,忽然想起,"哎呀,甫阳市的李京,不会跟季伟民那个叫李京的朋友是同一个人吧?他做什么的?"

"厨师。"

我一惊:"难道真是同一个人?他是你什么人?为什么找他?"

程野用右手搓脸,连带着,把那头精短的头发也给摩挲一遍,看着李小钰,眼里流露出为难来,好像是拿不定主意他下面的话应该不应该跟我说,又好像是拿不定主意他下面的话应该不应该当着李小钰说。不过他在经过一番犹疑不定后,最终还是拿定了主意,决定要当着我和李小钰说。

"首先我要跟你说,廖宇,因为我上次跟你见面时听你说过老金饭店的事,所以也就知道那个季伟民被他朋友李京怂恿去铜城开饭店的事。而我要找的这个李京，就是那个季伟民的朋友李京。"程野抬抬嘴角，做出一个苦笑表情，"你知道那年李京带着季伟民来铜城是找谁合伙开饭店吗？是找的我爸程荣光。"

我和李小钰都很惊讶："这是怎么一回事儿？"

"我也是前不久听我妈说才知道的。我妈看我大了，我爸也不在很久了，我和我妈的关系也恢复了，所以才决定跟我说那些事的。那些虽然都是很多年前的事，但我妈说我有权利知道，一个儿子有权知道他爸完整的形象是什么样的。"

我的眼前出现一幅景象，那是在国庆假期，我和魏宁在古寺广场漫步聊天。树下的草坪上，醉倒的程荣光四仰八叉地躺在那里呼呼大睡，他的衣服被几个淘气的男孩掀起，用签字笔在他巨大的肚皮上开心心地涂抹乱画，他睡相丑陋，一只破烂的皮鞋掉落一旁。

"我爸本来是个挺正常的人，不是酒鬼，也挺有上进心的，变成后来那样全是因为李京，可以说，李京毁了他，害死了他。"

"李京害了你爸？"

"我爸跟李京是战友，我爸先结婚，李京结婚时，我妈已经怀了我，他去甫阳市参加李京的婚礼。头一天晚上，几个战友凑一桌喝酒，我爸从来不胜酒力，很快喝吐，李京就让我爸先回去休息。战友们休息的地方不是旅馆，而是借用的李京的一个堂哥家，那晚他堂哥和嫂子特地没在家住，住到朋友家。李京的老婆麻烦她的闺蜜送我爸去休息，那个闺蜜是她的初中同学,就是老金饭店的金霞。"

"啊!金霞!"

"到了地方后,我爸见房子里没有其他人,只有他和金霞,又见金霞模样不错,就借着酒劲骚扰金霞。金霞要跑,被我爸给拽住,我爸要……你们知道我要说什么吧?"

"该不会那个强奸金霞的人是……"

"没错,正是我爸程荣光。当时金霞拼死挣扎,我爸说了很多可怕的话吓唬她,又对着她的肚子来了一拳,她就不敢也没有力气挣扎了,我爸就得手了。"

我与李小钰惊得面面相觑,原来那个强奸金霞的人竟然是程野的爸爸程荣光。

"完事后,金霞要走,我爸酒醒了,害怕了,不让走。这时李京两口子恰好回来取烟,就知道了这件事。李京两口子只能劝金霞,说了好多的话,我爸还给金霞跪下了,痛哭流涕,金霞终于答应不报警。当然了,他们具体都说了些什么话,我妈是不可能知道的。"

又是下跪,我想,看来这个程荣光每遇见重大难题,第一个反应就是下跪。

"我爸回到铜城后,每天忐忑不安。有一天,他终于忍不住,偷偷给李京打去电话,打探金霞的情况。李京却莫名其妙地在电话里说金霞死了,是被我爸强暴之后自杀了。我爸差点儿吓死,接完这个电话后,从此成了一个……嗯……再不能勃起的人,他……"程野难堪地看了一眼李小钰。

"阳痿?"我说。

"对,彻彻底底地失去了那功能。"

李小钰的脸上倒没有什么难堪的表情,很平静,也很严肃,显然是在认真听。

程野说:"对于一个年轻的男人来说,这可是太要命了,我爸成为他口中的废人,从此自卑,痛苦,性情一点点变得古怪。他那时经常和我妈吵架,后来为了逃避现实的痛苦,沉迷喝酒,渐渐变成一个对现实里的一切都不在乎的酒鬼。"

原来程荣光是这样变成酒鬼的。

李小钰忽然开口:"所以你认为,如果李京不撒谎,你爸就不会阳痿,你爸不阳痿,就不会变成酒鬼,不变成酒鬼,就不会有那样的结局,所以是李京害死了你爸?"

李小钰的愤怒再明显不过,程野惭愧地笑了一下:"我明白你的意思,当然不是这样,不该怪李京,要怪只能怪他自己作下那样的孽。"

"那你去甫阳市找李京,目的是什么呢?"我问。

"我就想问问,他当时干吗撒谎说金霞自杀了。"

"这很明显吧?"李小钰说,"你爸在李京的大喜之日,强暴了他老婆最好的朋友,有比这个更恶心人更恶劣的事吗?"

我和程野不禁都点头。

"李京两口子心里一定憋了一口恶气,出于报复心理吓吓你爸,太正常不过了,没准因为你爸那件事,李京两口子的感情都受到影响，那段时间每天在吵架呢。"

"有道理。"程野长叹一声，"其实这些我都想过，其实找不找李京也是件无所谓的事，只是好奇罢了，毕竟这太让人……怎么说呢，我身为儿子……说不好的感觉。"

"哎呀！"我吃惊地看着程野，"这不是说明，你和杨聪是同父异母的兄弟嘛？"

"显然是这样。"程野无可奈何地看着我。

我不敢相信眼前的事实。

"我爸一直没敢说出这个秘密，过了些年，有一次喝醉酒，才被我妈给问出来。我妈本来就瞧不起堕落成酒鬼的我爸，这回更加恨我爸，和我爸的婚姻终于彻底走到尽头。我妈要走，我爸苦苦挽留我妈，还发誓说自己会振作起来，为证明自己不是瞎说，特地给李京打了几个电话，跟李京研究出一个合伙开饭店的项目。"

"这就是李京带着季伟民来铜城开饭店的缘由。"

"可惜我妈离开我爸的心意已决，还是走了。我妈带走了属于她的所有钱，我爸于是一文不名。李京和季伟民来到铜城，见到一个穷光蛋的我爸，他们就把我爸给踢出局了，两个人合伙开起饭店。"

"哪家饭店？"我相当好奇。

"据说两人不大和睦，一年后，李京退股回了铜城，剩下季伟民自己支撑。再然后，在这边无亲无故的季伟民失踪了，现在已经知道，是被复仇的杨聪给囚禁了起来。"

程野所讲之事让我震惊的心情久久不能平静，和李小钰送他回到旅馆后，我回到寝室，打开电脑，登录聊天工具，几乎是迫不及待地给"猛犸"留言。

我说："我知道你还活着，有重要的事跟你说。"

等了一个小时，一如往常没有任何回复。

我又一次留言："那个强暴金霞的人，你肯定不知道是谁吧？今晚12点，我们在证券交易所门口见面，我会让你知道，你的爸爸是谁。"

又等了一会儿，还是没有回复。

我再一次留言："我知道你会去的，这是你知道真相的唯一机会。"

看看时间，已经夜里11点多，断电后的寝室楼里黑漆漆的，同学们已经上床睡觉，好像最后一个玩完手机的都进入了梦乡。我拎起椅背上的外套，揣上那把前两天特地买的匕首，出了寝室，悄悄溜出寝室楼。

午夜的证券交易所门前，我抱着胳膊站在台阶下面，掏出手机看看时间，已经过了午夜12点，抬起头，视线偶然从对面的街口掠过，忽然注意到街口的暗影处，一个人影站在那里，一动不动，戴着棒球帽，虽然看不清脸，但我感觉得到，他正在目不转睛地看我。

"我知道你肯定会来的！"我横穿马路，大步朝对面走去。

那个人影往街道里面一闪，消失了。

"你想把我带去哪儿？"我奔跑起来，并不奇怪他的行为，他是逃犯，他是狡猾的警觉性极高的杨聪，怎能如此轻易地信得过我，他当然要找个对他来说绝对安全的地方。

穿过马路，很快看见他的背影，他正沿着马路疾走，扭头看我一眼，见我已经离他很近，便小跑起来。见他小跑，我也加快脚步，把午夜死寂的夜踏出乒乓球撞击球台般的清亮声响。他又扭头看我，脚下忽地一绊，踉跄一下后结结实实地摔在地上，是绊到了一堆碎瓷砖和破砖头，旁边的店铺正在装修，那些是拆下来后没来得及运走或者是丢给环卫工人的废料。

"我没报警，放心吧。"我走到他面前，喘得说话吃力。

他突然抓起身边的一块碎砖掷向我，碎砖瞬间打在我的脸上，我捂着脸啊呦一声弯下腰时，他从地上一跃而起，手里抓着半截砖头，冲上来，一砖头拍在我的头上。我听见脑袋里砰然一声响，双腿一软，立即跌坐在地。他高举砖头，几乎跳跃起来，对着我的脑盖，又是一砖头。我又听见脑袋里发出砰的一声，身体便沉如石碑般砸在地上。

他站在我面前看我，见我不动，才扔下砖头，呼哧气喘地转身离开。

我挣扎着从地上爬起，摇摇晃晃地站起来，掏出兜里的匕首，亮出尖刀，跌跌撞撞地追上去。他听见我的脚步声，惊慌扭头，在看清我的同时，我手里的尖刀已经刺入他的肚腹。

"我今天就是来要你命的，你杀了我最好的朋友楚满，我为我的朋友报仇。"

他的手试图抓我,但疼痛使他缩回了手,双手捂着肚子,跌坐在地,弯着腰痛苦地呻吟。

"但我说话算话,我现在就告诉你,当年强奸你妈的人是程荣光,程荣光你知道吗?是那个企图用木棍打死我但被你阻拦了的程野的爸爸,所以程荣光是你爸爸,程野是你同父异母的兄弟,不过程荣光已经死了。现在,你的死期也到了。"我攥着尖刀上前。

突然有人从后面冲上来,我吃惊扭头,没等看清是谁,刚才已经伤害过我的那截砖头,一下子拍在我的脸上。我朝后面摇摇摆摆地退,没退几步,摔倒在地,捂着脸,仿佛时间倒流,回到了谭晓琳挥刀砍我脸的那一时刻。

后　记

如某些大学同学所"愿",我终于被送进了精神病院,是家乡的铜城市精神卫生中心,也即是铜城人口中的铜城市精神病医院。

记得读初中的时候,我们学校里有一个女生,因为鼓起勇气给暗恋的男生写情书表白,被男生的女友发现,纠集了几个女生,将这个女生围殴并羞辱了一番。从此这个女生的精神渐渐出现问题,先是不与人说话,暴躁易怒,频繁逃课,也不参加考试,然后发展成打骂接近她的任何人,离家出走,出现幻觉,自残以致自杀,最后被送到医院检查,诊断结果为精神分裂。父母为此将学校告上法庭,索赔一百万,在当时的铜城造成很大轰动。我们这些"冷血"的孩子,并没有对这个可怜的女孩心生多少同情与怜悯,反倒用她的悲惨遭遇来互相开玩笑,经常指着对方说些再怎样怎样把你送进精神病院之类的话。

现在我被送进精神病院,不知会成为多少人聚会时的笑谈。

在精神病医院治疗的这段日子,我感到内心反而比在外面时平静,每天7点10分准时起床,晚上9点整准时上床睡觉,生活极有规律,每天按部就班地做着每一件事,外面的事全不去想,失眠渐渐地不再光顾我。

那个被我误当成杨聪给刺了一刀的人,身体并无大碍,在警察的调解下,我们家对他进行了积极的赔偿,取得了他及他家人的谅解。他是啤酒厂的车间工人,因为实行三班倒的工作制,所以经常午夜时分下班回家。又因为有鼻炎,秋天的夜里空气格外冷,鼻子受凉很容易出问题,所以每天下班走出啤酒厂后都要戴个口罩,导致被已经盲视的我当成杨聪。接连好些天,我出现在他下班回家的路上,尾随他,甚至追逐他,他倒是没有把我当成抢劫的,从一开始,他就把我当成了一个疯子。

有时候,对于我们遭遇的所有伤害到我们的事,我们都需要心存感激。就比如,如果那天夜里没有那个用砖头把我拍倒的路人出现,我恐怕已经夺走了那个无辜的啤酒厂工人的年轻生命。再比如,如果那个过路的人没有把砖头拍在我的脸上，而是砸在我的太阳穴上，我想恐怕此时，精神病医院里不会多出我这样一个精神病患者，而是铜城的某块墓地里会多出一把还带着焚尸炉温度的骨灰。

在这里，我不被允许上网和使用手机，医生说我的病并不严重，只要积极配合治疗，很快就能出院。我积极配合着各种治疗，真的希望自己能够早些走出医院，一墙之隔的外面，亲人，朋友，恋人，以及伟大的生活在等着我。

至于三眼怪婴杨聪，这个杀人逃犯，就算他死了吧，也许他真的死在了洞庭湖里呢。我放弃，我认输，我投降，我已让李小钰把"猛犸"从我的聊天工具里彻底删除。

如果我是一个捕快，那么我是一个失败的捕快，因为我从来没有追到真凶，永远在悲哀地追捕一道幻影。不过我并不觉得我放弃，我认输，我投降，等于我已彻彻底底地失败。很多时候，擂台上失败的拳手，在无限的未来、浩瀚的生活中，也许是光芒万丈的赢家。

其实，亲情，爱情，友情，梦想，未来，阳光照耀，一切无所遁形，都会留下身后黑影，我们永远在追捕那些黑影的路上，而每一次重大的挫折，也许都是一次了不起的飞跃。

我们的少年时代至此结束，但我们追捕未来的脚步将永不停歇。

图书在版编目（CIP）数据

捕影者 / 铁头著. -- 上海：上海文艺出版社, 2018.8
ISBN 978-7-5321-6746-3

Ⅰ.捕… Ⅱ.①铁… Ⅲ.①长篇小说－中国－当代
Ⅳ.①I247.5

中国版本图书馆CIP数据核字(2018)第155950号

发 行 人：陈　征
责任编辑：望　越
封面设计：几何创想

书　　名：捕影者
作　　者：铁头
出　　版：上海世纪出版集团　　上海文艺出版社
地　　址：上海绍兴路7号　200020
发　　行：上海文艺出版社发行中心发行
　　　　　上海市绍兴路50号　200020　www.ewen.co
印　　刷：苏州市越洋印刷有限公司印刷
开　　本：850×1168　1/32
印　　张：11.125
插　　页：2
字　　数：213,000
印　　次：2018年8月第1版　2018年8月第1次印刷
Ｉ Ｓ Ｂ Ｎ：978-7-5321-6746-3/I・5386
定　　价：39.00元
告 读 者：如发现本书有质量问题请与印刷厂质量科联系　T:0512-68180628